一半的力量

The Power of Half

[美] 凯文·萨尔文　汉娜·萨尔文 著
黄宝华 译

人民文学出版社

著作权合同登记：图字 01-2012-5963 号

Kevin Salwen & Hannah Salwen
THE POWER OF HALF

图书在版编目(CIP)数据

一半的力量/(美)萨尔文著；黄宝华译．—北京：人民文学出版社，2012
ISBN 978-7-02-009540-7

Ⅰ. ①一…　Ⅱ. ①萨…　②黄…　Ⅲ. ①纪实文学-美国-现代　Ⅳ. ①I712.55

中国版本图书馆 CIP 数据核字(2012)第 248791 号

特约策划：邱小群
责任编辑：马爱农　张海香
封面设计：高静芳

出版发行　人民文学出版社
社　　址　北京市朝内大街 166 号
邮政编码　100705
网　　址　http://www.rw-cn.com
印　　制　山东新华印刷厂德州厂
经　　销　全国新华书店等
字　　数　172 千字
开　　本　890×1240 毫米　1/32
印　　张　9
印　　数　1—10000
版　　次　2013 年 2 月北京第 1 版
印　　次　2013 年 2 月第 1 次印刷
书　　号　978-7-02-009540-7
定　　价　28.00 元

目　录

献给

琼和约瑟夫

以及一起经历这段生命旅程的队友们

还有其他所有人

前　言

我们这家子是一个相当典型的亚特兰大四口之家：两个婴儿潮时期[①]出生的人（琼和凯文）以及两个十来岁的孩子（汉娜和约瑟夫）。我们的日子是由一整套标准的美国生活方式构成的——上学、工作，还有青少年的体育活动。十多年来，我们都在渴求着那些寻常的"事物"：新颖的车子、宽敞的住所、美妙的假期。当然，我们有时也会去干点义工之类的活，譬如给无家可归者发放食品、去帮助建造"仁人家园"[②]的房屋等，但是我们的精力大部分都耗费在追求事业的成功和提高生活的品质上了，一心只求更大、更新、更好。我们的心思只用在自己身上。

我们搬进了一幢豪宅，叫做"梦幻之家"，这所宅子大到足以让我们一家人待在房子的不同地方。当我们驱车出去参加各种活动，一处处赶场子的时候，车子后座的电视可供孩子们娱乐——这样一家子也就能互不相扰。在饭桌上，谈话开始集中到那些需要

① 原文为 baby boomer，指第二次世界大战后 1947—1961 年之间在美国出现的生育高峰期，此期间出生的人被称为 baby boomer。

② 给贫穷的低收入者建造的慈善福利房。

去做的事情清单上，而不是谈论其他一些有意义的话题。我们之间的亲密感正开始一点一滴地受到侵蚀。我无法确定它发生的那个时刻——侵蚀作用毕竟比地震的破坏力更加难以明确地辨认。话虽这么说，但当我们停下来认真观察一番时，可以明显地发现我们彼此正越来越疏离。我们正在丧失共有的核心。

接下来，我们的生活发生了一个惊人的转变。

这一切都是由汉娜推动起来的。在她十四岁的时候，她对世界上机会的不均等现象越来越感到苦恼，我们就启动了一个大胆的家庭计划。我们决定卖掉这所六千五百平方英尺的地标式住宅，搬到一处不起眼的、仅有我们原宅一半大小的屋子里去，并捐出房价的一半帮助缓解我们这个星球上一处最需要救助的角落里的贫困。我们承诺捐献八十多万美元，在加纳的两打村庄中开展工作——加纳不仅我们以前没到访过，而且对我们来说是如此陌生，以至于我们非得上地图才能找到它。

这导致了一场非凡的家庭冒险经历。我们围坐在餐桌四周，花费好多个小时来讨论世界上的种种问题，以及我们怎样可能帮忙解决它们。在这两年的经历中，我们共同作出了一个个决定，其间孩子们拥有和大人同样的发言权。

但这本书不只是讲述了一个家庭试图将其美好的生活转化为一种富于美德的生活的故事。它记述了种种无心插柳柳成荫的结果，就像发明家无意间撞上了青霉素，或便利贴①，或飞

① 供记事的便笺，可贴在醒目处以防遗忘，又译作“百事贴”。

天法宝[1]之类的事物。不错，我们是给世界帮了一点小忙。但是在此过程中，我们也在重塑相互之间的关系。这才是真正意想不到的惊奇。

在这历险过程中，汉娜和约瑟夫都培养了才干，增强了信心，这也使得他们相互之间，以及他们和琼与我之间的关系更加亲密无间。我们家庭中的议事变得更加民主、更加开放、更加真诚。通过大家共同参与决策，琼和我变得更加善于倾听其他家庭成员的意见。汉娜曾对我说过几次："我的朋友们从来不和父母讨论事情。"然后告诉我她在人或事方面在想些什么。

我们学会了就重大的人类问题交换意见，谈着谈着，我们往往会转入对另一些事情的讨论，这些事情我们以前是不会去涉及的，诸如青少年之间的关系，甚至于性或毒品。别误解我——我们的家庭可不是十全十美的（远不是如此），可我们找到了一条相互沟通的康庄大道。而且我愿意下此断言：许多家庭将会乐意这样去做。

因此，第一号"美妙事物"就是，那句古老格言"你付出越多，就收获越多"确实所言不虚。努力去实践无私变成了我们做过的最利己的事情。我们全家确实更团结了。

---

① 一种用水和白胶、硼沙等混合而成的黏胶状材质，出自同名喜剧电影。该片由迪士尼公司制作于1997年，描写一位忘头忘脑的教授菲力普·勃瑞那在实验中制作出一种绿色的黏胶物质，它难以控制，常造成混乱的后果，勃瑞那将它命名为Flubber，意为"能飞的橡胶"（flying rubber）。

第二号“美妙事物”就是：我们所做过的一切事情都是能被复制的，它无关乎经济状况或个人财产水平。《一半的力量》这本书更多涉及的是我们如何实践这样一项家庭计划，而不是讲述我们做了什么。有些人对我们说：“我怎么也不会卖掉我的房子的！”谁指望你这样做来着？我们的计划从来就不涉及规模的大小。我们选择出售我们的房子，是因为从付出一半的角度看，那是我们家庭所能处置的一件事物。但正如你将从本书中了解到的，你的“一半”可以是你所能选择的随便什么东西，可以在你所确定的任何预算水平上。

为什么是一半呢？因为这是可以计量的。通常，当富有爱心的人们在看待社会问题时，内心的反应为“我应该做得更多一点”。但“更多”太过模糊而难以实施，结果往往是我们做不成什么事。相比之下，“一半”提供了一种实践所能遵循的尺度，一种确定一个标准激励我们实现的方式。

你可以独具匠新——积小流可以成江海。举个简单的例子吧：假如你的家庭每周看四个小时的电视，那么你们可以共同作出决定，将它砍掉一半，然后举家选择为某个一致的目标贡献出那另外的两个小时。关心上了年纪的人吗？你们可以一起到一个老人院去干活。关怀艾滋病人吗？也许可以每周一次用这两个小时去为他们提供饮食服务。

“美妙事物”之三是，《一半的力量》不仅对所谓的完整家庭起作用，而且可以为离异的家庭、非传统的家庭以及数代同堂的家庭提供亲和凝聚的大好机会。

不管你的家庭是怎样的组合，也不管你那“一半”是何种形式，奥妙就在于那过程。把过程弄到手，然后用它来构建你的人际关系。在一个充斥着 iPod、电子游戏机、耳机及其他让人与世隔绝的技术时代里，《一半的力量》能有助于你创建同世人休戚与共的人生历程。正如法国散文家米歇尔·蒙田[①]所说：“一个人假如不在某种程度上为他人活着，他也就很难好好地为自己而活。”

① 米歇尔·蒙田(Michel de Montaigne, 1533—1592)：十六世纪法国作家，以散文随笔著称。

第一章　跑步机

除非有人像你那样极其操心，否则情况不会有什么改善。不会的。

——休斯博士：《罗拉克斯》*

两个人都用右手、十个指头共同操作一把裁缝的剪子，绝对是一项别扭透顶的举动，可汉娜和那位部落酋长却使劲地要做到协调一致。看上去像是大拇指在较劲似的几秒钟之后，他们终于稳稳当当地握住了那剪子的灰色塑料把手，然后向他们前面那延伸过门口的天蓝色绶带小心翼翼地挪动过去。

别去说什么奥斯卡·麦迪逊和费力克斯·恩杰尔①。这儿就是一对我所见到过的最古怪的组合：一个笑容灿烂的十五岁美国

---

* 《罗拉克斯》(Dr. Seuss: *Lorax*)：休斯博士所著的一种儿童读物，以拟人化的手法表达了环保观点。

① 奥斯卡·麦迪逊和费力克斯·恩杰尔：情景喜剧《古怪的一对》(*The Odd Couple*)中的两个主要角色。这两个人物都是离婚男子，共住一个公寓套间，由于性格迥异，闹出了一系列冲突与笑话。

白人女孩，穿着瑞依牌①的细纱卡其装；一位仪态庄重的七十来岁非洲部落酋长，身着金黄与赭石色的礼袍，那模样就像古罗马人披上了一件“托加”袍②，袍的一边从他的左肩搭过去。她说着英语，为这次活动跨越了六千英里；他说的则是那种叫“特维”的部落语言。我猜想他从未离开过加纳这个西非国家，除非有可能到毗邻的多哥或布基纳法索度假旅行。

可如今他们却相会在这儿，结成对子，共同为这一新建置的手摇曲柄玉米加工机的开工仪式剪彩。无论他们如何千差万别，他们都怀着一个共同的目标：帮助这个农村社区逐步摆脱贫困的处境。酋长这么做，是因为这些人是他的人民；至于汉娜，则是因为她如此热切地期望让这个世界变得更美好一点，以至她让自己的家庭迁移，承诺拿出八十多万美元来帮助一个国家的村民，而一年之前她在地图上还找不到这个国家呢。

他们俩的目光交汇了一秒钟，酋长那灰白的山羊胡须和几近谢顶的秃头，同汉娜的红褐色头发形成了鲜明的对比，后者垂落至她后背的中间，在西非七月的炎热中卷曲起来。当汉娜急速而镇定地数着“一、二、三”时，酋长在一边默不作声。她打算他们俩在精确无误的同一时刻动剪子。像往常那样，汉娜努力要做到不偏不倚。

---

① 该品牌为 Recreational Equipment, Inc. 的缩写，创始于 1938 年。

② 古罗马人所穿的一种宽松式长袍。

此时我正站在绶带的另一边，心中充溢着为我们女儿感到的自豪之情。几个月来，我们一直在谈论着类似于今天这样的时刻：我们如何少享受一点，让每天依靠不足一美元而存活的人们过上好一点的生活。我们怎么才能为非洲的女孩子们创造更多的机会，要不然她们要数小时地去搬运谷物，她们的父母在田地里劳作，她们则丧失了上学的时机。像这样简陋的煤渣砖房屋该是多么寒碜的建筑物，却能让更多的年轻女子接受教育，从而为她们自己创造更多的选择生活的机会。如今梦想就在我的眼前成真。而汉娜，那个在年岁尚小时老要爬到我和妻子琼床上来的女孩子，现在却独当一面，俨然一副大人模样。

仅仅一个小时以前，我们一家子才抵达这儿的阿比苏一号，在我们携带的详细的双面加纳地图上激动地找到了它。不可思议的是，在一个比俄勒冈州大不了多少的国度里，我们竟花了两天时间造访了一个又一个微不足道的村庄，它们小到连地图上都没标示。阿比苏一号甚至连自己的专属名称都没一个，只能和邻近的阿比苏二号共用一个名称。

可这也是这座磨坊为何成为一件头等大事的原因之一。假如你的社区无足轻重到连自己的名字都不能拥有，你也就不具备什么政治上的影响力来获得任何资源。你也就休想能够优先获得粮食加工机械、学校教育项目或卫生保健设施。而阿比苏一号连电力或自来水都未曾获得过。

就在我们抵达阿比苏一号，从车子里现身的时候，汉娜、她的兄弟约瑟夫、琼和我就像在身上佩带了闪耀霓虹光彩的箭头，高叫“瞧瞧这儿”一样似的。甭管喜不喜欢，我们成了众人注目的中心。我们是外来者——不仅是来自异地他乡的人，对村民们来说更是来自千万里之外的、全然陌生的异类，这些缺乏交通条件的村民们无从跨越如此遥远的距离。小孩子们在指指点点。当他们见到了以前从未看到过的肤色浅淡的人时，他们把我们称作“奥勃罗尼”（白人）。他们想要触摸我们，跟我们握手，捏捏我们的胳膊，琢磨一下我们是否与他们不同。

对我们这两个十几岁的孩子来说，这也完全是一个“另类”的新鲜世界。在汉娜和约瑟夫的生命历程中，他们一直以来是大多数：在一个白人为主体的世界里，他们是白人孩子；在一个讲英语的社会里，他们是说英语的人；在一个富足的社区里，他们的物质生活充裕。而如今我们成了异类，是带着这里多数人称呼我们名号的一批人。

“被置于聚光灯下真叫人别扭，做个异类一开始还真有些让人恐惧，”约瑟夫事后对我说道，“我感觉就像鱼儿离开了水似的。”我们这个五英尺十英寸高、红头发的儿子转眼就要十四岁了，因此在他的生活里不乏尴尬别扭的处境，但不能否认作为一个白人孩子他是多么出众，而且他的嘴里还装了一副矫正畸齿的钢丝架（这是一种牙科装置，巧的是，它花了六千美元，正好与我们捐献的这座谷物磨坊花费一样）。

汉娜和酋长在绶带前摆定姿势，当她数到“三”时，咔嚓一下，欢呼声起，奔跑启动了。

数十名村民欢呼着冲过剪了彩的绶带，奔向房屋的正门，从那个手工绘制的牌子下面穿过，那牌子上赫然写着一个打造得既气派又别扭的名字：“改良型粮食生产与安全规划的粮食处理机”。他们迫不及待地要去观看磨坊，它将碾碎用来制作“肯基”的玉米，肯基是一种黏稠的、类似大麦糊糊的食品，是每天饭菜中的主食。

我并没有意识到琼没和我一块儿奔进去。她总是我们家里爱深入思考的一个人，这会儿她停下脚步来琢磨那悬挂在房屋正门外的绶带。汉娜跟那位酋长几近完美地将那条带子一剪为二。“一半，”琼在思忖着，“多么恰如其分。”

在磨坊里头，一位村民将曲柄装到了机器上，它看上去就像大型超市里的一架碎肉机。当曲柄被转了两圈之后，碾磨机呼呼地转动起来。一阵欢呼撼动了桃红色的煤渣砖墙四壁和波纹屈曲的金属屋顶，引起了隆隆的回声。欢喜雀跃的男人和女人们抓起大把的玉米，把它们投到吸入斗里面；另一些人则捧起从底部吐出来的粉状食品，将它们抛撒至空中。

“这屋子里的活力真是惊人，”汉娜后来在日记中写道，“我从未见过人们这么高兴，尤其是为了粮食！难以置信。”

这一时刻大大触动了我们这个十五岁的孩子，这并不叫人奇怪。正如汉娜后来告诉我的，“我真不敢相信，一件在我们社会里被视为完全理所当然的事，在另一个社会里却能被看得如此重要。

我们甚至意识不到，这里的人们为了在他们社区里进行巨大的变革要经历多少艰辛，而在我们的社会里，它们似乎算不上什么。”

她懂事了！这是父母的教育吗？要不就是琼和我终于领悟了汉娜久已明白了的道理——我们这小小的四人团队有能力为社会作出一些贡献？

无论从哪方面说我们都远离家园。这不只是说，加纳与我们居住地佐治亚州的亚特兰大遥隔大西洋，更是指心理状态上的一种遥远。

我将对此进行解释。我成长于布鲁克林，是我们这个犹太家庭中三个孩子里最小的一个，并且是唯一的一个男孩。我的双亲就如人们常说的，让失和的家庭乱七八糟，他们激烈争吵了好多年，直至最后愈演愈烈，最终分手。那时我十四岁。对这一切我的应对之道很简单：一走了之。高中毕业的时候，我心想一千英里的遥远距离总该可以让我把一系列的家庭恩怨抛到身后了。为此我去了西北大学，它位于芝加哥城外。

回想起来，慈善在我们家庭的日程上是没有一席之地的。我记不起来有哪一天我们曾在某个地方做过义工。我也记不得我们曾作出过什么贡献，除一九六〇年代的某一天，在下曼哈顿的布厄里，我们家将一件旧的冬衣给了一个“本姆”（这是当时对流浪汉的一个习惯称呼）。对我母亲来说，希望牢牢把握住她所拥有的东西，这一点并不令人惊奇。她是作为一个移民的女儿长大成人的，父母是电梯操作工和做计件工的女裁缝，要把东西施舍出去，她是怎么也不乐意的，哪怕她后来步步晋升，成为了一名大学教授。

我的父亲在年轻时曾是个出了名的火气大的人，上了年纪之后又成了个怒气冲冲的老头，他不会去做政府份内的工作。他终生是个社会主义者，他不止一次地对我说过："没必要去搞慈善那一套。政府应该照管人民的需求。就这么回事！"

在西北大学时，琼·金比我低三个年级，我大四的那一年，她是一年级的新生。她跟我所遇见过的人都不一样。琼成长于一个我所能想象到的最稳定、最正常、最具新教精神的家庭。她绝对属于非少数的族裔。她的祖父母不止是美国出生的，而且这个家庭已经世代耕耘在艾奥瓦丰饶的黑土地上了。

琼的家庭是用二十世纪六、七十年代的许多美国中产者的视角来看待慈善的：首先照顾好家庭，然后才是教会。万圣节的时候，会有"联合国儿童基金会"捐献箱，这是一个由童子军偶尔实施的项目。但在一般情况下，联合卫理公会的布道机构联合卫理公会救灾委员会（UMCOR）[1]会出面处理家庭奉献的各项慈善事务。

在我们的出身教养迥然有别的背后，琼和我都意识到我们彼此志趣相投。因为我们的父母都是教师，我们都深谙教育的价值。我们都渴望事业有成，谋求职位的升迁，改善我们的生活方式。

毕业之后，我加入了《华尔街日报》，在那儿从起步阶段的文字

---

① UMCOR：United Methodist Committee on Relief。

编辑做起，后升任记者，再升为专栏作家，然后转至华盛顿分社，协助报道有关布什政府及此后克林顿政府的新闻。我乘坐“空军一号”专机飞行，在国会山下的专用地铁线上采访参议员，在西服革履的派对上跟那些不知其名的“政府高级官员”应酬周旋。与此同时，琼被一家咨询公司录用，这家公司后来发展成为埃森哲公司①。在那儿，琼作为紧承开拓先锋的第二代成功女职业经理人中的一分子，凭借其埋头苦干的职业精神和发现精明顾问师的一双慧眼，挨个儿击倒了项目与升迁途中的一块块多米诺骨牌。她帮助华盛顿州创建了一个更完善的税收体系，并促使纽约市的选举委员会更有效地运作。

不知不觉间，我们一头扎进了我们的“累积年代”。你知道这是怎么回事，不是吗？你挣得越多，你就过得越阔绰。更大的房子，更宽敞的套房。接下来当然是用更多的东西来装饰那愈加扩展的空间。更加美妙的假期——到阿拉斯加、百慕大、意大利旅行。我们第一次购置了原创艺术品，圣诞节期间买了开士米的羊绒套衫。花钱意味着享受乐趣；购买电子设备或相互为对方选购珠宝首饰则是一种爱的表示。

在经济衰退期间，我们一再斟酌该怎么花钱，但这只是上升轨迹中的偶尔停留。目标总在不断地升高。

① 美国的一家管理咨询和信息技术公司，成立于 1989 年。

在一九九二年劳动节[①]那天，我们结婚已经五年，光头娇小的汉娜在首都特区的乔治·华盛顿医院里降生了。教师兼作家的伊丽莎白·斯东曾把生孩子称作"让你的心脏在身外漫步"的一个决定。汉娜出生时，琼激动得哭了出来。正如她所说，"直到我注视着我女儿的那双小眼睛时，我才体会到我自己的母亲多么爱我。"我们很快读了一大摞关于养儿育女的书籍——本杰明·斯波克、佩尼洛普·李奇、《第一年该预期什么》——我们搜罗着一切可能的讯息，以便更好地做这一滴原生质的培育者。

可是随着我们心气的扩大，我们的花销也在增长。车子越来越大了：一辆精美的沃尔沃取代了那部本田雅阁。我们的旅行也未停下脚步，只不过我们带上了汉娜，两岁之前她就跟着琼出差旅行到过伦敦与巴黎。为了拍她护照上的第一张照片，我们不得不扶着穿了汉纳·安德森[②]套装的汉娜，以免她摔倒。

有趣的是，我们甚至从未考虑过我们的花销，特别在我们有了孩子之后。谁会在孩子身上缩手缩脚、舍不得花钱呢？我们的情况也可能是个极端的例子，可我敢断定，你也会有这样的时刻，从这件买到那件不假思索地大把花钱。一件上衣，一台更好的电视机，给孩子们的房间置办新的家具——嘿，上帝不就是为此而创造了信用卡吗？对我们来说，积累财富就是

---

① 又译"劳工节"，在美国，每年九月的第一个星期日为此节日。

② 以出售优质童装为主的一家公司，该品牌带有瑞典风格。

工作职能描述的内容之一，尤其在经济繁荣的时期更是如此。

我们并没刻意地要去成为惹人讨厌、肆意挥霍的“雅皮士”[①]，我们就是这号人。这不就是那种力图要比父辈过得更好的“美国梦”吗？我们有幸获得了该有的一切，不是通过继承遗产或抽彩票中奖，而是通过勤奋工作、献身事业以及在正确的时机任合适的职位等因素的汇合。譬如说，一九九三年琼成了埃森哲公司的合伙人时，我们花钱的舒适感渐强，可支配收入又大幅上涨。为了庆祝，我在我们的华盛顿城区住所里为她举办了一次香槟酒品尝派对。

第二年，即一九九四年，我们移居到亚特兰大，后来居然搬进了更大的“梦幻之家”，它就是桃园村一一六号。它有三层宽大的楼面，是亚特兰大豪华的古老建筑之一。其历史有近一百年之久，带有高耸的柯林斯式柱子，原先曾是里奇家族（这个名字起得恰如其分[②]）的宅邸，他们是亚特兰大最成功的土特产品百货商店的建造商。那时我们正处在节节攀升的过程中。这里将是举行盛大派对和主办大型活动的完美场所。

一九九四年，约瑟夫出世了，我们的家庭算是完整无缺了。汉娜和约瑟夫这两个红头发、白皮肤的孩子，是琼和我两人的完美结

---

① 主要流行于二十世纪八十年代，指那种事业有成、崇尚享受的一类人。

② 里奇，英文原作 Rich，“富有”之意，名字与业绩正相匹配，故云。

合，他们的相貌更多地来自萨尔文家族的血统，他们的肤色则闪耀出琼娘家——金家族的荣光。

汉娜和约瑟夫在成长中形成了不同的社交性格。汉娜往往要求和别人待在一起。在她七岁左右的时候，她开始心怀惊恐，担心她身边的人随时会死去，因此当我们中的任何一个人撇下她，不管是赶往克罗格公司[①]去买牛奶，还是到外面去出差三天，或者在一通电话结束的时候，她总会用一句欢快的“我爱你”结束谈话。每当结局来临时，我们从汉娜口中听到的最后一句话总是“我爱你”。也许一天要多达一打。

约瑟夫则截然相反，他是那么自得其乐，以至于别人离开屋子时他很少注意到。但他喜欢逗别人乐。有一年过万圣节，他决意要扮成一块电影院的地毯。我们找到了一块阔幅地毯的残余部分，在它中间挖了一个套头的洞，他在那上面装饰了嚼过的泡泡糖，捣碎了的酥心奶糖，粘贴上爆米花以及撕碎的票据等等。那天晚上很晚的时候，当他出去“不请客就捣蛋”[②]时，他拒绝告诉别人自己是什么。人们发问的时候，他只轻蔑地甩出小小的一个词：“猜猜”。很可能有百分之九十的人猜出来了，这让他得意洋洋，他喜欢开这样的玩笑。

---

① 美国的大食品连锁商店，原名“大西方茶叶公司”，1883 年创建，1946 年改今名。

② 万圣节时，孩子们打扮成古怪的模样，挨家串门，每到一家就说此话（“trick or treat”），意为若不用糖果或钱等款待就要作恶作剧。

当意见不一致时，我们家的方式是把问题都摊到桌面上来。早些年时，琼给我们的婚姻生活带来了一条“争论不出结果就不睡觉”的原则；结果是，她和我为解决争端有时要讨论到深夜，可毕竟问题解决了。

我们把这种方式也带到对儿女的教育中来。汉娜九岁的时候，她对狗的害怕逐渐演变成了一种恐惧症。每当被邀请去和小朋友游玩时，她往往是首先惴惴不安地问一句：“他们那儿有狗吗？”我们想方设法跟她讲明道理，把她带到养着温和宠物的朋友家里，给她读更多有关动物的书籍。但是汉娜的恐惧并没有因此而消减。到后来，我们用琼的“解决问题”的典型方式，前往慈善协会[1]领养一条狗，带回了一只有博德柯利[2]血统的混血牧羊犬，名叫麦琪，汉娜忐忑不安地确认了这条狗性情温和到了可以和它交往的程度。

这丫头和那条狗维持着一种脆弱的休战关系。我们领养麦琪后的头几天，汉娜坚持她和狗必须待在一扇关闭的门的两边，狗跑进厨房后，汉娜就坐到厨房柜橱上的操作面旁，不让狗舔到或嗅她。但是，过了几个星期，乃至几个月之后，汉娜对狗的恐惧逐渐消退了。她给麦琪喂起了食，间或还抚摸她。更重要的是，她开始去有宠物的朋友那儿玩了。危机终于解除了。

---

① 保护儿童或动物免受虐待的社会团体。

② 一种原产于英国、个头中等的良种牧羊犬。

要把我们与其他的家庭区分开来，是不太容易的事情。父母二人，两个孩子，漂亮的房子，还有狗儿。我们勤奋工作，步步高升，下班后回家。在家时，我们给汉娜和约瑟夫投掷棒球，实施各项艺术活动的计划，给他们读书；我们采购的各色物品，大大超出了琼和我所希望为孩子们购置的“必需品”的范围；我们为他们创造更多的增长才干的新机会：进行击球和投球的指导，让他们参加表演训练营、上音乐课、加入团队旅行等。像其他我们认识的人那样，我们购买了我们想要的大部分东西。

但别误解我：钱不是个坏东西。绝对不是。可是花呀，花呀，花呀，这竟成了培养孩子的一种野蛮行径：他们打开头就相信一切东西都是可以替换的，或者说每样东西都花费同样数目的钱。持续提升的生活水准成了所谓的“新常态”①，他们逐渐对此习以为常。

当我们的孩子到了要上学的年纪时，我们将他们送至威斯敏斯特学校，那是亚特兰大私立精英学校中的一所。该校有着引以为荣的位于富庶的布克海德的十三幢教学大楼和一百八十英亩的九块运动场地，俨然是一处怡人的大学校园。雷克萨斯②、奔驰，还有林肯之类的名车闲散地停靠在公用车道上，母亲们则身穿网球衫在等候，引擎仍在运转以保持她们的黑莓手机处于充电状态，

---

① 指不断追求成功、富有、享受已成为一种新的常规生活方式。

② 旧译“凌志”，日本丰田汽车公司生产的一款豪华轿车。

并让她们能舒适地享用空调。

我们知道有个经典的比喻:魔鬼在你的一个肩头显身,唆使你听从卑下的本能;天使则在你另一个肩头上,激励你摆脱诱惑,保持良心的纯洁。在我们的境况中,魔鬼驱使我们去买更多的东西,而天使则敦促我们停止这种疯狂之举,并把良好的价值观灌输给我们的孩子。在公用车道上,肩头上的魔鬼不断地提出一连串的建议:仔细察看一下那辆"悍马"①、加入私人高尔夫俱乐部、到海狸溪②去滑雪……瞧瞧这些人都有些什么!我几乎能听到天使在鄙夷地叹息。

约瑟夫上小学三年级时,有一个星期四,我们见识了一回可笑的新水准排场。他受邀到他的小伙伴托马斯的祖父在南佐治亚的"农场"去玩,那地方从前是个种植园,猎捕鹌鹑是那儿最主要的活动。农场?这跟琼从艾奥瓦的祖父母那儿了解到的根本不是一码事,这是肯定无疑的。在那位母亲准备驱车三小时将约瑟夫送往南方的前一天,我们的电话铃响了:"凯文,你是否介意我们搭乘我父亲的私人飞机上那儿去?反正我老爸是要飞往那儿去的,所以我想我们还是搭他的飞机去吧。"虽然这是那位母亲的好意,来跟我们敲定此事,但是严酷无情的事实就成了:约瑟夫要乘喷气机去赴同学的约会了。

---

① 美国通用汽车公司生产的一款越野车。

② 位于科罗拉多州的高山度假胜地。

英国经济学家兼实业家查尔斯·韩迪[①]在其《大象与跳蚤》一书中写到如何在地位和物质方面比得上周围人时说道："生活成了一项绝无退路的长跑比赛，但你永远也赢不了这场赛跑，因为总有人在你的前头，总有更多的东西要去获取。"琼和我径直将此称为"踩跑步机"。我们创造了一种生活方式，然后仅仅为了维持它，我们就一定要不停地运动。就像那自动化的跑步机一样，这种生活的内部配备了一种机械装置以维持它的转动。我们绝不会去梦想由功能强大的视窗再回到手摇曲柄的窗子，或由真皮坐椅再回到布料椅子上去。事实上，我记不起来我们生活的任何一个方面曾经有过这样梦想的时刻——车子、房子、电子产品或各色乐器。更优质、更美妙、更富足成为一种"新常态"。

当然，所有这一切都是花费代价才能得来的，我说的不光是明显的财务上的成本。想想看，要不断地在业务上保持上升的势头，为这种攀升还要奋斗不息，或彼此较量。踩跑步机就要求这样。在琼的公司里，甚至酿成了这样一种体制：在"不上升就出局"的架构下，任何不能赢得更多合作单位的人员将从快行道上被撤换下来，转入被敦促离职的行列。人们往往容易透过金融的棱镜来看待各种事物，并随之进行合理的计算（假如我接受三百英里之外的一份更高的职位，且只能在周末与家人团聚，那又将会怎样？只不

---

① 查尔斯·韩迪(Charles Handy)：1932年出生的爱尔兰作家，专长于行为学与管理科学，其著作《大象与跳蚤》(*The Elephant and the Flea*)出版于2001年。

过两年的时光，我就能多挣一万五千美元）。

我欣赏我的朋友马克·阿尔比翁的观点。他曾是哈佛商学院的一位教授，他帮助人们通过负责任的商业活动来改善自身以及世界的境况。（我和马克常常会谈到父母对孩子的培养，并辩论这样一个问题：“我们是在培养消费者还是公民？”）对马克而言，为在地位和物质方面比得上周围人而进行的战斗可以转换成关于毒品的语言。“成功、权力、金钱及荣誉具有最佳毒品般的毋庸置疑的力量：它们造就了一种悄无声息的死寂局面，”他在其新闻报道《成就人生，谋求生存》中阐释道，“物质肯定为人提供了安全保证，至少在一段时间内。”

但是就如吸毒那样，吸得晕晕乎乎的上哪儿都是死路一条。想想这一点：研究结果显示，年收入超过七万五千美元的人感到起码要增加百分之五十的收入才能满足他们的需求，他们的人数四倍于年收入低于三万美元的人群数目。马克的结论是什么呢？“如果用我们的毕生精力去挣得金钱，我们常常忘了金钱的真正代价。”

回想起来，我不能肯定琼和我确实遗忘了金钱的真正代价。我们从来不了解它，也从未思考过它。在职业生涯和个人生活的道路上，我们身不由己地被它引领着向前行进。

相应地，消费主义也开始影响到汉娜和约瑟夫，他们的“新常态”是一种东西用完即扔、不断在更新换代的生活方式。在约瑟夫十二岁的时候，他的“小联盟棒球全明星队”一路过关斩将，赢得了区里的冠军。他们赢得过佐治亚州的十一岁级别组的冠军，现在有机会再接再厉、乘胜进军了。可当他们的球队进入州联赛后，小伙子们遇到了一个麻烦：孩子们中的许多人，包括约瑟夫，挥打的那种安德森·特克齐拉[1]牌的棒球棍容易瘪掉，因此裁判把它们从比赛中撤换了下来。

我们原本可以使用藏在地下室里的其他棒球棍的，可它们不是特克齐拉牌的，而我们的文化却命令人们要为孩子提供“最佳”的物品。我们的孩子们也期望着那“最佳”。不需要什么改弦更张。因此队友的家长中有一位就到当地的供应商里去设法寻觅，终于用每支二百美元的价格买来了五支新的球棒。但约瑟夫的球队在州决赛中一下子失利败北。赛季过去后，球棒就放到了地下室里。

谁能责怪孩子们呢？他们自然会效法父母的消费模式。（心里不痛快了，买东西去！）除此之外，据有些资料的估算，孩子们每天要接受多达五千条广告印象的狂轰滥炸，这些印象源自广告牌上、电视上、T恤衫上以及其他你能想象到的任何地方。“我们的文化正加班加点地引诱年轻人花钱上瘾，它总是传达这样的信息：只要你再有一样东西，你就高兴了。”“共享、积蓄、消费”的创始人奈森·邓恩评说道。该公司的总部位于明尼阿波利斯，它帮助父母培养孩子们处理财务的责任心。

---

① 美国著名棒球棍品牌。

行文至此，我要澄清一点：我肩头上的那位天使一直在试图反击。即使在我们为了结婚而大把花钱的时候，琼和我还是在为社区出力，辅导年轻读者，并为老年人服务。汉娜出生后不久，琼就带着她去做开车上门送食品的服务①。那些耄耋老人不去留意他们的盒饭，反而停下来去拥抱那个穿着 Gap 童装、在蹒跚学步的小妞。

当我们埋头专注于事业的时候，琼和我出于业务上的考虑也常常承担一些服务性的工作。她曾致力于推广其公司“联合之路”②的活动，这是一项显而易见的美好差使，她还成了埃森哲地方基金会的主席。她加盟了“亚历西斯·德·托克维尔③协会”，这是由“联合之路”旗下的每年提供一万或一万美元以上的资助者组建的一个团体，它是兼有商业使命的一个慈善机构。

偶尔我们也会寻找机会让我们的孩子参与进来。譬如说，我们开始在“仁人家园”的工地上干活之后，琼和我会在最后的一个星期六拖汉娜和约瑟夫一起去奉献出力。他们在那儿常常会发现，那些购房者有着跟他们年岁相仿的孩子。有时约瑟夫会带一

---

① 一种慈善服务，在美国由各种慈善组织和服务机构提供。

② 全名为“美国联合之路”(the United Way of America)，又译“美国联合劝募会”，这是一个大型慈善团体，创建于 1918 年，总部位于弗吉尼亚州的亚历山大，其分支机构遍布近 2 000 个城镇，资助范围颇广，主要在教育与医疗卫生方面。

③ 亚历西斯·德·托克维尔(Alexis de Tocqueville, 1805—1859)：法国作家与政治家，曾于 1831—1832 年间访问美国，发表了《论美国的民主》一书，盛赞美国的制度与生活方式，并预言美国将成为一个强国。

只球去，跟那些孩子在街上玩。在驱车回家的路上，我们会谈论跟他们的异同。如同许许多多的家庭一样，我们对每周给孩子的零花钱实行三分制的原则，要求把相等的每一份分别投入消费、积蓄和为慈善作奉献的三个罐子中。

简言之，我们比许多家庭做得要多，我们力图要找到我们的中心。但是，我们距离能够回答某些真正至关重要的问题尚遥不可及，如：我们的家庭主张什么？我们曾期望成为什么——不是想做什么或拥有什么，而是成为什么？如今我想到了它，可从前我们连问都没问过这些问题。

事实上，我们脚踩跑步机的速度如此之快，以至于我们险些错失了一个绝佳的好兆头。当我们的家庭生活充斥了工作和孩子们的种种活动，并沉迷于狂热之中时，一场情感的风暴正在汉娜的内心酝酿着，它几乎逃脱了我和琼的注意。

在威斯敏斯特，孩子们要参与到学校培养服务和慈善精神的课程中的一个方面。该校刚创建了一个叫做“城市教育投资”的计划，在这个项目中，汉娜所在的五年级的九十来个学生有两天不上课而去做义工，要睡在外面，在那儿观看影片《提前支付》。第一天，汉娜在闹市区的一家亚特兰大餐馆和一个叫“咖啡馆 458”的项目中做工。现在回想起来，我们会将这一天视为一个真正的里程碑。

“咖啡馆 458”设在“国王中心”附近的一幢两层砖楼中，它在周末供应美味可口的早中饭。在它星期日的菜单上可以发现卡罗来纳手撕猪肉加蛋的本尼迪克[1]，或者大玛尼埃酒[2]加法国式吐司[3]之类的美食，这种情况并不稀罕。但该店的奥妙却在于，它所有的利润，甚至包括给志愿服务者的小费，都用来资助一项帮助无家可归者回归成功之路的计划。对汉娜而言，最主要的是，在这家餐馆里有为无家可归者设置的一项工作日用餐计划。

“咖啡馆 458”是引燃汉娜激情之火的那一点小火焰。在“城市教育投资”期间的工作完成后，她回到了家里，浑身充满活力，吃饭时背诵挂在餐馆墙上的前国会女议员雪莉·契肖姆[4]说的话：“服务于人是我们为生活在大地上的特权而支付的租金。”汉娜询问她能否再上那儿去当义工——那不光是一种提议，这种愿望即使是一知半解的懵懂父母也拒绝不了。于是在接下来的几个月里，十一岁的汉娜就每周一次前去给无家可归的亚特兰大人准备食品并供应午饭，力图让他们的生活走上正轨。

如今，她不再像从前那样谈论朋友或她的老师了，而是在许多天里回到家来滔滔不绝地讲述着她在餐馆里服务的那些无家可归者的故事，尤其是亨利，这是一个孤独的人，常孤零零一个

---

① 源自美国的一种餐点。

② 此酒为亚历山大·玛尼埃-洛波斯托尔(Alexandre Marnien-Lopostolle)于 1880 年创制。

③ 将面包片蘸上鸡蛋或牛奶鸡蛋糊，然后油炸即成。在北美及一些欧洲国家常用作早点。

④ 雪莉·契肖姆(Shirley Chisholm, 1924—2005)：美国非洲裔女政治家、教育家，美国第一位当选为国会议员以及第一位竞选美国总统的黑人妇女。

人坐在那儿。“爸，瞧着真叫人伤心。没人喜欢他，他总是自个儿坐在桌子旁。”她说道。当然，这种情况只会使汉娜想要更频繁地在亨利的桌边停下脚步，并从洁净的塑料罐子里给他添加水或冰镇的茶。

回想起来，琼和我在关注服务问题的时候也经历了重大的变化，最明显的就是几年前我们所作的职业转型。在埃森哲，琼一直在管理该公司的全国妇女咨询指导的工作团队，帮助年轻妇女循着升迁管道发展提高。可是现在，在公司待了二十年之后，她意识到了一个严重的问题。“这工作逼得我快疯了，”琼告诉我说，“有太多的三十来岁的女人们怎么也学不会去冒冒风险，享受其中的乐趣，或者替自己鼓吹一下。”她的解决之道是：她要更早地去接触女人们——换句话说，到学校去教书。

二〇〇一年的秋天，有一次我们绕着我们树木繁茂的住宅小区散步时，她向我透露了这个想法。她的提议当然不太中听，眼看着百分之九十五的收入就这么活生生地被砍掉总不是个滋味。固然我们拥有埃森哲 IPO[①] 的股份，但是股市变幻莫测、波谲云诡，是靠不住的。

当我们沿着两边植有橡树的街道并肩行走时，琼提出了事关百万美元（真正意义上的）的问题：“要是我们的钱花完了怎么办？”我的反应如此之快，几乎不假思索。毕竟就在一年之前，我也换了

---

① Initial Public Offerings 的缩写，意为首次公开募股，或首次公开发行的股票。

工作，脱离了我为之效力十八年的《华尔街日报》的惬意处境，与人共同创建了一家杂志公司。我不打算叫她的梦想落空，不管是有钱还是没钱。我让她回想起我们在纽约的第一套公寓，一个单居室的套间，面积不足七百平方英尺（或者说，大约是那“梦幻之家”的九分之一）。“我们以前住得狭窄得多，”我说道，“我想我们还会重新那样做的。”

于是琼修了一个硕士学位，不久就签约到亚特兰大女子学校去教七年级的英语了。这样她就有机会为女孩子成为事业更成功的女人而打好基础了。

由于工作变动，琼和我开始花更多的时间在家里陪伴孩子们。而关于我们的职业变动没什么可多说的，倒是我们成长中的孩子们使事情变得更单纯了。不管怎么说，这是谁的生活呢？如果说有什么东西父母们抱怨得比别的事情更厉害，那就是忙碌。但可悲的是，忙碌成了不去做那些真正有意义的事情的借口。有趣的是，我们全都知道我们被过多的事情缠住了身子，忙得连宝贵的时间都丧失了。

忙碌的每个方面都有它的一番道理。我们的孩子喜欢运动，我们当然不能马虎了事，敷衍对待，因此我们忙不迭地送他们去上辅导课、入训练营、参加运动队。我们一个劲儿地在帮孩子们，谁能对此说个不字呢？如同许许多多的家庭一样，我们心想一切都能在假期里得到补偿，尽量把家庭的爱和亲近体贴挤到一年中的几个星期里。

但是我们却正在丧失我们的核心。随着汉娜和约瑟夫日渐长大，愈加独立，他们自然会进入自己的轨道，琼和我正日渐转变成帮他们驾车的车夫了。周末前往雷诺克斯商城，目的是去看朋友，看电影成了远离父母的事儿，iPod 在耳朵里轰鸣，开车行进时 DVD 提供了娱乐方式。相互间的交谈很难达到有意义的深度。我们的家庭正运转进不同的星系。

尽管如此，希望之光仍在依稀闪烁。在所有这一切活动中，用餐是恒久不变的，不管天塌地陷，我们都会在一起吃饭。好多个晚上我们都等着约瑟夫结束棒球训练回家，然后在八点钟吃晚饭。要不我们就把他塞进车里，驱车来到北部城郊汉娜进行排球比赛的地方，为她加油鼓劲，完了来点儿比萨饼吃吃。这多半只是一次二十分钟的聚会，但却是我们一家这一天的中心事件。

说起来还真有故事呢。从孩子们还小的时候起，我就爱和他们分享从报纸或电台上得来的信息。有时候是一篇关于将要添加到字典里去的新词的文章，其他时候则往往是一篇激动人心的故事。汉娜甚至想出这样的主意，在桌子旁朗读她钟爱的《心灵鸡汤》[①]中的故事。一个故事会引出另一个故事：越是感情充沛、鼓舞人心，就越有味道。

一天晚上吃晚饭时，我回想起了国家公共电台讲过的一则关于一个纽约人在刀子的威胁下遭遇抢劫的故事。受害者胡里奥·迪亚兹这样描述它：

① 一种收录各种励志类故事和散文的系列书。

他要我的钱，我就把我的钱包给了他，跟他说："东西在这儿，拿走。"当那十来岁的孩子将离去时，我又对他说："嗨，等会儿，你忘了一样东西了。要是今儿晚上你还要去抢劫的话，你还是带上我的外套吧，好让你的身子暖和一点。"

抢劫者望着我，一个将要再成为他受害者的人，"就跟这儿发生的一样吗?"我说，"他问我：'你为什么要这么做?'"

我回答道："如果你愿意为几美元而冒失去自由的危险，那么我猜想你或许真的需要这笔钱。我是说，我现在唯一想做的事就是去吃顿饭，如果你确实想跟我一起……嗨，非常欢迎你。"

那个小伙子跟迪亚兹一起吃了饭，吃完之后，迪亚兹向他要那把刀，年轻人把刀给了他。故事以迪亚兹的话结尾："我心想，你知道，如果你善待别人，你所能期盼的就只会是，他们也会善待你。这道理简单明了，就像它在这个错综复杂的世界上所表现出来的那样。"

我讲完之后，约瑟夫沉默不语，在品味着这个故事。汉娜则惊叹道："啊，太不可思议了！真酷!"

我朝琼那边望过去，我知道她心里在想什么。我们的思绪围绕着各种可能性在旋转。职业的转换。志愿者的服务。汉娜的热诚。也许我们并非没有希望，只是行进在错误的轨道上。

琼和我在那时还不知道，我们这个十几岁的姑娘将成为那新列车的驾驶员。

汉娜的见解

相信你能有所作为

在美国，每天约有一百一十一名妇女死于乳腺癌。每一年有上百万的女孩怀孕。由于醉酒驾车，每三十一分钟就会有人丧生。我写下这些并非想让你灰心丧气。不过你可能会想，存在这么多的问题，你我对此都只是束手无策。

当民权活动家罗莎·帕克斯[①]在一九五五年乘坐一辆公共汽车，拒绝挪到后座上去的时候，她怎么也想象不到她的举动将会对千百万公众的生活产生巨大的影响。“我一点也没意识到我的行动会导致什么后果，”多年之后她说道，“在我被捕的那会儿，我不知道公众对此将作出什么反应。”帕克斯夫人之所以没有站起来的理由乃是因为她知道种族主义的法律是错误的。

罗莎·帕克斯只是万千有影响力的人物之一，他们的行动改变了今日许多人的观念。想一想甘地、特蕾莎院长[②]、格瑞格·莫坦森[③]、

---

① 罗莎·帕克斯(Rosa Parks, 1913—2005)：非洲裔美国妇女，1955 年冬，她在亚拉巴马州的蒙哥马利市乘坐公共汽车时，拒绝向一名白人男子让座而引发了 20 世纪 50—60 年代的美国民权运动。

② 特蕾莎院长(Mother Teresa, 1910—1997)：又译为“特蕾莎修女”，天主教慈善活动家，1979 年获诺贝尔和平奖。

③ 格瑞格·莫坦森(Greg Mortenson)：生于 1957 年，成长于坦桑尼亚，美国慈善家、作家、登山家。他与吉恩·荷尔尼博士(Dr. Jean Hoerni)共同创建了非营利的“中亚学院”，并任院长。

约翰·伍尔曼[①]、居里夫人（如果你不了解他们，就去查一查他们的生平，他们全都是杰出人士）。有时候，小小的举动就能深刻地影响一大批人。即使它们没能如此，它们也具有巨大的感召力，或许仅对某一个人发生作用。

因此，不要因为你不能独自解决整个问题而气馁。正如英国哲学家埃德蒙·伯克[②]所言："没有人比那种因为只能做成一点点而什么也不去做的人犯下的错误更大。"我十分清楚他说这话什么意思。在我们的家庭计划实施之前，我一直在对自己说，不管我如何努力尝试，或付出多少金钱，我始终不可能彻底解决世界上存在的任何一个重大问题。当我在"咖啡馆 458"那家为无家可归的男女开设的亚特兰大餐馆中干活的时候，我见到一批批的人进来，无精打采，孤苦伶仃。可尽管如此，我并不把他们看成单个的人，而是视之为一个"无家可归"的群体。

后来有一天在"咖啡馆 458"，我听到两个流浪汉在谈论一场大学的篮球赛，就在前一天的晚上我跟我爸也观看了这场球赛。我一下子省悟到这些人也是人。我把他们看成与我不同的异类是多么愚蠢和粗暴。我现在明白了我心头的这灵光一闪对我来说是

---

① 约翰·伍尔曼(John Woolman, 1720—1772)：美国宗教活动家，鼓吹反征兵、反奴隶制等观念。

② 埃德蒙·伯克(Edmund Burke, 1729—1797)：爱尔兰政治家、哲学家、作家。他支持美国革命，但对法国大革命持批判态度。20 世纪以来他被视为近代保守主义的创始人和古典自由主义的代表。

跨越了一大步。在这刹那的感悟之际，我从把他们视为一群人的立场上转移到了把他们看作一个个单独个体的立场上。在我开始将他们看成一个个处于困境的个体之后，无家可归和饥饿似乎并不是什么重大问题了，我感到我更能有所作为。我也开始相信我能助一臂之力，因为问题只属于具体的个人层面。

活动

从你的社群中想一个激励了你的人。放开你的眼界，超越他或她的具体作为而关注此人给工作或志愿者活动带来的精神品格。譬如说，有些人更善于创设新的计划而非具体地将它们付诸实施。而另一些人则是实干家，随时准备接受他人的主意并身体力行。你们家的那位大妈是解决问题的人吗？或是一位善于聆听的人？还是一位鼓舞人心的人？

现在从同样的角度来考量一下你的能力。如果你拿出你最好的特征，将它们投放到世界上，你怎么运用它们来作出贡献呢？你有耐心吗？也许你能成为一个很好的辅导老师。你有音乐才能吗？也许你能到老人院去弹奏吉他（并带上你的家人一起去唱——无需特殊的才艺）。我们全都具有可为这个世界服务的天赋。

第二章　听了才知道

生活的目的……首先在于要珍视、重视、倡导某些东西，使之有所作为，这样我们才算真正地生活过。

——列奥·罗斯顿

我和汉娜开着我们的银色座驾“赛翁”①，沿布福德公路的连接道行驶着——我们把这车叫做“烤箱”，因为它的模样方方正正的，像只箱子——我们从汉娜过夜的一个同学家往家里驶去。那条连接道始于85号州际公路的一处下匝道，然后延伸至一条市区的马路，那儿有一个指示停车的交通灯，标识着它与斯勃林街的交接处。它也许是全亚特兰大最难亮起的一盏绿灯，因为斯勃林街上放行交通绿灯持续的时间有连接道上绿灯时间的三倍多。

由于车子不得不在这儿停留较长的时间，连接道和斯勃林街的交角处成了无家可归的男男女女们讨钱的一个出名的地方。开车者必须在那儿等候，因此就有了乞讨的机会。对我们来说，这里

---

① 日本丰田汽车公司出品的一款车子，针对北美市场设计制造，以吸引年轻一代为主要目标。

经常成为我们分发五美元的麦当劳就餐卡[1]的地方，我们在车上放置零碎杂物的小柜子里备着它们；分送这些就餐卡使我们更加相信这些接受者会用它们去买食品，而不是去买烈性酒或毒品。

在二〇〇六年秋日的一天，我拐了一个弧圈离开了连接道，然后将车速从六十放慢到零，我们就在红灯前停了下来，这儿离我们家不足一英里。不足为奇的是：在我们左边一道生锈的铁网围栏前坐着一个流浪汉。我们并不知晓他的名字，他也根本不会想到他将对我们的家庭——或者说对其他千千万万人的生活——产生的巨大影响。

在我看来，他的模样没什么不同寻常（他穿了一件破旧的T恤和一条牛仔裤），他拿着一块纸板，上面用"三福"牌[2]黑色记号笔歪歪扭扭地写着印刷体的几个字："饥饿，无家，请给予帮助"，这样的方式当然也无新意可言。我整个人沉浸在内心的自我对话之中："糟糕，我身上的麦当劳就餐卡都用光了。我该给他现金吗？不，就待着别动。"我在座位上不安地扭动着，避免跟他有眼睛的对视。

可在乘客席位上，汉娜却有全然不同的体验。她瞧着那流浪汉，这景象以前见过数十回了，可在今天，他的处境却给她留下了更深刻的印象。这是因为当她朝另一个方向望去时，她瞅见了另

---

① 又译"麦当劳拱门卡"，是方便在麦当劳餐厅用餐的一种卡，面值有5、10、25与50美元不等，可以充值，也可用作礼券。

② 美国的一种记号笔品牌。

一个人正开着一辆黑色的奔驰双门跑车。

要是约瑟夫和我坐一辆车，他也许会和我讨论那辆奔驰的可移动顶篷或者车主对颜色的偏好。汉娜不会这样。她的脑袋在奔驰和流浪汉之间左右旋转，思索着那占有者和一无所有者。她缓缓地开口说话了，边谈边思考着。“爸，”她开了腔，“如果那个人”——她指着那辆奔驰车主——“开一辆次一点的车子，而那边的那个人”——她指着那流浪汉——“就能有顿饭吃了。”

在某个这样或那样的时刻，差不多每个母亲或父亲都会说：“我希望有一种家长手册，指导人们怎样做好这项养育子女的工作。”无疑琼和我在以往的十五年间犯了一大堆育儿方面的错误。但是有一件至关重要的事情我们领悟到了：教育的机会不期而至，又稍纵即逝。务必密切注意，机不可失，时不再来。

在这交叉路口坐等着的时候，我开始注意到也许我现在正有这么一个机会。我让汉娜指点的手在那儿悬了一秒钟，然后回答道：“嗯，是啊。可你知道，如果我们有一辆稍次一点的车，他也能吃上一顿饭了。”指示灯变换了，我们继续我们的回家之路，但我知道我们关于世界贫富不均的谈话没有结束。就像汉娜数月之后在日记中所写的：“有一次乘车经过一个流浪汉的身边，他改变了我的生活。我感到悲哀，我想帮助他，却感到生气，真的很生气。主要是对自己生气。想想看，既然我有这么多，我就能为这个人，甚至为这个世界上许许多多的穷人做很多事情。”

当我们一家四口聚在一起用餐时，汉娜把交叉口发生的事情告诉了琼和约瑟夫。她描述这一切多么让人感到负疚，她发出了一声恼怒的“哥们，真丢人。我们得纠正它”。这个世界充斥了不公平，这一点我们全都承认，可这一次它真的让汉娜愤怒了。

在某些方面，这正是琼和我一直试图给我们的家庭灌输的那种哲学——问题是可以纠正的——所产生的必然结果。问题有我们自己的，也有社会上的。遇到问题不要怨天尤人，除非你已尝试去解决了好几次。我们（还有其他人）必须努力去处理它们，直至获得正确的答案。回想起来，我意识到我们没有说出口的祷词就如下文：**采取行动。当我们有机会改善世事的时候，千万不要无所作为、接受既成的事态。**

当然汉娜的观感和她十四岁的年纪是完全符合的。毕竟年轻人在脱离孩提时代后才开始以更具批判力的眼光来关注他们周围的世界，并且经常涉足于那些他们认为能够帮助世界的活动。他们怀抱着一种更理想化的观念——我认为这相当美好，如果你要问我的话。经验可以成为一个出色的导师，可它也剥夺了我们身上那种“为什么不”的精神。

汉娜从那时开始随时注意周边的困顿处境。她五年级时曾有过在“咖啡馆 458”与亨利和其他无家可归的亚特兰大人相处的经历，这样的事情她坚持做了两年。后来，当她转到亚特兰大女子学校读七年级时，她的认知又更上一层楼了。汉娜是一个很善于通过视觉观察来学习的孩子，有两部短片曾激励了她。

一天晚上，她放学回家后滔滔不绝地向我们讲述一个二年级学生制作的一段关于达尔富尔[1]种族屠杀的视频。萨拉·哈得逊被发生在苏丹的杀戮大大地激怒了，于是她说服亚特兰大女子学校校方让她创办了一个“种族灭绝认知周”的活动。活动期间，她在亚特兰大女子学校的墙头贴满了标语海报，给参议员写信敦促当局进行干预，组织一次集会突出地传达了这一事件的信息。不过对汉娜触动最大的是萨拉的影片。汉娜将它下载到了自己的电脑上，在餐前放给琼看，接下来她又坚持要求我们大家坐到主卧室里那张特大号的床垫子上，一起观看这部片子。在汉娜看来，其信息简单明了：对重大事件要仗义执言，对见到的邪恶不公要采取行动。

几个月后，当汉娜喜欢上了萨拉·麦克拉克兰[2]的音乐视频“水深火热的世界”后，她的眼界再次得到了拓展。视频的开头是一间空荡荡的房间里那位歌手坐在一把简陋的椅子上，片场上的其他地方都空无一物。一条字幕显示出来：“这段视频有什么毛病？咳，它只花去了十五美元。”接下来便是那首歌，唱出的歌词是“我们获取越多，就变得价值越小/一个人的富有就意味着他人的贫乏”，它列出了那笔典型的十五万美元影片制作费的其余部分开销的清单（“一个制片人要花掉七千五百美元”）。而奥妙在于，麦

---

① 苏丹西部的一个地区，自 2003 年起该地区发生武装冲突，非阿拉伯裔的民众为反抗政府的压迫，与政府支持的武装力量作战，苏丹政府利用石油资源的收入支持战争，造成了该地区严重的人道主义灾难。

② 加拿大女歌手，以电影《天使之城》(*City of Angels*)的主题曲《天使》为世所知。

克拉克兰视频中的美元不是用作这些典型的制作经费，而是用来帮助在柬埔寨、尼日尔、孟加拉、印度以及其他艰苦生存的国家中身陷贫困的妇女与儿童（原本作为制作人的酬金现在买了“可为内罗毕一家诊所的五千个病人治疗六个月所需的药品”）。

总而言之，想必汉娜把这两个萨拉的片子一共看了三四十遍（你可以在 www.worldonfire.ca. 的网站上看萨拉·麦克拉克兰的片子）。

这些经验累积起来就形成了一个相当单纯明确的结论：这个世界毫不缺乏贫困。在我们国内，在海外，关于儿童、妇女、动物、水、空气、人权、儿童权益、孤儿、艾滋病、癌症、教育、饥荒等等，需求方是无穷无尽的。

在供给的一方，情况对琼和我来说变得越加明显，那就是我们家的那些慈善活动很少再能打动汉娜了。她从来不对每年年终我们开出的慈善支票瞥上一眼。她知道我们家在“仁人家园”工地、“食品库”[1]以及“中央夜间收容所”等处干活，但这些活动不够持续一贯，没能真正影响到她。

因此，在那个秋天的夜晚，琼和我就将汉娜在连接道路口所遇到的奔驰车事件作为教育孩子们的一个机会，教他们明白这样一个事实，即我们实实在在是参与其中了。确实如此。我们将我们每年的慈善支出告诉他们，我们提醒他们注意我们所做的志愿服

① 收集、贮存各种捐赠食品并发放给穷人的机构。

务。"还记得那天在威斯利·伍兹护理院跟老年人一起玩'宾戈'①的事吗？很好，不是吗？"琼说道，"我知道这还远远不够，可这是开始行慈善的一个好地方。"

话刚一出口，它们听上去就像跛子般歪歪倒倒，站不住脚，我们在为我家所作的奉献辩解。假如这些话在我们听来都不够理直气壮的话，那么在汉娜的心中我们为人父母的榜样作用也就更差劲了。这是可悲的。随着我们每一句辩词的出口，那"所以呢？"的疑问始终在她的脑海中回响。说白了，琼和我做得还不够。

尽管如此，约瑟夫倒感觉良好。对他说来，世界总是一个让人开心的幸运之地。噢，他知道他已丰富得无以复加，他也完全理解生活在这个世上有时得要为他人服务。但他感到心满意足的是，我们作为一个家庭支付了足够多的服务税，他这是在模拟雪莉·契肖姆的口气说话，他并不打算激励我们去做更多的事情。

汉娜在那天晚上没有多说什么，但很明显，当我和她把碗放进洗碗机的时候，她对我们家奉献社会的认真态度还是心存疑惑的。汉娜的思绪还萦绕在无家可归者和奔驰者的画面上，心头始终在为那种贫富不均而受煎熬。

如果说琼的基因库里有什么特质进入了汉娜的人格的话，那

---

① 一种靠运气取胜的游戏，多为老年人所玩。

就是坚忍。她们俩都不服输，都拒绝放弃。在我们家里有这么一个说法，叫“被琼了”，那意思就是，琼为一个大胆的计划使出了强硬手段叫大家达成一致。若干年前，她让几个朋友都“被琼了”，通过长达十个月的多重谈判使他们从我们手中买去了北佐治亚湖的一处房产。对他们来说，这是一系列会谈的渐进过程，而琼对这一切却早就成竹在胸了。几年之后，琼又使我们的孩子“被琼了”，她促使他们同意过一个“去商业化”的圣诞节，只置办家庭制造或手工制作的礼品。这种事说白了，所谓“琼”了也没什么不道德的地方——买了那处房产的朋友会告诉你，那是一次他们所进行过的最成功的房地产投资。这只是一次出色协调组织起来的系列活动，它使得琼如愿以偿。

在我们看来，汉娜在实施“琼”的手段方面还仅是一个初出茅庐的新手，她还不能像她母亲那样出手老到。不过我们低估了她。在后来的几天里，我们这个十四岁的丫头展现出一种永不放弃的精神，它既让人惊讶又难以抗拒。

就在奔驰车和流浪汉事件的三天后，我们见识了汉娜的本领，当时琼把我们都叫到早餐室去吃中餐外卖。水杯安放在有棱纹的蓝色餐具垫上，但约瑟夫例外，他的垫子上放了一加仑的牛奶罐，他喜欢从容器里大口牛饮，因此他端来了自个儿的牛奶，上面用蓝色记号笔标了一个“J”字[1]。

---

① 约瑟夫(Joseph)名字的第一个字母。

琼、约瑟夫和我一起享用鸡和牛肉的菜肴。可是，像往常那样，汉娜这位最讲究的食客在自己面前摆了一份与众不同的食品——在这天晚上，她吃的是蛋炒饭，没有蔬菜，也没有肉食。汉娜不吃肉。但管她叫素食主义者也不对，因为她也不吃蔬菜。我心想，她是个淀粉主义者。

从我们聚拢到桌边的那一刻起，那架势就很明显，汉娜没有心思来闲聊。她一门心思在思虑我们家在这个世界上应该起什么作用。她刚从学校运动队的训练课下来，依旧穿着她那件弹性纤维的短打排球装，套着护踝和护膝，她等不了让谈话展开或让学校的话题接上话茬。整个过程按如下顺序进行：我们全家一起例行祷告，约瑟夫在结尾处还另外加上了："……为狗狗们感谢你。"再就是异口同声的"阿门"。然后吃第一口。接下来还没等咽下她的炒饭，汉娜就冲我们突然发作起来："我真的不想让我们家成为那种光说不练的家庭。我想要让我们家成为实实在在做事的家庭。"

我被打了个措手不及，脑子里东拼西凑地要理出这话的头绪来——光说不练？实实在在做事的家庭？琼朝我投来会心的一瞥，女人们显然在这方面是心有灵犀一点通的。可是约瑟夫明显地经历着和我类似的如何集中心思理清头绪的问题。"汉娜，你到底在说些什么？"他问道。

"听着，乔[①]。还记得那个流浪汉吗？还有那辆奔驰车？我不

---

① 约瑟夫的昵称。

想成为那种家庭的一员，他们只会干坐着说，'我希望我们能做点什么。'我想要摆脱这种处境，真正地作出点贡献，哪怕是小小的一点儿。”

回想起当时的情景，我意识到我们谁也不会对汉娜的精神感到惊讶。说到底，她只是开启了那个未说出口的家庭话题：“当我们有机会改善世事的时候，千万不要无所作为、接受既成的事态。”

差不多一年之前，我们全家曾一起读过保罗·柯埃略的《炼金术士》[①]一书，我们四个人互相依偎着待在琼和我的床上，我放声朗读。（谁说你不能给你的孩子朗读！）虽然那寓言故事有点儿甜腻腻的，《炼金术士》这部书却给我们介绍了一种“个人传奇”的概念。换言之，我们每个人想要如何被后人记取——我们生活中的真正目标是什么？然而，在单个人的传奇之外，我们谈论到了能否有一个柯埃略概念的家庭版本，即一种集体的遗产。现在，“个人传奇”的说法还没进入我们的谈话，但这个观念却正从那个套着排球护膝的姑娘——她管她的父母叫“哥们”——的灵魂中流溢出来。

这些话语发自汉娜的内心，最终构成了我们计划（以及我们家庭）的基石。无论如何我们得努力成为一个不只会坐而论道的家庭。我们要务必成为一个能为这世界解决一些难事的家庭。我们

---

① 保罗·柯埃略(Paulo Coelho)：巴西作家，1988 年创作小说《牧羊少年奇幻之旅》，又名《炼金术士》。小说写牧羊少年圣地亚哥做了一个梦，梦见在埃及金字塔附近埋藏着一笔珍宝，他遂决定去寻梦探宝，其间遇到了种种神秘事物。

还需要共同来完成它们。

这一回琼比三天前有了更充分的准备。如果汉娜对那些以前从未谋面的人继续记挂在心，那么琼就想看看她愿为改变他人的生活而作出多大的牺牲。她向我示意她要测试一下汉娜。“假如我们提出要求，叫她放弃她所拥有的东西、她真正重视的物品，那将会怎么样？”琼问我。我即刻想到了汉娜的衣服，它们摞成一叠叠的，都是无数次逛商场时买来的。我从未想到过这样的试验会大胆到什么程度，或者说它将在多大的程度上深入到我们生活的方方面面。

正如海伦·凯勒[1]曾写到的，“生活要么是一场大胆的冒险——要么就毫无意义。”因此，当汉娜把更有作为的话题摆到饭桌上来的时候，琼竟直愣愣地注视着我们的女儿。“你想做什么，”她说，“卖掉我们的房子？搬到比这小的房子里，然后把剩下的钱捐给慈善事业？”

好吧，我承认这确实是一次绝妙的测试。琼摆到桌面上的是：我们是否愿意从这幢价值二百万美元的豪华宅邸中搬走？它有着令人惊叹不止的柯林斯式柱子、宽敞的房间、开阔的后院，最主要的是，十几年来留给我们孩子的珍贵记忆。这幢房子如同一处名胜矗立着，它是那类各种组织机构着意要选来举行盛大聚会的房

① 海伦·凯勒(Helen Keller, 1880—1968)：美国作家、演说家。出生 19 个月时失去视力与听力，后克服种种困难成为作家。

子。我们这儿曾举办过亚特兰大"仁人家园"资金募集活动(我是董事会成员之一)的开幕典礼,还有联合之路妇女促进会(琼是该组织的董事会成员)及亚特兰大女子学校家长基金会的启动仪式等。周边一带的行人们往往会停下步子来给高高耸峙的房屋正面拍照留影,他们甚至不知道这房子还有着悠久的历史:它曾是亚特兰大最具传奇性的家族的府第。有一部电梯从餐厅直达汉娜的镀金卧室,它在几十年前就安装上了,那时候这间卧室是一个长宽为二十二与十七英尺的化妆室。

对一个十几岁的孩子来说,住在这样的环境里不乏尊贵自豪之感,在圣诞节或万圣节的派对上朋友们相聚于此,赞叹不已:"你住这儿?""我不得不承认,住着这么酷的房子真是太棒了,"汉娜后来告诉我说,"我的两个朋友说,它看上去就像一座艺术展览馆。或者他们会说:'你房间里有壁炉?这可真有点离谱。还有一架电梯?伙计,真有你的。'"

不管房子酷还是不酷,渐渐地就有了一种高处不胜寒的感觉,就像一根装配得别别扭扭的钻石项链。说到收藏物品也真有趣,它会循着自己的惯性运动,一条道走下去,拒绝有所改变。对物品更大、更好、更多的需求成为一股推进自身的动力。科学家将惯性定义为保持运动中的物体继续沿同一方向行进的一股力量。心理学家描述这种境况为"一种使你的选择变得狭窄的无意识选择的生活模式"——换句话说,就是身不由己。不管哪种说法,惯性、势头、自动航行——你爱叫什么就叫什么——它都是一种强大到难以置信、无法逆转的力量。

但是这种惯性一旦被打破，疑虑和问题就悄悄地潜入进来，变革就逐渐成为你能眼见或感受到的东西。那个时候我们还没有意识到这一点，但是我们行动势头中的第一道缺口随着琼在十五个月之前收到的一份电邮信息而出现了。

事情是这样的：我们这幢三层楼房有一个铺了橡木地板、装修考究的地下室，怎么利用这个空间多年来让我们费尽心思。我们考虑过，该在这儿建一个媒体室？做成个游戏室怎么样？或者音乐厅？没一样是感觉合适的，因此我们就把它撂在一边，基本上弃置不用了。

后来在二〇〇五年的八月，卡特里那飓风肆虐。这场惊天动地、夺去无数人生命的风暴过去几天之后，琼在上班时给我打了个电话，电话里她上气不接下气地说："我想认真地和你说件事。"她描述了她如何收到一个群发的电子邮件，这类电邮很容易被人忽略过去。然后她给我读了关于新奥尔良地区一个家庭令人揪心的情况描述，他们需要在亚特兰大找一个安身之处。那一家的父亲、母亲和两个孩子在六天之内已搬了三处庇护所了，他们丢失了养的狗，如今来到亚特兰大，无处栖身，也不知道要在这儿待多长时间。

当我们审视整个情形时，发现我们家再合适不过了。那一家有个儿子，叫杜维，和约瑟夫的年纪大致相仿，还有一个四岁的女儿叫尤金妮亚。就连他们的姓氏萨尔凡叫起来似乎也和我们的萨尔文家族十分匹配。于是我们就邀请萨尔凡一家来桃园村一一六号与我们同住，一个星期，一个月，随他们要住多久就住多久。

萨尔凡家的两口子将杜维和尤金妮亚注册到我们社区的学校，并着手出去找工作。可在第二周的一天早上，在四个孩子都上学去了之后，那位母亲詹尼弗把我拉到了一边。“凯文，我只是想让你知道我们的衣服是干净的，”她说道，竭力用她那拖腔拿调的路易斯安娜口音掩盖她的窘境，“我们一直穿这相同的三套衣服，因为我们在打点行装的时候，就像在准备出去野营。我们所有的东西全在这儿了。”

我一头扎进了我杂志社的办公室，耳边回响着詹尼弗说的话。就这三套衣服过几个星期或者几个月？那天上午的晚些时候，在我业务合伙人的撺掇下，我火速发了一通电子邮件给大约三十个朋友，把萨尔凡家的故事告诉了他们，并问他们能否奉献点什么来帮助这个家庭。两天之后，我们家的邮箱就开始爆满了信件，转眼间我就持有了数千美元的支票。当我们把这笔钱交给萨尔凡家的时候，詹尼弗的眼中噙满了泪水。她拥抱我的时候我也热泪盈眶了。

约瑟夫和杜维很快成了好朋友，他们风风火火地从学校回到家里，就在他们共享的后院里玩起球来。有许多天当我给男孩子们投球时，尤金妮亚会走到外边来，恳求道，“凯文先生，凯文先生，瞧我能做什么。”紧接着这一声宣布，她就来了个侧手翻，动作中带着一个四岁孩子的饱满热情。

萨尔凡一家和我们一起生活了三个月左右，终于要告别了。当他们往蒂姆的箱式货车上装载物品，准备返回家园，重新恢复原有生活的那天，我们倍感伤心。但是他们开车离去后，我们开始意识到一个打破我们累积型消费势头的机会——把我们的房子看成超越了单纯住宅的某种东西。或许桃园村一一六号不只是一处房产，或许它有着可用于更大公益的潜在价值。毕竟它是一份庞大的产业。

不仅如此，我们家这四口人还都深深地融入了让萨尔凡一家来分享这幢房子的体验之中。我们齐心合力地打扫房间来预备好地下室的套间，搬进家具，以便让那个家庭有宾至如归之感。这是一项团队运作，我们就是这么玩起来的。

重要的是，我们实行的这个与他人分享房屋的举动与填写支票是明显不同的两码事。我和琼开始意识到，钱财的施舍也许是不可或缺的，但它们却没能触动我们的孩子。我们作为家长可能会感觉良好，可我们的孩子却无动于衷。对我们曾经做过的那种付出有一种心灵的麻木，这种状态只有少数几次被打破过，譬如在我们邀请萨尔凡一家与我们同住的那三个月期间。

犹太人把施舍钱财叫做“采达卡”(tzedakah)，这是犹太教的一条至关重要的教义，在其他许多宗教里也是如此。但是犹太人另有一种慈善的概念，叫“开斯特”(chesed)(读作 khehsed)，它指那种没有动因而作出的善举，是一种自己主动掌控的经验，既非出于什么要求，又通常更多地涉及时间而非金钱。它常常被视为一种具有无私精神的爱的方式，一种纯粹的慷慨精神的体现。

实际上，一个孩子的头脑和心灵能够和“开斯特”联系起来，并大大好过和“采达卡”的关系。我们的策略是满足我们各个方面的要求。我们需要做些我们自己的业绩出来，而不仅仅是给别人开点支票，让他们去动手做事。我们需要做出一些让孩子们能感受得到的事情。这种事情需要大到足以让汉娜相信，我们作为一个家庭正在“有所作为”，而不只是在空谈。

审视我们的生活，我们意识到要活出某种境界尚需很多努力，那就是：“想到他人。真心诚意地为他人服务。杜绝欺诈。”我们有多少人能够通过这三句简单的话所表述出来的原则的考验呢？

萨尔凡一家驶离我们的车道，回到新奥尔良去已过去了十二个月，我们一家聚在早餐室里享用着我们的中餐，围坐在那张有着刮痕的橡木桌子边，那是琼的祖母几十年前从艾奥瓦州的乡下买来的。我收藏的现代艺术品像老朋友般围绕着我们，一张用钢针构造出来的亚洲女人肖像就安放在我座位后面，这回没什么电子邮件来激发我们作出行动，只有汉娜脑子里留下的关于流浪汉和奔驰车的新鲜印象——还有琼的测试。我们等待着看孩子们对她的建议——出售房子，搬迁到一处较小的屋子，然后捐出一笔钱财——作出什么反应。

我想约瑟夫几乎要昏厥过去了。毕竟自他五岁迁居到这儿以后，这里是他真正熟悉的唯一的家。在他卧室的壁炉架上摆放着棒球赛的奖品以及本垒打中赢得的球(其中一个球是威斯利掷出来后击向左中方向的,另一个球是罗比掷出后二次炮垒赢的球)。他的床上铺着棒球的床单,他的书架上排列着《哈利·波特》[1]和《难得糊涂》[2]系列丛书。这儿是约瑟夫的领地。

情况却远不止如此,对于这么个戏剧性的事件,他质疑这么做的理由。正如他后来告诉我的,"我原以为这不过是在理论上说说罢了,它绝不会真的发生。我是说,既然我们为'仁人家园'干了那么多活,其他还有像发放食品活动什么的,难道我们做得还不够吗?"

至于说我,我微微有点吃惊。出售这幢房屋对我来说算不上一件了不得的大事——琼和我一直只把它视为一处挺好的房产而已。我们并不像世上的许多人那样对房子一往情深。琼的父母在艾奥瓦拥有他们的房子达四十年,即使作为守空巢者也已住了二十年,其中有些房间简直就没使用过。可琼和我不是这么看待房子的,住在里面让人感到美滋滋的,我们也把房子整得美不胜收,可它们始终证明不了我们是什么人。

话虽如此,琼的挑战幅度依旧让我震惊。虽然以前我们讨论过搬到一处小房子去的想法,这一回却是一个完全不同的计划。

---

① 英国女作家罗琳(J. K. Rowling, 1965—)创作的系列小说,主人公哈利·波特是个年轻的巫师,小说写其冒险经历,其故事被拍成电影,大获成功。

② 美国的一种每天连载的连环漫画,由达比·康利(Darby Conley)编写并绘制,它描述波士顿的一位广告经理人罗勃·威尔柯和他两个拟人化的宠物(一狗一猫)的冒险经历。

从某些方面来看这么做挺诱人的，但它肯定是一场剧烈的变革。我们将要付出数十万美元，说不定要上百万美元。我们现今正谈论着如何处置我们这一份真真切切、实实在在的产业，基本上要将它一分为二——一块留给我们自己，另一块留给他人。无论这个他人是谁。

但是琼还在继续推进。“如果你们几位真的想做出点什么业绩来，我们就不需要这么大的房子。”她宣告说，一边打着手势从早餐室指向那间精美的厨房，那里安置了三个维京牌灶具，镶嵌着葡萄牙瓷砖。“吃得适可而止就等于享用宴席。我们可以住在有着一半这么大小的地方，拿多余的钱来真正做点帮助别人的实事。”

关于纽约，有一则古老的笑话，它是这么说的：“世界上最短的时间窗[1]是什么？”“是交通灯转绿到的哥喇叭响起的那段时间。”我想汉娜接上琼的念头比这还快。“我放弃我的卧室。哥们，我们绝对应该这么做，”她宣布说，“我们应该卖掉房子，把钱捐出去。绝对应该。”

意识到汉娜对这个主意如此热烈赞同，约瑟夫倒开始担心起来了。也许这不完全是嘴上说说的。“什么？不行。为了什么？”他急吼吼地说道。他望了望桌子四周，寻思着，为什么每个人都被每天司空见惯的事情，譬如说流浪汉之类的事，感动得这么厉害？

在琼的注意力集中于汉娜身上时，我和约瑟夫在一旁静默不

---

① 指一段时间，原为宇航用语。

语，琼试图确认汉娜理解了现在提出的这个建议可能产生的种种后果。“你能否肯定，”琼用克制的语调问道，“你想搬出这所你从七岁起就住着的屋子，并且把钱贡献出来去帮助那些我们不认识的人？你是否明白这将意味着要付出你的一大笔财物——也许是你房间里一半的东西？”

汉娜的态度，正如政治圈中的人士所说的，“始终如一”。“我想这样做，”她重复道，“让我们把房子卖了，用它来做些好事。我们不需要这个地方。”

桌子的另一头，约瑟夫又让自己吃了一口蒙古牛肉，小心地避开韭葱。琼把凝视的目光从汉娜那里转到了他身上，前者是心胸豁达的乐观主义者，而后者则是现在尚默不作声的实用主义者。感觉到自己在这场争论中落到了后边，约瑟夫心想谈话再继续下去可能会起反作用，这个愚蠢的计划说不定会告吹。“我要去做作业了。”他宣布说，一边端起他的盘子，把它送到洗碗池里去。麦琪和我们家的另一条狗查理悄悄地跟在他后面，指望吃到一点食物碎屑。

约瑟夫和琼心照不宣地认识到了此举的严重性。卖掉房子是伤心的，搬家则更让人烦恼。我们所谈论的不只是一时的牺牲，而是一种需要付出几个月的操劳，然后得到一个我们与之相伴并居住其中的归宿。琼知道，这项计划若没有约瑟夫的认可是无法进行下去的，而她也不准备强迫他在未同意的情况下放弃他的房子。这场战斗还有待第二天再见分晓。

我们三个人待在桌子边，汉娜不愿将自己的脚从加速器上挪开。想要有所作为，作出一些惊人壮举的机会眼看就要被她把握住了。她从橡木桌的那边望过来，目光锁定在琼的双眼上。“我们正要做这件事，是吗？”这话一半是问话，一半是要求。

“汉①，我是委员会的成员之一，”琼回答道，“但这件事必须由全家作出决定才行。”这是她认同此事的方式，约瑟夫的保留且搁置一边，我还没在上面签字画押呢。她们俩都转向了我。

自从我离开了《华尔街日报》的舒适环境，至今已有七个年头，在这期间我的生活变得越来越有冒险色彩。我创办了一家公司并成了它最大的股东，当它经营成功之后，我和我的合伙人决定转而经营一种颇具风险的新杂志领域，在那期间我始终没领一分工资。我意识到那种不确定性和游移变迁——我不能确切地知道这条路将把我带向何方——倒使我心生快感。

坐在家里厨房间的桌子旁，在两双目光炯炯的眼睛的注视下，我迅速地梳理了一下汉娜和琼所提议的这一巨大飞跃的来龙去脉。坦率地说，这听上去有点可笑……而且有趣。“算上我一个吧。”我宣布道，眼看着汉娜的脸色放出了光彩。

我的话刚一出口，我就寻思着，我们是否这么快就真的决定了这么一件荒唐的事情。我依然不能相信事态会如此急转。当初我们搬到这所屋子来的时候，很大一部分原因是出于为孩子考虑。

---

① 汉娜(Hannah)的昵称。

我们曾经认为，他们需要有这么一处地方，在那里，楼上的天花板要有充分的高度，能让朋友们在那儿留宿，能吸引孩子们的伙伴们前来。不过汉娜急切地想要搬家的态度显示出她并不太在乎这些东西。即便是约瑟夫的沉默也表明他起码是顺从的。在琼和我飞速发展、累积财富的时候，我们却误读了他们的感情——甚至从未花心思去加以询问。他们压根儿就不想拥有这宏伟的“梦幻之家”。惯性正在迅速转向。

每当我们的生活中发生重大事件的时候，往往是我试图以一则笑话或一个粗鲁的世俗文化比拟来缓解郁闷的情绪。有时它引得每个人都大笑起来，有时他们只会骨碌碌地转动眼球。不管它了。我情不自禁地会这样做。因此当琼和汉娜的注意力集中在我们的优雅生活方式被打破之后所产生的严重后果上时，我的思绪却转回到了那部电视剧《桑福德父子》①中的一个场景，里面的父亲弗莱德（由瑞德·福克斯扮演）指着他周围的旧货生意，朝他的儿子发火：“你想过我干这些都是为了谁吗？”儿子拉蒙（由戴蒙·威尔逊扮演）回答道：“你自己。”弗莱德回了一句：“行啊，你长见识了。”

坐在桌子边，我能体会到弗莱德有什么感受。我们部分是出于为孩子着想才搬到这儿的，可也是为了自己的缘故。琼和我都

① 美国情景喜剧，1972 年在 NBC 电视网上首播。剧中的父亲弗莱德（Fred）是一位古董与旧货商。

想拥有这“梦幻之家”。我们需要不断升级的“新常态”。

那天晚上的晚些时候，当琼和我准备睡觉时，她提出了我们俩都在思考的一个问题：“嗨，凯夫，我们走火入魔了吗？”在我们的思想深处，我们都明了，假如需要的话，我们都还有可能从中解脱出来，但在此时我没言语，她也没开口。

“也许吧，”我透过满口的牙膏咕哝道，“可那将是一次巨大的冒险。”

汉娜的见解

明白你到底拥有多少

假如你有一扇屋子的正门，那你就比加纳村子里的村民富有得多。设想一下你的家庭住在一个单间的土坯房里，既无自来水，也没有电。再想一想，从未到离你家几英里之外的地方去旅行过，即使在这个范围之内也常常是靠双腿来去。不过加纳的民众对他们所拥有的这些却感到心满意足，可我们前去访问时却觉得他们似乎一无所有。他们每天要把屋子打扫得干干净净，以此体现出他们对房子的自豪，他们让身上的衣服保持整洁。人们往往会对我说“你不明白你有多么幸运”，对此我只听听而已，并不当回事，当然，这是真的，我确实需要认识到这一点。

但是意识到你有什么会很吃力。首先你得先承认你有一个美好的生活。阅读书籍确实帮助我开启了这个认识过程。我喜爱阅读励志的书籍，譬如像韦恩・W. 戴尔①的《灵感：回归真我的 18 条心灵法则》，加里・芬契克②的《永恒的智慧》之类。假如你还没看过电影《提前支付》，那就赶快去弄张 DVD 来，备好一些爆米花；

---

① 韦恩・戴尔(Wayne Dyer)：自我培养方面的国际知名作家和演说家。

② 加里・芬契克(Gary Fenchuk)：“东西合作者”(East West Partners)的总裁与首席执行官，著有《永恒的智慧：关于生活艺术的启迪心智的思想》(*Timeless Wisdom: Illuminating Thoughts on the Art of Living*)，该书收载了七百多条励志的语录。

它非常感人，跟你的家人一起观看这部片子能激发你们热烈的讨论。在你需要正确看待你自己的生活时，兰迪·波许[①]教授在 You Tube 上的视频《最后的讲演》会对你大有帮助。正如罗马哲学家西塞罗曾经说过的："感恩不仅是最大的美德，也是其他所有德性之母。"

这儿就有一个绝好的练习可以尝试：写一份感谢信。马丁·塞利格曼博士是宾夕法尼亚大学的一位教授，他在他那本非常出色的书《真实的幸福》中提出了这样一个建议：

> 从你过去的经历中选择某个重要的人物，这个人在你的生活中曾对你产生过重大的、积极的影响，而你对他却从未充分表达过谢意……写一封长度仅有一页薄纸的感谢信……(然后)把他请到你家中来，或者你到他府上去拜访。重要的是面对面地做这件事……带上你那一纸薄薄的感谢信作为礼物……缓缓地、朗声地读出你的感谢信，读的时候要富有表情，与对方有眼神交流。然后让对方从容地作出反应。彼此一起回忆使此人对你显得如此重要的那些具体事件。

---

① 兰迪·波许(Randy Pausch)：匹茨堡卡内基·梅隆大学的计算机科学教授，2006 年罹患胰腺癌。2007 年 9 月 18 日他在卡内基·梅隆大学作了题为《最后的讲演：真正实现你的童年梦想》(*The Last Lecture: Really Achieving Your Childhood Dreams*)的演说，后撰写成书，成为《纽约时报》榜上的畅销书。

这个演练将有助于你超越自我，但我想你还能以一种更出色的手段将这个过程推进下去。想想你在此后的数年里还能做些什么，以激发某个人也能给你写这样一份感谢信。当然，不是说他们一定会，重要的是，努力对某个人发挥重大的影响，如同那个曾经影响了你的人那样。

第三章　成还是不成

你不能跳两小步来跨越一道沟壑。

——大卫·劳埃德·乔治

在此后的两个月里，生活作出了调整。当然我们已决定卖掉我们的房子，但是你从我们的行为举止上是看不出这一点来的。我们又回到了那种忙碌的生活方式上，为汉娜的排球赛季安排场地，并安排约瑟夫的青少年棒球队作早期训练，我的杂志业务干得很吃力，因此寻觅新的投资者几乎总是我头脑中的头等大事。

可是，在这些夜晚，当屋子周围安静下来，或者琼和我出去散步的时候，我对如此匆忙地作出这一决定的合理性感到惶惑不安。从一方面来说，有一种期盼和激动的振奋感：我们就要启动一项非同寻常的计划了，这是一次真正的冒险，我们将要投身于前景未卜之境；不过也有一种强烈的自我疑虑之感像迷雾般笼罩心头。我不止一次地扪心自问：我们究竟是怎么想的？在当今的时代中有着太多的榜样，引导我们朝相反的方向走去，我们追求更新、更大、更酷。电视广告一个劲儿地宣传如果我们拥有了最新的款式与最棒的产品，我们将感到更加美妙。而在我们认识的人中间**没有谁**做过这样一类事情。有哪个家庭在有孩子要扶养的情况下会选择缩减生活开支，除非失了业或遭遇了其他什么挫折？退休者或守空巢者会缩减生活规模，可孩子在上学的父母是不会这样干的。

说句老实话吧，付出有时可能转化为疑虑。草率地决定前去帮助某个待在街角或大门外的人可能显得无比诱人……噢，又可能是这么无济于事。

一年中总有那么两三次，琼和我会谈及一九八七年六月间我们订婚的那个夜晚。可当我们回想那个夜晚时，我们很少再记得起我是怎么求婚以及她是怎么接受的。相反，我们记得一个男子怎么在我们位于纽约上西区的公寓房外面向我们走来的情景。他看上去态度友善，因此我们听他诉说他的车在几个街区之外抛了锚，而他的妻子和年幼的女儿正在车里等着。“这是我在布鲁克林的一所学校里工作的证件。”他出示了它（他不可能知道，它就是我的母校米德伍德附近的一所中学）。要是他能有六十美元来修车，那他将十分感激并将在第二天归还给我们。二话没说，我就伸手从钱包里掏出三张二十美元的钞票给了他，同时琼把我们的姓名和地址写在了他递给我们的一张纸上。

我也许无需告诉你后来发生了什么。每天我们都查看有无他还账的邮件。结果它始终没来。三天之后我们犯疑了。六天之后我们知道上当受骗了。同情的结果竟是如此，活见鬼！

然而大约两个月之后，一件惊人的事情发生了。当时我们正在公寓附近沿着百老汇散步，这时有一个男人叫住了我们，他看上去态度友善，因此……等会儿，就是那同一个家伙！他竟然还有脸皮在同一个居住区干这勾当！还想再讹诈我们一回！我一时间哑口无言，琼却不是这样。“你在几个星期前已经在我们身上玩过这套鬼把戏了。我要去报警。”她脱口而出，发狂般四处寻找电话或警察。他拔腿逃跑了，尽管我们怒气冲冲，但还是决定不去追赶了。

当事关慈善捐献时，我们全都希望行动不出差错。可是如果我们静下心来考虑我们的捐献，两个重大的问题就会不停地冒出来：“怎么捐”以及“捐多少”。

首先让我们来看“捐多少”。换句话说，就是捐献的适当幅度是什么。在这个层级的低端，大部分人熟知“联合之路”的“每年一次”的活动，或者叫做“年度的施压仪式”，这是琼和我都在经营公司时逗趣地称呼它的一种说法。它往往是在公司中“联合之路”的一位领班偶尔经过你的写字台时发生的，他手里拿着一张承诺卡，问你是否同意从你的工资卡上扣除掉你薪酬中一个“应出的份额”。“联合之路”的“应出份额”的原则是：每个月中一小时的薪酬，或者是你工资报酬的百分之零点五左右。

在这个层级的高端，是《圣经》上的“什一”，也就是希伯来文中“十分之一”的意思。有些犹太人和基督徒仍然把这个十分之一的原则视为上帝寄望于我们对他人应尽的责任。但对我们大多数人而言，包括对琼和我来说，十分之一大大超出了我们所能应承去做的范围。事实上，一般的美国人参与这类事情，总稍稍超出一点“应出份额”，而又大大低于“什一”，大致捐赠年收入的百分之二——顺便一说，这一比例为其他任何一个工业化国家的两倍。

我并不是说，金钱是衡量慷慨大方的唯一尺度。远不是如此。在亚特兰大的“仁人家园”建筑工地，若不是有志愿者一年提供一万五千小时的工作以建造屋顶、粉刷墙壁，我们的慈善事业就将萎缩。至于说我，我花在给慈善房敲钉子上的时间，无疑跟我开出的任何一张支票都具有同等重要的意义（虽然鉴于我的建筑技能有限，该组织也许并不这样认为）。正如哲学家哈利勒·纪伯伦①所写的：“当你付出你的财物时，你仅付出了一丁点儿。只有当你付出全身心的时候，你才是真正地付出了。”

诚然，恰当的志愿服务机遇，正如我曾经提到过的，可以具有深刻意义，尤其对孩子们来说更是如此，他们对金钱的意识尚属有限，却对“做”有充分的理解。虽然如此，我们还是来集中关注金融性的慈善问题吧，因为金钱易于衡量，而且它也提供了一种很好地反映近来某些思想转型态势的快照。

即使在二〇〇八年证券市场遭遇大宰杀的时候，过去二十年间创造出来的财富还是给慈善界带来了某些崭新的理念。固然，比尔·盖茨与美琳达·盖茨夫妇及沃伦·巴菲特数十亿美元的捐赠承诺足以让人瞠目结舌，且已经占据了新闻的头版头条，有些网

---

① 哈利勒·纪伯伦(Kahlil Gibran, 1883—1931)：黎巴嫩裔美国艺术家、诗人、作家。

络企业家也效法他们作出了善举。但是，一些最具创意的慈善概念在不经意间已悄然兴起。在某些方面，我们所见到的正是《邻家的百万富翁》[1]的反面；与该故事的情节专注于财产不同，它发生于慈善事业的前沿。

且以波士顿地区一个称为"更大胆付出"的团体为例。它的创立者安妮与克里斯多弗·艾林格鼓励人们将财产的一半捐献给慈善事业，不管其收入水平如何。艾林格夫妇创立了"50%团"，它由这样一些人士组成：捐赠其收入或商业利润的一半，起码为时三年者；或者另一种情况，即在其活着的某个时候捐出其净资产的一半者。谁加入了"50%团"呢？一位大学教授，一位马萨诸塞州的州长候选人，一位不太知名的影视演员，一位社会工作者等等。是那些你在街上或本地的熟食店里见到的人们，他们全都估算出了他们实际的生活开支需要多少，然后将其余的部分捐献出去。受益于他们慷慨赠予的是：环境、无家可归者、教育、医疗卫生，还有其他种种。

与此同时，加利福尼亚的财务经理克劳德·罗森伯格发起成立了一个非营利性的组织，叫"新什一团"。他的结论是：我们用来确定我们慈善捐赠的大多数策略是错误的。罗森伯格的团队认识到我们大多数人只着眼于捐了多少而不去进行任何的计算。在年

---

① 由托马斯·斯坦利(Thomas J. Stanley)与威廉·丹柯(William D. Danko)撰写的研究著作。书中比较了两类人的行为方式：财富低积累者与财富高积累者，探讨了致富奥秘。

终岁尾，我们会自发地估算一下我们有能力捐出多少，然后开出一叠支票。除此之外，那些确实花时间精打细算的人却错误地运用了他们的年收入而非总资产，而后者包括他们的投资。结果，罗森伯格认为，人们付出的大大少于他们所能贡献的，尤其是那些富有者。“新什一团”致力于说服那些愿意听从的人，他们应该更多地奉献出所拥有的资产，而不仅仅是他们所挣得的钱财。

虽然有艾林格夫妇与罗森伯格等人的推动，进取型的慈善事业依然只是一项边缘运动。罗森伯格逝世于二〇〇八年，他的非营利组织也随之关闭；与此同时，“50%团”只剩下了不足二百个成员。也许那些在生前就极为乐善好施的人士总有什么瑕疵在身，他们被看成不知金钱价值的古怪人物，要不就是视金钱如粪土沉溺于挥金如土而不能自拔之辈。假如人们想要慷慨解囊，习惯上总要在死后才付诸实行，比如将遗产捐给慈善机构或设立一项个人基金之类。

从中我们能得出什么结论呢？有一点是，回答“捐多少”的问题是远比科学更微妙的一种艺术。选择捐赠的人们（百分之八十以上的美国家庭都这样做）其最终结果可能平均为收入的百分之二，但具体实行起来上下的幅度却很大，从百分之零点五或更少至百分之五十或更多不等。

要是“捐多少”是两个问题中较棘手的问题就好了。不幸的是，“如何捐”更要人命。

阐明这一点的最简捷途径也许是返回到汉娜和我在连接道与

斯勃林街交角处见到的流浪汉身上。怎么才能解除他的艰难处境呢？他是个酒鬼还是精神上有毛病？花几元钱缓解了他的饥饿，是宽慰他还是伤害他呢？若要使他这样的人成为我们社会里一个更有建设性的成员，长远的解决办法又是什么呢？

毋需提出许多问题就能叫我们冷若冰霜，漠然置之，或者反之，不假思索地投身到我们认为正确的事情中去。说到底，我们究竟应该怎样明智地拿钱财来帮助那个人或千千万万跟他类似的人呢？为探寻那正确的答案（或者对那些问题也许连想都不去想），好心人自会有他们力所能及的助人之举。他们丢一块钱到杯子里。他们在慈善食堂里义务帮工。他们踏上传教布道的旅程，参与打井或建造学校。

因为我不知道其他还能做些什么，有时我甚至试图拿它来开个玩笑。在我结婚之前，我和室友马克常常会去光顾曼哈顿上西区的酒吧，在凌晨时分回家的路上，会在“H&H 面包圈”①店里买两打面包圈。我们会给自己留一打，同时看看能否将剩余的分发给那些待在百老汇至我们有一间卧室的公寓之间占九个街区的人行道上的乞讨者。我可以肯定地告诉你，我们没有改变什么人的生活。

许多年以来，琼和我常常思考施以援手的有效性，但每每浅尝

① 纽约市最大的面包圈制造商和零售店，也是全世界最大的面包圈公司之一，1972 年海尔默·托罗(Helmer Toro)与其姻亲海克托·赫尔南德斯(Hector Hernandez)创建此公司，以两人名字的首个字母 H 命名。

辄止。在像纽约这样的大都会里，深层次的社会问题始终切实地存在着。流离失所的人们睡在我们公寓外的格栅上，朋友中有人感染了艾滋病或别的什么毛病，精神有疾患的人栖身于地铁车厢里……

我们了解政府机构花了大把的钱试图帮助这些人，基于信仰结成的团体及其他非营利组织也出力填补了些空白。可人们依旧露宿在我们的公寓外面。怎么会这样呢？这个“怎么”真是该死的叫人困惑不解。

因此，当宅心仁厚的汉娜在饭桌上宣称我们应当成为一个多干实事而不只是流于空谈的家庭时，她所了解的一切就是某些事情出了毛病，她想要出手帮助。在这一时刻，她是多么像我们其余的这些人啊，急切地想要解决问题，深知贫富的不均，但对解决的途径又茫然无知。当然，假如我们拿出时间或金钱，我们是能够解决一些问题的，不是吗？

汉娜不了解，人们在如何救治人类最严重病患的问题上激烈争辩了数十年、数百年，甚至上千年。这儿有个小小的例子：回溯到一九八〇年代，那时琼和我正住在纽约，当时的市长埃德·科奇宣称，如果好心的纽约人真的想帮助无家可归的人，就应当停止给他们钱。相反，他说道，他们应该促使乞讨者们在一个具备处置更大问题设施的庇护所中获得帮助。这位市长的政令让琼和我都大感震惊。停止施舍？可我们就是这样予人帮助的。现在我们却被告知这样做帮不了什么忙，相反只能起阻碍作用。

偶尔琼和我会读一篇有趣的文章，然后再一次来辩论这些问题：我们的社会是否有义务为非法移民的孩子提供教育？谁有权利获得医疗保健，谁应该为那些无能力支付者埋单？汽车公司是否在通过生产耗油量大的车子败坏社会，或者他们仅仅在回应消费者的需求？

虽然如此，当我们的思绪涉及每年捐献的问题时，我们的尺度也许是在一至十的层级中处于不超过五的位置。每年的十二月份，我们会在一封垃圾邮件的背面列出我们想要资助的团体。然后我们会给我们称之为“四大”的四个单位开具支票，它们是：我们的母校（西北大学）、琼的教会、我们孩子的学校以及亚特兰大的“仁人家园”。把这些加在一起，我们对“捐多少”的答案就是：一般在收入的百分之三左右，略高于美国的平均比例（虽然我们没有具体地进行任何研究去了解它）。不太庞大，但也较为可观。我们还有一个理所当然的原则：如果有个朋友出于某种他所喜爱的目的来求助，我们就会开出一张五十美元的支票，也不多问什么。

我们的捐赠是有意向的，但仅限于这样的范围，即我们知道我们想要帮助我们的社群，并且感到那些钱不会白花。随着我们薪酬的提升，我们捐献的幅度也大大地提高了（虽然以收入的百分比来衡量，我们的捐献在降低）。尽管这样，我们还是一边嘀嘀咕咕、犹豫不决、心怀忧虑、后悔出手过于大方，一边仍在增加我们的慈善支出。谁知道未来的结果将会怎样？再说我们当然不是那种拥有祖传遗产的大施主，能年复一年地被指望施舍越来越多的钱财。

可是现在，随着我们在饭桌上匆忙作出的决定，我们已情绪冲动而又始料未及地作出了一个将彻底改变我们生活方式的里程碑式的决定。在还没有听到罗森伯格有关基于财产而非根据收入作出奉献的劝告时，我们就已经改变了。

我们面临着许许多多的问题。我们能否在仅有一半空间和一半价值的房子里正常地生活，为我们自己开创一种缩了水的“新常态”？假如我们做不到，那么从这项计划中得到的那些钱是否重要到可以证明我们卖房又搬迁的努力是值得的？这种生活的变迁是否会让人感到是痛苦的牺牲？一个新的空间将会如何影响我们这个四口之家的个人动态？我们没有作过多少案例研究。毕竟，谁又会打算走回头路呢？

为了着手回答这些问题，琼沉下心来检查每星期日《亚特兰大日报·法制版》上的“觅房者”专栏，寻找我们附近公开出售的房屋，前去察看并编制待售房屋的目录。多年来琼出于对街坊邻居的好奇曾去看过那些公开出售的房子。但现在她有了一个目的：不是去买什么，而是想弄清楚我们是否在做一项系绳拴得不牢靠的蹦极运动。

坦率而言，这比我们原先想的要容易。即便她把搜索范围限制在我们目前的居住区内，仅在几个星期内就发现，我们现有住房的一半事实上就能获得足够宽敞的空间。

在此期间我们了解到我们的老街上出现的一些动向，就是那颗叫做沃克坊的藏而不露的珠宝，它只隔开一个街区。业主们在几个月之前已将他们的房子从房市上撤了下来，现今又准备重新挂牌上市了。这正是我们的大好机会：不通过中介商就意味着无需中介费用，而且我们对那条街很熟悉，因此我们懂得怎么讨价还价。我们甚至还认识那对夫妇。

我们当然没打算在卖掉我们现有的房子之前去买一处房子来。我愿意打赌，随便哪儿的经济头脑精明人士读到这儿都会喊出，“别介，不要这么干”，仿佛他们正瞧着哈利·波特走进“森林禁地”似的。但我们推测，这个机会可能会消失，在这条街上只有一打房子（是的，我知道，精打细算的理财家们，全都是这么说的）。出乎常理的是，我们决定出价议购。

结果议价谈判出人意料地拖延了两天工夫。首先琼单独去见了那些卖家，她准备开出的价将会砍去他们所出价格的百分之二十五左右。我们所报的价格没有多少虚报低开的成分，我们更多的是对自己所能出得起价位的确认，假定我们想要奉献出我们资产的一半的话。

业主中有一位叫洛丽的，是一位美丽的、有深色头发的女子，面露随和的笑容，说话带着招人喜欢的得克萨斯拖腔。在琼出示我们开的价位时她心怀期盼地听着，琼首先开出了我们的优惠条件：没有附带的开销，快速了结的日期，现金交易。可是当洛丽听到我们提议的价格时，很显然她在不想伤害琼的感情与断然否决之间寻求平衡。“琼，我实在抱歉，我们已经拒决过比这还高的价格。”她说道。

失望之余，琼捡起她的外套，一边转身准备离去，一边对洛丽说，她能理解，但这大致是我们所能支付的最高价位了。洛丽一脸困惑，几乎有点不好意思地问了那个一直在她心里鼓捣的问题："我能问你个事吗？你为什么无论如何要卖掉你的房子呢？"洛丽问道，"它可是本地区最出色的房子啊。"

琼推想她不会因此而失去什么，就一五一十地道出了这个故事，包括所有那些伤感的细节：汉娜怎样想利用我们的房子来帮助世人以及我们如何希望建立一种全家合力奉献的传统风尚。"汉娜真的非常关心他人，世上有许许多多穷苦的人。我们正要研究上哪儿去做这项活动，也许在非洲，因为那儿有太多处境困难的人们。"琼对洛丽说。等到她停住说话时，洛丽的态度改变了。"噢，天哪，"她大吸一口气说道，"吃过饭以后，你能过来再把这故事跟我丈夫说说吗？"

琼再次过去见洛丽的丈夫布莱尔时，使出了那件重武器：她带上了汉娜。当着布莱尔的面，汉娜一如既往地做了她常做的事，她迸发出了激情。布莱尔这样开了腔："洛丽已经告诉我了，你们几个正在用房子做着有意思的事情。汉娜，跟我说说，是些什么。"

用了五六分钟的时间，汉娜讲述了她的故事，几乎没有停顿喘息一下。这是纯情的坦露，由衷而质朴，是少男少女通常要保留给分手的那种激情。她穿着"城市教育投资"的上衣，那是她最初在"咖啡馆 458"工作时穿的，她说到了她急切要和饥饿作斗争的志愿。"自从五年级开始，我就实实在在地为被'咖啡馆 458'那样的地方救济的人担忧。我在那儿干了很长时间的义工，再有就是在‘中央夜间收容所’和食品库里。”她就这样开讲了。后来她讲了那个流浪汉和奔驰车的故事，并解释了她是怎样想要去改变别人的生存状态的。“如果我们卖了房子，搬到这幢房子来，我们就能用赢利做更多的事情去帮助别人。”

在汉娜说话的时候，布莱尔全神贯注地凝视着。汉娜不能不注意到琼所看到的景象：我们的女儿从一位成年人那里赢得了尊敬和钦慕。

汉娜讲完之后，出现了一阵停顿，琼吩咐汉娜在大人们谈话时去车子里等着。在外面，汉娜待在琼的那辆丰田车里，听着“嘻哈”①电台的广播；而在里面，布莱尔和琼讨论着一个可能成交的价格和其他的细节。我们出的价太低，可是我们想要这幢房子的更崇高的目标却给我们的价格加了分。在那一天之前我们一直不知道这一情况，是那天布莱尔对琼透露的，洛丽也有一个帮助非洲孩子的梦想，并希望我们的计划能包括那儿。谈话以布莱尔的一个询问告终，他问第二天能否再跟我们碰个头，他们需要再通盘考虑一个晚上。

琼和汉娜那天晚上回来后抱着谨慎乐观的态度。卖家似乎饶有兴趣，当我们在早餐室里坐下来吃晚饭时她们作了汇报。那个

---

① 20世纪70年代后期在美国黑人青年中兴起的一种流行文化，主要包括说唱乐、霹雳舞、涂鸦艺术和时髦着装等。

时候我们还未认识到，到那天晚上吃饭的时候，也就是从我们那次吃中餐时启动我们的计划两个月之后，我们已经各自进入了那将会规范我们家庭形态的角色。当然汉娜是精神缪斯和激励者。琼是流程的经营者，确保我们的下一步能合情合理。我则是财务的协调者。约瑟夫乃是我们中间的怀疑论者。这就是我们自然而然进入的角色。

琼简要复述在洛丽和布莱尔家的谈话时，我们都聆听着。要确切地说出个究竟还为时太早，但这笔交易也许确能成真。约瑟夫在认真聆听时有了一套两步的计划。他将三重奶酪的意大利饺子浸到他盘子一角的番茄大蒜汁中，摆出防卫的姿态开口说道："告诉我为什么我们又要把房子卖掉？"我们的怀疑论者一半在要求，一半在询问。

过去几年来，汉娜和我总会不断地拿约瑟夫开玩笑。每当他做了什么草率的事或说了什么可笑的话，汉娜就会晃动脑袋，然后转向我，装出一副恼怒的样子，"你知道，凯文，"她就当着他的面，用她那惟妙惟肖的"家长"口气说道，"我们的儿子怎么这样乱糟糟的。"

那天晚上她却没有那种搞笑的心情。相反，她立刻变得不耐烦起来："行了，乔，为这事我们还得谈多少遍？"

但我很快出来调解："等等，我理解他的想法怎么来的。嗨，我们还不知道拿搬家得来的钱派什么用场呢。"

紧张气氛稍稍缓和了下来，汉娜和琼更加耐心地向约瑟夫提出了我们搬迁的新理由。也许是他的问题都问完了，要不就是正准备发起第二次攻击。“好吧，”他说道，“可我想在新房子里有一间带泡沫坑的游戏室。”啊哈！看来约瑟夫一直在算计着如何充分利用我们这次房子的空间缩小来给自己扩大地盘。正如几天后他在日记中所写的：“我乐意搬到布莱尔和洛丽的房子里去，因为它将给我带来一个宽大的游玩空间，更加齐整的运动设施，还有更多的地方能让我们尽情玩耍各种东西，譬如打乒乓球，玩泡沫坑，弹吉他、钢琴，吹长号，以及玩‘吉他英雄’①等。”

但是别误解了我的意思——约瑟夫的举动并不全是为了占领地盘。他知道我们是自愿拿出一笔巨款——我们拥有的最大一笔资产的一半的。只不过他的心思跑到了众多孩子都心向往之的那个地方去了：我怎么才能让自己从中获得更大的乐趣？

晚饭之后孩子们离开饭桌，跑去做他们的功课了。“我在想，我们还有一些工作需要去做。”琼对我说，她指的是约瑟夫。我只是笑着。约瑟夫正从一个孩童转变成一个十几岁的少年。部分还是个孩子，部分却已是青年男子了。他一方面能关心世事，一方面仍想着他的泡沫坑，不在乎应不应该玩。

可是琼不光是在评论约瑟夫对我们的慈善努力作出的自利反应。像以往那样，她心里酝酿着一个更大的念头。

我站了起来，拿过一瓶“生意人乔之查尔斯·肖·什拉兹”

① 一种系列音乐电子游戏。玩家操纵一只吉他形状的遥控器模拟吉他弹奏。

(“两元钱货”)①,啪地一下拉开塞子,斟满了两杯酒。琼和我很久以来就不喜欢花哨的高级酒杯,因为我们讨厌手洗碗盏。而且我们有幸具备这样的味觉,它们很难将优质的廉价酒与高档昂贵的酒类区分开来。因此,我们从果汁杯中饮用着价廉物美的酒品。

琼呷了一口什拉兹,然后开口说:“你知道吗,为什么我们的孩子没有从我们过去所做的社区工作中得到很多收获?你知道吗,他们为什么会从未觉得我们做得到位了?”我退缩了,我的思绪又转回到连接道和斯勃林街角处事件后的那顿晚饭上去了。这真糟糕,我竭力在孩子们跟前为自己辩解。

可是琼要借此导向何方呢?“是啊,所以我们才要卖掉房子搬家嘛,”我回答道,“其他我们还需做些什么呢?”

“是这样,我们的孩子之所以没有真正感到他们是这个行动的一部分,是因为我们作了决定,然后他们才参与进来,”琼指出道,情不自禁地将她那红色的餐具垫卷起来又松开,“我们一定要赋予他们权力,要让他们真正在这件事情中作主。”

“很好,那么……,”我迟疑地说道,“我们在决定卖这幢房子的过程中不是这么做了吗?”

在她服务于埃森哲公司的职业生涯中,琼曾专门从事这样的业务:帮助银行从为其工作的人员那儿获取更多的效益。她的客

① 一种廉价的葡萄酒品牌,又名 Charles Shaw Wine,主要用加利福尼亚的葡萄酿造而成,由加州“生意人乔的杂货店”独家销售,价格每瓶 1.99 美元,故有了“两元钱货”(Two-Buck Chuck)的诨名。

户包括瓦丘维亚①与美利坚银行②，他们依靠她的帮助来协调公司的人事业务，从部门之间的连接方式到各部门的人员配置。总之，她知道如何组建团队使之更富有成效。再说她也一直在思考着我们这个团体，这支小小队伍的方方面面。

"我们的孩子需要有真正的权力，一种实在的主权感。他们应该具有充分的表决权来帮助推动这项计划的实现。我们可能会最终作出一些决定，这些决定不同于你我自作主张作出的那些决断，但我想我们最终将达成一种我们全都切实赞同的结果。你愿意这样继续进行下去吗？"

我明白了琼所提议的主张。用组织企划的术语来讲，我们将消除等级，改变传统家庭结构中的权力均衡。别再提常有的那种父母二人管两个孩子的模式——这是我们家的，同时也是其他那些我们叫得出姓名的家庭的权力秩序。这一格局将被一种水平线形态所取代。一人一票，每一票都同样算数。

我喝下一口红酒，琢磨着琼的提议。这是一片未经探测的领地。在琼和我成长的家庭里，往往父母在家中制定规则，孩子们言听计从就是了。我的父母也许遭遇了不幸的婚姻，但我知道，当我失足摔倒时——就像我八岁时在街上骑自行车那会儿——我父亲

① 曾是美国最大的金融机构之一，后遭遇巨大亏损，于2008年并入富国银行（Wells Fargo）。

② 一译"美洲银行"、"美国银行"。以资产计为美国第一大商业银行，服务遍布世界150多个国家。《福布斯》（*Forbes*）将它列名为世界第三位"最佳"的大公司。

会坐在马桶盖上，把我搁在他的大腿上扇我，有时用毛刷打我。在琼的家里，当涉及去上主日学校还是继续上钢琴课时，从来没有商量的余地。你就按吩咐你的去做。

等到琼和我都为人父母之后，我们就以严格的方式培养自己的孩子，允许讨论，却少有辩论。见到有家长让孩子们在商店或餐馆里撒野，我们就朝他们的父母骨碌碌地转动眼球。我们给孩子制定分数的标杆，限定看电视的时间，禁止电子游戏进家门（虽然我们在最后这一项上终于屈从了）。

尽管如此，我也看出了琼在这事儿上的道理。约瑟夫和汉娜将放弃他们的卧室、他们的后院，还有他们那气派十足的家。我们不能再冒让他们失去兴趣或走回头路的风险，单由琼和我来维护缩小居住规模的决定。“在如何让孩子们看待这个计划上是可以大有作为的，”她继续说道，“如果他们感到这样的冒险就是他们自己的事，我想他们就会认同它。汉娜已经有所行动了，而约瑟夫也许真的会赶上来。”

我们俩都十分清楚，约瑟夫对这项计划至今仍很迟疑。他不仅不认同，而且汉娜和琼还得拽着他一步步向前进。他一路走来，那是为了家庭的和睦相处，不是出于热切的愿望。无论是他还是汉娜，都不曾真正成为家庭中与慈善相关的那些活动的推动者。汉娜在行动的时候，通常是独自一人或与若干学友一起，约瑟夫则跟她不同，要等着人家来叫他，然后他一般会应承下来。

我必须承认我不是一下子就被这个主意吸引过去的。我爱我们能同心协力实施这一计划的想法，我也想让孩子们感到有自主的权力。可是我们下的注实在非常大，我们可是在卖自己住的房子。这是我们为做某桩有意义的事而奋力的一搏，我并不想把它搞砸。再说十几岁的孩子是那么……毕竟还只是未成年的孩子。他们所作的决定可能是不合情理的，经常会出于一时的冲动，显得鲁莽急躁。

琼觉察到了我的犹豫不决，因而她继续在用力推进："好吧，我来问你：通过这个计划你想达到什么目标？"

"是这样，我想促使这个世界稍稍有所改善。我还想形成一个家庭传统，某种反映我们所赞同的价值的东西。"我回答道。我的话刚一出口，我就知道琼将向何方推进。

"那么若不是全家作出决定，怎么可能成为一个家庭的传统呢？家庭的一半怎么能被排斥在决策权力之外呢？"她问道。然后，为了使我放心，她很快又接着说："你和我将会有和他们同等的发言权，而且我们的看法常常几乎是一致的。"

对此我思考了几秒钟，就着我那五盎司的果汁杯将酒一饮而尽。虽然如此，疑虑始终纠结在我的心头。"要是孩子们在别的方面不再尊重我们的权威，那将造成一个什么局面？你理解我的意思吗？他们能否在这个计划中感受到平等的地位而在其他方面仍旧顺从呢？我绝对不打算在这个家里放弃我做家长的责任。"

即便在我表示异议时，我仍然感到琼是对的。分享权力是这个计划成功的关键。事实上，它将成为我们所要作出的最重要的决定，堪称绝无仅有。只是我在那时还未意识到。末了我提出了一个顺从的说法：“好吧，我们就试试看，看它将怎么发展。”其他再没什么了。

至多十五分钟之后，我们的电话铃就响了。琼接了电话，很快说道：“噢，你好，布莱尔。”我凑得更近一些想偷听到些什么，这时琼正手持黑色的索尼无绳电话，将它贴在耳朵边。“我和洛丽觉得我们可以让你们的提议生效，假如你们能稍稍提升一点的话。”布莱尔开口道，我注意到琼的脸色开朗起来了。明天我们能造访他们去商量具体的事宜并签署合同吗？

“我们就要成交了！”琼朝楼上的孩子们嚷嚷着。汉娜一路冲下来，一步跨两级楼梯，请求道：“告诉我，告诉我。”约瑟夫做完了一道数学作业题才走下楼梯，来到厨房。可当琼告知孩子们布莱尔来电话的消息时，甚至连“怀疑先生”都忍不住要咧嘴笑出来。这将是一场引人入胜的全新挑战，一个实现崭新开端的机遇。即使约瑟夫还未在灵魂中有所感悟，他也能欣赏这出我们家庭戏剧的第二幕正在开启它的大幕。

然而洛丽和布莱尔参与进来的过程尚有曲折。第二天晚上琼和我穿过四个街区来到沃克坊，孩子们则在家里做作业。在这四分之一英里的路上，虽说处于同一个地区，但那感觉仿佛黑夜与白天之别。桃园村是一条屈曲环绕的林阴大道，该大道是弗雷德里克·劳·奥姆斯泰德[①]——他还设计过纽约的中央公园——在二十世纪之初勾画进我们住宅小区里的一个主要景观元素。与之形成对比的是，沃克坊则是一条狭窄、笔直、被分段切割的街道，一排排保养良好却了无特色的房屋构成了它的景观，就连居住在这个小区的人有时也不容易记住它的存在。

在我们的大宅子里，客人们走上一条弯曲的车道，直达一道环绕的宽大回廊。我常常站在这回廊上，手里拿着橄榄球，约瑟夫就在前面宽敞的草坪上跑动着复杂的锯齿形路线。当他跑完这段三十秒的路线时（在这个时间段中，一个 NFL[②] 的四分卫将被擒抱住，然后被替补下来，跟他的教练说话，并呷着"佳得乐"[③]），我就把球扔出去，设法让他做出精彩的扑救，甚至可能是一个单手接球。

可是当琼和我步上那条二十英尺长的通向新屋子正面的砖道时，我们明白这儿根本不可能有玩橄榄球的场地。"平淡而简朴"这样的词语立时跃入脑海中。沃克坊十八号是一幢粉刷成浅棕色的砖房，它和邻家共用一条车道。这儿不像那些大户人家有煤气吊灯，入口处只有普通的电灯泡照明。在屋子里头也不会有为五十位身着商务套装的来宾举行的开幕式宴会。这幢房子毫无值得

---

① 弗雷德里克·劳·奥姆斯泰德(Frederick Law Olmsted, 1822—1903)：美国记者，社会批评家，景观设计家。他参与设计了许多公园景观，其中最著名的是纽约市的中央公园与前景公园，被尊为"美国景观建筑之父"。

② "全国橄榄球联盟"(National Football League)的缩写，为美国主要职业橄榄球运动组织，旗下有三十支职业球队。

③ 一种体育饮料和食品的品牌，由百事公司生产。

炫耀之处，实惠就是它所传递出的信息。

布莱尔打开了正门。夫妇俩养的一条名叫尼波的杰克·拉塞尔小猎犬跑上前来用鼻子嗅我们，然后热切地接受了我们在他的三角耳朵后的几下抓挠。在双方互相寒暄之后，琼和我就在客厅里坐定下来，和对方商讨合同的细节。几分钟过后，我们就在价格、停用房屋的日期及其他一些具体问题上达成了一致意见。我们签上名，署上姓名的首个字母，并标上了日期。

接着布莱尔爆出了惊人之举。“我们觉得你们这一家子所做的事的确让人惊讶，”他开始说，“这绝对是件了不起的事情，我们的姑娘们年纪还太小，理解不了。但将来总有机会我们会很乐意地告诉她们，我们也曾是其中的一分子。”

布莱尔递给琼一张五乘七的横格纸，上面用蓝色圆珠笔写着字。她眯起眼瞅着那张条子，竭力要看清用潦草字体的具体内容：“50/(c)(3)①……应有能力作出指导。”这页纸的底部有两个人的签名。透过那潦草涂抹的字迹，有一点是显而易见的：布莱尔和洛丽决定在几年之内捐出十万美元给我们的计划。我们做成了一笔交易，不仅如此，我们还有了其他的收获：我们的主张得到了认可。其他人听说了它——事实上，他们是唯一听说过它的一些外人——他们不仅认为它有意义，而且还动用他们自己的家产支持了它。

---

① 501(c)(3)：美国国内收入税法规中关于免税的一项条款，规定宗教、教育、慈善、科研、文学等28种非营利的团体机构可免去若干联邦所得税。

琼和我急匆匆赶回了家，手里拿着刚签署的合同和那张手写的纸。我们刚一驶进自家的车道，汉娜和约瑟夫就出现在玻璃大门口了，他们迫不及待地想听到新的消息。汉娜一眼瞧见那张手写纸的时候，琼就开始解释那十万美元的捐赠。甚至在她使劲读那上面手写的字时就惊呼道："哥们，这可真酷，真真真真酷。"约瑟夫弓起身子凑过来，眼光越过她的肩头，扫视着那页纸。"没错，是挺酷，我得承认。"他说时脸上露出了一丝微笑。

汉娜的眼里闪耀出异彩，仿佛她刚好从那些刮开的彩票中中了一张，这些彩票是圣诞老人在圣诞时节送给孩子们的一种哄人礼品。她跑过去跟约瑟夫来了个高举五指的击掌，约瑟夫跳了一下，咧嘴笑着，接受了她的一击。

琼和我已经没有必要让我们新组建的四人评判团来投票表决了。孩子们脸上的表情已经替他们投了票。在这件事上我们意见统一。

正如作家查尔斯·金斯利[1]曾说过的："我们处世行事，仿佛生活的最大需求就是舒适与奢华，殊不知我们要使自己真正幸福所需的一切，却是那应受我们热切关怀的东西。"直到此时，我们才理解了他的真正用意。

---

① 查尔斯·金斯利(Charles Kingsley, 1819—1875)：英国作家、牧师，曾任维多利亚女王的私人牧师。作品以小说《向西方》(*Westward Ho!*)与儿童读物《水娃娃》(*The Water-Babies*)最为著名。

汉娜的见解

你能付出什么?

不管你拥有的东西是多么少,为了有所作为,拿出你某些东西的一半是值得的。你绝对不需要像盖茨家族那样创建一个属于你自己的项目。一点也不需要。事实上,谁说金钱是唯一的可奉献之物呢?有时候,贡献出时间比奉献金钱、衣物更好。如果你将每周花在看电视、上网或玩网游的时间削减一半,将它用于服务食品库或慈善食堂,这些时间能真正有助于改善某些人的生活。

想一想你在闲暇时分经常做的某些事吧。很可能,少做一点这样的事你可能仍感到很高兴。事实上,我可以肯定你这样做将感到更高兴。正如心理学家麦克斯韦尔·马尔兹博士①曾说过的:"我们的自我形象和我们的习惯往往并行。改变了其中之一,你就会自动地改变另一方面。"

问题的关键不在于你作出这么多个人牺牲,因为它体现出的是你所具有的可支配资源:时间、才能与财富。在夜晚时分每当我们全家人一起在亚特兰大社区食品库工作时,我们谁也不会去想我们丧失了多少本该花在"脸谱"上的时间。我从没碰到过一个人会说

---

① 麦克斯韦尔·马尔兹(Maxwell Maltz, 1899—1975):美国整容外科医生,《心理控制论》(*Psycho Cybernetics*)的作者,其理论声称人可以通过提升自我形象过上成功的、更加充实的生活。

他们付出得太多或做志愿服务太过频繁。你碰到过吗?

活动

有的时候人们认识不到他们自身的优点,这就需要家庭中的其他成员来帮助他们意识到他们有着能被他人分享的多余的力量。我们曾经使用下面的方法来确定我们家各个成员所具备的可用资源。

把三种颜色的索引卡片摞成三叠,它们分别代表时间、才能和财富。每个人为家中的其他成员各取三种不同颜色的卡片(譬如,若是你有一个四口之家,那么每人就要拿三张绿的、三张蓝的、三张粉红的卡片,因此总共要发出三十六张卡片)。

每个人要为家庭中其他各个成员填写时间、财富与才能的卡片。然后你们相互间将它们朗读出来。

作为范例,下面就是我会为我的朋友奥勃瑞——假设我们是一家人的话——制作的卡片:

时间

—放学以后(假如没有辅导或排球活动)

—周六下午1:30—6:00(留出时间给周末的娱乐)

—周日教堂礼拜之后至晚间正餐之前

才能

你和孩子们一起玩的时候棒极了!不妨考虑为某个儿童

癌症诊所提供一场木偶戏演出。

财富

你的柜子里有已不合你身材或者你再也不会去穿了的衣服。周六时可将它们整理出来。我会来帮忙，然后我们一起将它们送往慈善机构。

一旦你们完成了这一活动，从你收集的不同种类卡片的每一类别中至少选出一张。例如，你可以选一张你姐妹为你制作的“才能”卡片，一张你父亲为你制作的“时间”卡片，一张你兄弟为你制作的“财富”卡片。然后按照它们去行动。

汉娜的见解

帮助小孩子们开始志愿服务

我不是一个小孩子，我也没有孩子。但我的确知道，我生命中的奉献与关爱的种子在我幼小的时候就已萌芽生长了。在我七岁左右的时候，我开始感到帮助别人的经历是愉悦身心的事情，也是使我的家庭真正联结在一起的一种方式。

譬如说，每星期六，我母亲、我的弟弟和我要一起到“仁人家园”的建筑工地上送饭给我的父亲和其他的志愿者享用，我们三个人会上街去采购各种食品，烹制拉扎尼亚[①]，然后提供给劳动者们。我们不会盖房子，但我们也做了重要的工作。我开始意识到家庭活动经历可以超越明显的娱乐活动范围，诸如前往“六面旗”[②]去游玩之类的（尽管我依然喜欢上那儿去）。

对包括我在内的年幼孩子来说，有一个诀窍，那就是去发现见效迅速而明显的活动。俄亥俄州的一位服务学方面的专家L·里查德·布拉德雷博士指出：“当七至十岁孩子的努力导向直接的、可感的效果，即使只在一个微小的程度上时，他们都是最能积极参与的。”我知道我的情况正是如此。譬如说，我第一次真正的志愿服务经历是在亚特兰大社区食品库，当时我八岁，对孩子来说，那

① 一种意大利式的卤汁面条，面条扁而宽，加干酪、肉末、番茄酱等调味。

② 娱乐性主题公园，位于新泽西州的特伦顿(Trenton)附近。

感觉真棒。我帮着给食品分类，了解食品配膳室是怎么为饥饿的人服务，这些都使我亲身感受到我对身处困境的人起了多大的作用。查看那些杂货店捐赠的五花八门的食品，从带有电影主题的谷类食品到奇形怪状的通心粉奶酪，真叫人兴奋不已。因为我在这儿如鱼得水，所以我认为它激励我从事更多的志愿服务。

我们为年幼孩子的家长们发现了一个很好的网站，叫“www.learningtogive.org”（点击“Youth Workers”，然后进入“youth activities”栏目）。正如咨询顾问栏目的专栏作家阿比盖·凡·布伦所说的：“如果你想让孩子们始终脚踏实地，那么就叫他们承担起某种责任。”

活动

有时较难发现接受年幼的孩子作志愿者的组织机构，但还有其他的途径能让他们起步实践。

1. 在某个星期六带上你全家去参加一次小区公园里的清理打扫活动，如何？把这一天搞成你和孩子们的一个特殊打扮的日子，带着给穿戴得最傻气或能让皮肤暴露得最少的人发放的奖品。然后捎上垃圾袋和手套，干活去。

2. 到食品杂货店去为慈善食堂或食品库买些食品。成年人采购成人食品，小孩子买他们的同龄人喜欢吃的。在我家里面，约瑟夫和我在这些采购行动中都用我们的慈善款，因此我们也了解了这些食品要花多少钱。随后我们就一起将这些食品送往食品库。

3. 大多数孩子喜欢宠物，尤其喜爱猫和狗。设法安排一次家庭出游，去参观“慈善协会”里的动物，再插入一个比赛，看谁能为一条狗起一个最动听的名字。出发之前务必让孩子们明白他们不可能将某个宠物带回家，这样到最后就不会产生麻烦。随后在吃午饭或冰淇淋时，可以谈谈这样的事实，即每个人和每样事物都需要爱，不仅是那些有着温馨家庭的人如此。

第四章　一半的力量

每个人必须决定，他是愿意在利他主义的创造性光辉中前行，还是在利己主义的毁灭性黑暗中行进。这是不得不作出的判断。生活中一个持续不断且极其迫切的问题是："你将为别人做些什么？"

——马丁·路德·金博士[1]

约瑟夫学校的橄榄球队里有一个以带球跑动进攻的后卫，他的父亲喜欢拿食品作诱饵来激励他。那确确实实都是上好的、名贵的食品。在最近的一个赛季里，每次山姆触地得分[2]后，他的父亲就会赏给他一个字母。山姆力争要用它们拼出B—O—N—E—S这个词，它是孩子们最喜欢的一家美味牛排餐馆的名称——每

---

① 马丁·路德·金博士(Dr. Martin Luther King, Jr.，1929—1968)：牧师，美国民权运动领袖。1963年率领约25万人向华盛顿特区进发，举行示威游行，并在林肯纪念堂发表了著名的演说《我有一个梦想》。1964年获诺贝尔和平奖，四年后遇刺身亡。

② 在橄榄球比赛中，选手将球带过球场，穿过对方球门线后，持球触地得6分。

位食客的平均花费也许要在七十五美元左右。

在赛季接近尾声的一次赛事中，和圣庇乌斯队的对垒输得一败涂地，山姆沿着左边突破了下半个赛程的防线，直向球门区奔去。我方的家长们为这场本可能一边倒的比赛中难得小胜的好消息欢呼雀跃。而山姆的父亲只是坐在金属的露天看台上，脸上带着露齿的笑容。“好啊，这回是S了，”他的笑容告诉我，“该是吃牛排的时候了。”

这不是我们家的做派。当我们需要庆祝的时候，我们就把正餐吃成早饭的模样。在那个夜晚，我们签署了那份从布莱尔与洛丽手中买下沃克坊房子的合同，琼和我匆匆赶回家中，草草地问了一下孩子们作业做得怎么样，然后把他们塞进车子里，驱车5.3英里来到亚特兰大餐厅，开庆祝晚宴。

我相信你们定能想象出这个地方的模样：闪亮的金属外墙，霓虹灯的招牌上夺目地亮出“营业”的字样。我们走过那个三英尺高的陶瓷侍者的身旁，他手持粉笔书写的每日特色菜肴的牌子，我们问一位女侍者（此处没有所谓的“服务员”）我们能否坐到一处标上“关闭”字样的席位间去。我们需要一个私密处所来启动我们的计划。

我们冲进了一个位于角落处的马蹄形隔离席中，女侍者将菜单甩在洁净的塑料单子上，它覆盖在绿色的尼龙桌布上面。作为这家餐饮店的老食客，我们用不着翻开菜单。法国吐司（汉娜的），法国吐司（约瑟夫的），腌牛肉杂碎加鸡蛋（琼的），单片露馅的卤汁火鸡三明治(我的)。就等着开怀享用吧。

从琼过去几天的表现来看,她急于要带头行动,并赶快进入活动领导者的角色。她一上来就以评估我们现在的处境作为开场。跟布莱尔与洛丽的交易——更不用说他们对这一理念鼓舞人心的赞同——将我们的计划推进到一个新的阶段。我们不再局限于纸上谈兵,我们在实打实地干。我们迈上了汉娜挑战我们走的那条道路。

即使是在这餐馆里,孩子们照样喋喋不休、互相扭打,在周围大出洋相。他们正处在精力充沛、活跃好动的时期,他们谈论内衣和学校里的某个孩子,还有电视上的事情,哪里有法式吐司、电影及可以上"脸谱"之类。他们浑身是劲,像通常那样,我没有过多地加以制止,也加入到了他们兴高采烈的谈话以及伴随谈话的肢体活动中。草编的物品包装飞射过桌子,胡椒粉的瓶子翻倒在桌上。显然,幸亏我们是坐在"关闭"的区间里。

琼一副一本正经的派头。她问了一个问题。我们谁也没有在意。她不耐烦了,又问了一遍。汉娜拿约瑟夫的头发取笑。琼恼怒起来,大声发作:"你们该明白,我们在这儿真的没开个好头。"一片沉默。接下来更是鸦雀无声。然后爆出一阵笑声,汉娜则竭力保持严肃的表情。随后我们全都大笑起来,琼也加入进来,意识到在这样一个时刻我们只是需要聚在一块乐一乐。大约有十分钟,我们的桌子上弥漫着家人间的欢声笑语,没有框架,没有秩序;我们只是在享受着彼此相伴的天伦之乐。

我们的菜上来之后,我们都安静了下来,至少让每个人能挨个说上话。琼感受到了气氛的变化,心想可以试着重拾刚才的话题,来讨论如何使用将来的那笔资金。"比如说我们卖掉了房子,我们有了一笔钱。再比如说,我们决定奉献出我们所得的一半。我们是想用一大笔钱帮助一小批人,还是给一大批人提供一点点帮助?"这是理清头绪中的第一道问题,这个过程需要我们花费一年的时间去完成,也是我们以可能称心如意的方式迈上回答"怎么付出"之路的稚嫩蹒跚的第一步。

接下来的一小时里琼引领我们展开了一场关于这个星球上最重大的社会问题的讨论。汉娜的热情也许已经随着亚特兰大街上流离失所者的景象被激发了起来,但由此却打开了诸多可能性。我们的讨论触及贫穷(十亿人口依靠每人每天不足一美元的收入在生活),安全饮用水的短缺(起码有同样的数目),无家可归的现象(一年有多达三百五十万的美国人流离失所)。在他们的脸上,合众国和全世界的问题显得如此令人沮丧。当琼引用她所读文章中的数据时,汉娜、约瑟夫和我都轮番地对问题的巨大规模表示震惊。我估计,整个吃饭过程中,我们想必说了次数达一打的"不可能",尽力让我们的思绪把这些大量的问题都包容进去。

我想琼滔滔不绝的有关世界困境的谈话也许会使其他家庭赶快抽身逃避,认定自身所具备的施援能力是微不足道的。但我们喜爱安妮塔·罗迪克①——她是"美体小铺"连锁店的创始人，该店以经营天然环保和对人体安全的美容化妆品为特色——说的话："如果你认为自己过于渺小而不能有所影响，那就设法去和蚊子同床共眠吧。"我们知道，确实知道，我们是能够有所作为的，即使那只是不起眼的成就。事实上我们认为每个人都能贡献出他的三"T"：时间（time）、才干（talent）或者财富（treasure）。

不过，我们那第一个晚上的头脑风暴座谈会却反映出我们的诸多天真之处。有那么一刻，女侍者送上了一只小小的金属碗，里面盛了约瑟夫要求添加的一份额外的糖粉，琼开始谈论饥饿问题。"好吧，大家听听这个，"她说道，眼光扫过她从一份杂志上剪下来的一篇文章，"根据联合国的统计，全球现有八亿五千四百万营养不良的人口。这就是说大约每八人中就有一人，而且其中很大一部分人口是孩子。"

像其他的美国孩子一样，汉娜和约瑟夫都曾甩出过"我要饿死了"的话，却不会过多地去考虑它的真正含义，而事实上他们只是稍微有点饥饿或者只不过想吃东西罢了。他们对真正意义上的饥饿开始有些了解是从他们在亚特兰大做志愿服务的时候，那时他们遇到了依赖社会救济机构提供免费食物为生的人们。但即使这些也令人困惑。"其实这些人看上去还不错，不是吗？"约瑟夫说道，"我是说，你注意到了吗，他们中有些人还胖乎乎的呢？"

---

① 安妮塔·罗迪克(Anita Roddick)：1942年生于英国，意大利裔，1976年在布莱顿的肯辛顿花园开设了"美体小铺"(Body Shop)，提倡纯天然的绿色环保美容化妆品。

作为回应，琼说明了廉价且不健康食品中营养成分的缺失。可在此之外，她指出，我们大家所见到的还远不是最严重的营养不良或真实状态的饥饿。在美国，琼指出：饥饿很少危及生命；尽管穷人的食品选择范围严重受限并因营养缺乏而可能寿命缩短，但食品的供应还是充足的。再说我们的城市充斥了慈善食堂、食品库和流浪者收容所。"但在第三世界的国家里，没有安全保障系统，人们无法获得像我们这里所具有的那种救助，"琼继续说道，"我们谈论到的那些在印度和非洲一些地方的人们，那才真正是到饥不择食的人。"

汉娜不假思索地就冲口而出："我们干吗不用飞机装一大批汉堡包，然后给他们运过去呢？"我瞥了琼一眼，她正使劲抑制住自己以免发笑。汉娜的问题抛出之后，桌上一阵沉默。我的内心独白是：她在开玩笑吗？嗯，她没有笑，因此也许不是说着玩的。汉堡包？几千英里之外？过了几秒钟，我决定用一个问题打破沉默："那么第二天他们吃什么呢？"又一阵沉默。"噢，是啊，咳！我的意思是，我希望他们能分享我们所拥有的东西。"汉娜说道。

就像众多的家庭一样，我们相互之间也在逗乐。假如你不会自嘲，我们心想，谁还会来跟你一块儿消磨时光呢？

大约从汉娜五岁的时候起，我就曾给她讲过一个故事，那就是，她是被弃置在我们家门口的一个弃婴。"你的蓝色毯子上别了一张条子，上面写着，'请照顾我们这个小家伙'。"说时我面无表情。"噢，爸！"汉娜通常会这样反应，摇着头，咯咯发笑。在她大约十岁时，有一天在我又一次重复了这个老生常谈的荒唐故事后，她的脸沉了下来，“爸，假如你觉得我相信这个故事是真的，你还会继续对我讲吗?”我拒绝退让:“你说假如那故事是真的，那是什么意思，汉娜?”我回应道，绷着个脸。“噢，爸!”然后她重重地击打我的手臂。

汉娜在饭桌上冒出来的这个汉堡包的话题无疑出自她的热诚，源于她试图矫正在生活中所见到的不公的强烈愿望。可是我们其余的人不会让这个话题妨碍我们时不时好好地嬉笑嘲弄对方一番。“嗨，我们干吗不空运一些奶酪包到那儿去?”约瑟夫随时会逗弄她一下。“首先，该是汉堡包，而不是奶酪包，乔。然后顺便说一下，你就是个傻小子。”汉娜会这样回应他，大笑着追逐他，有时用一只塑料杯里的水泼他，或者用拳头打他闹着玩。

我们就此启程了，开始就个人和集体两个方面去深入探求我们的核心价值。以往我们曾多么热心地参与到慈善活动中去，那真是让人神往的;但我们又切实地了解到了我们的作为对于重大问题的缓解是多么微不足道。我们可以取笑汉娜的汉堡包说法不合情理，但即便是琼和我也都在下一个年度中反反复复地被我们所不知晓的简单事实所震惊。这还不够好，我们需要赶快学习。毕竟，买卖新房的那个合同意味着我们已无退路。我们的计划已运转起来，无需通过投票表决就知道我们不想错过这样一个大好机会。

在餐馆时，琼着手进行试探，驱使我们深入地探究我们的内在自我。她抛出一个又一个问题：我们是想在亚特兰大还是到美国的其他地方或者前往海外去工作？我们是对救济工作还是对长期的援助感兴趣？我们是否应该寻求社会投资（譬如微型金融[①]），而后用于再投资？或者我们应当将这些钱用于善举，它们不可能有回报但却是雪中送炭？我们所有的精力是专注于某一项慈善举措还是应当全面铺开？

琼并不指望我们在餐馆吃饭时就给出许多答案。她只想我们考虑考虑这些问题。鉴于我和她所确立的与孩子们分享权力的协定，我就恪守这样的原则，即避免我通常要高调宣布我的答案并维持家长权威的倾向。琼和我用更多的时间来专心倾听孩子们的回答，在他们发言时细心观察。

约瑟夫有个古怪的切割食物的方式，一只手用刀按住食物，另一只手用叉子扯下一块往嘴里送。结果在吃法国吐司时，他常常将糖粉洒到衬衫上。一位父亲在他仔细观察儿子的时候注意到了这样的情况。

琼好几次停下来点算表决的票数。在我们讨论贫富问题的某个时刻，我提出了印度，讲述了特蕾莎修女在加尔各答和其他地方的城市居民中所发现的绝望处境。我的第二句话刚一出口，我就看得出来，在我们这个新组建的民主团体内我并无任何胜券——

① 诺贝尔奖得主尤努斯所创办的葛莱敏基金会推动的小额贷款计划，以资助世界贫困地区的穷人。

看一眼与我选民的脸色就明白这个提议怎么也不会获得通过的。“好像非洲的情况要糟糕得多，”汉娜说道，“那儿的人什么也没有，真的一无所有。”“看来非洲更糟，我也这么觉得，爸。”约瑟夫赞同道。琼更直截了当：“切，到印度去我不感兴趣，我并不认为我们对付得了加尔各答的这些贫民区。”

这顿饭吃到一个钟头的时候，我们的精力都耗尽了。孩子们开始坐立不安，汉娜一个劲儿地低头瞧她的手机，看谁给她发来了短信。琼察觉了这个情况，赶忙用这么一句话给她的问题收了个尾：“这一天下来你们都累垮了吧？”

离开餐馆的时候，我们达成了两项决议。首先，我们想在一个地方开展一项事业。我们没有比尔·盖茨那样的财富，若要承诺在多个地方或不止一个目标上出力，那我们的力量就分散得太薄弱了。其次，我们有许多工作要做。如何以及在何处贡献出我们的资源，尚是巨大的、悬而未决的问题。

在原本就乱糟糟的生活中再加上一个新的重大承诺本不是让我们深感乐趣的事情。有趣的是，盘子里似乎还未去掉什么东西，更多的东西又不断地添加进来了。越来越多的课程、运动、旅行。再说我们也绝不是世上最组织有序的人们。有一次，一位棒球朋友因为约瑟夫在一次训练时比教练指定的时间早到了十分钟，竟为我们起立欢呼。

早先几年，在一个星期六的傍晚，我发觉我们的两个孩子睡到别人家里去了，琼和我也没什么别的安排。“嗨，今天晚上我们完全能自我作主了。你想干些什么？看电影还是别的什么？”于是琼和我来到一家泰式餐厅，享用紫苏[1]花卷与玛沙曼鸡[2]，喝着僧伽啤酒[3]。

第二天下午，我们家的电话铃响了。“嗨，你们俩还好吗？”我们的朋友苏珊在电话的另一头询问道。

“当然。你怎么样？”琼问道。

“结婚了。”苏姗说道。

“噢，糟糕！”我们把朋友的小婚礼忘得一干二净，它压根儿就没在我们脑海中闪现过。这真是彻彻底底、完完全全让人尴尬的事。

现在，随着我们这项新计划的实施，我们这四个身不由己的人又被压上了另一桩大事务的负担。

所幸的是，琼对此已有所考虑。“我们只需要对周末进一步严加管束就可以了。你知道，拿出一小时来写日记、谈话。每周一小时，”她说道，“我想我们可以在那个容易无所事事地消磨掉的一小时下做个记号。”对汉娜来说，它将意味着少睡一会儿。对约瑟夫而言，就是摆脱电视游戏机。对琼和我来讲则是安排好一天以保障这一个小时。

---

① 一种香味类似薄荷的调味植物。

② 一种泰国式菜肴，用玛沙曼（一种味道较温和的咖喱）加鸡块和土豆烹制而成。

③ 泰国最古老与最受欢迎的啤酒品牌，一译“星哈啤酒”。

琼在日记中的口吻反映出她的忧虑，她担心我们可能丧失必要的时间和情感上的职责。“以有意义的方式提供帮助，需要很多的时间和耐心。就像训练三项全能或达到其他任何重大的目标，有些方面的工作比起其他活动来更少趣味性。如成人式的谈话，长时间的会议。”汉娜和约瑟夫能对付得了这项计划所要求的努力吗？我们真的都能找出时间来吗？

第二天是一个星期六。汉娜有排球训练，约瑟夫则要去打棒球。因此在九点半的时候我们聚在一起，就我们全都惧怕的一个话题谈了半小时，这就是那单调乏味，而且往往是累断筋骨的搬家准备工作。我们聚集在起居室里，汉娜睡眼惺忪地挨着我坐在长沙发上，琼和约瑟夫靠在橙绿色的现代式椅子中。琼要求我们就“我为什么想实行这个计划”写上三分钟。还有第二个问题，她迅即补充说：“写下你们为了实现它而愿意牺牲奉献的东西——换句话说，就是为在世上有所影响，你们在这个家中将干些什么。”

孩子们掏出了他们老式的、黑白相间的作文簿，这种簿子一度在小学里是标准的格式。汉娜写到一半的时候，蓝色圆珠笔中的油墨用完了，又转用黑色的笔来写，但这两种色彩都倾吐着她的满腔热忱。“我想世界上另有一些人比我们这个家庭更需要钱，”她写道，“我愿为此奉献出许许多多的东西。我愿每周拿出五个小时来为家庭的亲密相处而努力，在午餐时分做功课（即便我十分反对这样做）。我将乐意去为消除饥荒的斗争贡献出力，如今每天有29 000个孩子死于饥饿。”

在房间的另一头，约瑟夫将他的这段内容转化成标题为"奉献"的一份清单，他甚至用小圆点将它们标示出来：

- 努力做事
- 早早起床
- 帮助维持整洁
- 协助 eBay①(出售多余的物品)
- 缩小柜子
- 缩小房间
- 没有后院
- 带狗上公园
- 清除杂物
- 庭院销售旧货

接着在那一页的底部，他写道："由于我不知道该施舍什么，我想我喜欢我们奉献出我们生活的一部分来让别人的生活更加丰富。"

在接下来的一个月里，我们启动了真正令人难受的搬家准备工作。十三年前我们从华盛顿搬迁的时候，我曾开玩笑地对琼说，我想出了世上最妙的遏制犯罪的办法：别把那些坏家伙投到监牢

① 全球在线交易平台，成立于 1995 年 9 月，目前已有 3.5 亿海外买家，业务遍布 150 多个国家与地区。

里去，而是叫他们每三个月搬一次家，每次搬的房子大小都不一，还要给它们装修。纯粹折磨人。除此之外，这次搬家也不会让我们舒心惬意地说："把它们堆在阁楼上，以后再决定怎么处置吧。"房子缩小，不可能提供多余的空间。一半就是一半。所有的房间，所有的物品都要分别归入三个不同类别的堆：保留的、丢弃的、捐给慈善部门的。

这就成了我们的周末，连续五个小时清理家中的物件，使它们缩减到一半的规模。我们不再谈论扔掉的东西或给慈善机构装箱打包的物品的数量。取代的是，它成了一场比分量的游戏，就像说着："我们今天丢掉了很多分量。棒极了。"这活儿干起来没一点儿服务的味道，它倒更像是收集垃圾。

尽管如此，集体清理还是很要紧的，不只是为了精简物品，也是为了让我们的计划成为全家共享的经验，使之成为切切实实的一种奉献。我们轮番相互提醒，我们在干什么，又是为何而干。有一天我读到了出自诗人卡明斯[①]的一段文字，我把它朗读给了全家听："成就你自己，而不是别的什么人——在这样一个时时刻刻竭力使你随波逐流的世界里——意味着进行一场任何人都能参与的最艰苦卓绝的战斗。"突破被奉为典范的财富累积模式不时会产生自我怀疑，我们需要不断的激励。

---

① 卡明斯(Edward Estling Cummings)：美国诗人、画家(1894—1962)，为逆反传统观念，他把名字都改为小写(e. e. cummings)。诗作形式奇特，语法修辞别出心裁。

叫我们吃惊的是，当我们不由自主地向前行进时，我们竟积聚了那么多的碎渣残滓。我们向来不是收藏家，不会特意去搜集具有情感和金融价值的物品。我们不过是积聚者，只管随心所欲地带进更多的东西。在我们婚后的早年岁月中，琼和我都试图按纽约公寓房的规矩来生活：如果某样东西进了我们家，那么另一样同等大小的东西就必须被清理出去。在我们住在曼哈顿那七百平方英尺的公寓里时，那套规矩不可或缺，甚至精细到袜子的数量。但在此后的数十年间，随着我们生活方式的改善，那个信条从我们的生活中淡出了，而少数几个涉及我们或孩子们绝不能保留什么的条令——如“开心餐点”①的玩具不得进家门——却对清理杂物几乎不起什么作用。

如今既然我们决定要收缩规模，数百件甚至数千件的物品都需要一一过目，考虑再三，然后决定去留。一个房间接一个房间地逐个查看。看看地下室中那些自从九年前搬进来后还从未打开过的箱包。这些耳机还管用吗？那只闹钟只需换上新电池就行了吗？那件衬衫还合身吗？要是它还能用的话，我真不想扔掉它。它能回收利用吗？想了又想，没完没了。

每个星期一的晚上，我们的滚动式垃圾桶总是被垃圾塞得满满当当的。用于草坪和花园的黑色口袋盛满了衣服和玩具，连同

① 专门针对儿童销售的餐点，1977 年 6 月起在麦当劳连锁餐馆出售，每个餐点还伴有赠送的玩具。

灯具和其他的大型物件，被塞进我们的车里，运往慈善部门。我记得有一天周六时约瑟夫在远郊有一场棒球赛。在前去看比赛的路上，我的车歪歪扭扭地从右边的车道转到了最外边的左拐车道上，我迅速将那辆汉兰达[①]车驶上隔离带的停车场。“怎么回事？”琼气急地问。作为回应，我只是指指几百码之外的那个慈善机构物品接收站的门。“好决定。”她说着，回头瞥了一眼那堆我们仿佛一直带在身边准备处理掉的东西。这个举动也许一时间会将我们的生命置于危险的境地，但我们可以从六千五百平方英尺的家或贮存仓里清理掉更多的东西。

不过从这辛苦操劳中却冒出了两件富有积极意义的、令人惊喜的事情。

首先，在我们整理孩子们的书籍、衣服以及来自久已忘却球队的陈旧奖品时，回忆如潮水般涌动起来。琼和我都了解到了汉娜和约瑟夫最珍惜他们经历中的什么，哪件 T 恤富有意义，哪样纪念品具有重要价值。我们常停下手中的活来重读孩子们多年前爱读的书籍——《最能刨地的狗》[②]、《哈泽尔的神奇母亲》[③]及《女巫奶奶》[④]。有时候当气氛安静得有点过分时，我们发现约

---

① 日本丰田汽车公司出产的一款多功能运动车。

② 阿尔·帕金斯所著，1967 年出版，讲述一条名叫“公爵”(Duke)的狗的故事。

③ 罗斯玛丽·威尔斯所著的儿童读物。

④ 带插图的一种儿童读物，描写“女巫奶奶”帮助同村的居民解脱困苦烦恼的一系列故事。

瑟夫正坐在他卧室的地板上读着一本《内裤队长》[1]的小说，他的年龄早就超过了阅读此书的阶段，但他从中仍能发现值得他格格一笑的荒唐故事。我们还了解到我们孩子的老师曾“完成”(也可说是“做成”)很多项艺术项目，我们原以为这些是汉娜或约瑟夫的杰作呢。“噢，这是H女士画的。”约瑟夫说的是琼和我挂在卧室墙上的一幅水彩画。我们把它扔进了垃圾堆里，琼大声惊叹一个孩子能从一位越俎代庖的老师那儿学到什么东西！

在我们清理过程的中间，也就是迄今最让人不好受的那个阶段，第二件异乎寻常的事发生了：约瑟夫转变了态度，完完全全成了我们这项事业的热心人。且不说他在几星期之前的清单中写到的“奉献出我们生活的一部分来让别人的生活更加丰富”。正如他后来对我说的：“我写了点我认为其他人都想听的话。”即使他没有把它朗读出来，他也感到政治正确[2]对那段日记来说是一种正确的策略。

但到了第三个“清理周”的时候，约瑟夫当真有那么一刻跳出了自身，开始通过一个新的视角来审视他的生活了。那是房子的重负一下子消失所导致的单调乏味才使得他这样的。“大概就在第二或第三次前往慈善机构的路上，我明白了我就是个搬运工。我拥有所有这些东西，却一点也用不上它们，这些玩意儿从我两岁时起就积累起来了，”几个月之后当我们驱车行进时，他回忆道，

---

① 系列儿童读物，戴夫·皮尔奇著。

② 一译“政治得体”，简称PC，指避采取某些暗含偏见并可能冒犯人的态度、行为，尤其是语言。

“除了这，我们的房子还有整个一层的楼面没有使用过，一个后院也几乎派不上什么用场。谁需要这些东西呢？这种情况大大超出了‘够用’的程度。”

尽管他在表面上仍保持着怀疑的态度，又不向我们披露他内心的变化，这种状况一直维持到一年多以后，但是我们其余的人都开始感到他矛盾游移的心理有所弱化。约瑟夫并不是被拽进来与我们同样出力，而是他常常带着别人没有的劲道带头清理物品。

在一个周末，我们举办了一次庭院销售。我们的物品散放在草坪上，汉娜和她的朋友奥勃瑞为了尽量吸引过往行人，就穿上了胡乱搭配的装束，挥动着写有“庭院销售——半价优惠”的牌子。姑娘们风风火火、活蹦乱跳，而我们的货色却乱七八糟。我们争取要卖掉九根棒球棍，它们的大小和分量都已不再适合约瑟夫了。结果只卖掉了一根。我们的旧电视机和立体声扬声器也不被看好，这些东西我们后来全都运到亚特兰大的电子产品回收利用机构去了，在回家的路上，仅开了二十五分钟的车程，我们就直犯嘀咕，它们会不会也被倒到垃圾堆里去？“糖果园”①跟一些由上百块零件组成的小孩子玩的拼板游戏，连同琼在动膝盖手术时用的拐杖，对新房子来说过于正规的餐具垫、烛台、DVD设备、大号的内衣等都剩了下来。

销售结束后，多余的物品必须运走或送人。如今我成了个爱抱怨的人。当把所有弃置的东西装载上车时，我发现自己把我所

① 又译“糖果乐园”，1949年出品的一种儿童棋盘游戏。

想象的其他人也会有同感的那种情绪发泄了出来。“整个搬家过程真让人讨厌透顶!”我发作道。约琴夫捧了一摞旧的游戏棋盘向汉兰达车的贮物仓走去,他来回忙个不停,在整个清理过程中他似乎一直保持着这种状态。

当我朝他望去时,我的思绪闪回到了过去三星期里的约瑟夫,他长时间地干活,全力以赴地将各个柜子清出,这样就省得我们再去整理它们。他可能比我们任何一个人花费的时间更多。现在,尽管是冗长日子中最漫长难捱的一天,这小子却是乐呵呵的。“嗨,今儿我们几乎卖了五百美元呢。”他像鸟儿似地喳喳叫道,一边将东西装到汉兰达车里去,然后又回头去搬别的东西了。这回搬家也许本不是他的心意,但他欣然接受了这个挑战。

部分是因为约瑟夫的新干劲给了我们支持,我们感到有足够的信心可以把我们的家庭计划透露给我们最亲近的一些朋友了。但事情却没有完全如我们安排的那样去进行。远非如此。

约瑟夫出生于一九九四年我们迁至亚特兰大还不足一个月的时候。我们没什么朋友,也没什么亲戚,但在一个暮夏时分的下午,琼带着两岁的汉娜和刚出生的约瑟夫到小区的公园里去玩。在那儿,有一位深色头发的母亲带着只比汉娜大四天的女儿,走上前来看推车里的约瑟夫。“你的孩子真漂亮。”黛拉·韦尔斯对琼亲切地赞叹道。

从那以后我们两家十五年的友情就此开花结果。每个周末我们聚在一起吃一顿星期日的晚餐，或在我家，或在她家，有的时候还带上狗一起玩耍。我们出席对方家庭里的体育赛事和参与对方生活中的重大事项。我们一起吃复活节餐，一起过逾越节和母亲节，我们还开创出一些传统，包括汉娜和她新结交的朋友奥勃瑞表演的滑稽戏和例行的跳舞。我们两家成了萨尔韦尔斯一家①，名义上是朋友，精神上是一家。

在我们签订了购买沃克坊合同的几个星期之后，我们和韦尔斯一家准备前往帕克城②滑雪。在我们清理杂物的阶段，有一天汉娜提出了将此事告知韦尔斯一家的想法，即便当时还只处在这个过程的早期，有些细节还未全部敲定。“我们怎么能不告诉他们?”她问道。于是我们一致决定在这次滑雪的旅程中将这个振奋的消息披露出来。

第二天晚上，在一家租来的公寓里，我们这个萨尔韦尔斯氏的八人组合在一张松木桌子旁落座，准备吃一餐意大利面条加沙拉。我们以八人团队的形式外出旅行几近十个年头，这已成为我们舒心惬意的一个惯例。黛拉喜欢烹饪，因此她收拾了一只巨大的黑色旅行箱，里面装满了面食、谷类、格兰诺拉麦片条子③、预先称好分量的调料，甚至还有整只的鸡。我们把这么一件行李戏称为“食

---

① 原文为 Salwells，是萨尔文姓(Salwen)和韦尔斯姓(Wells)的组合词，此处显示了两家关系的亲密。

② 在美国犹他州，为旅游滑雪胜地。

③ 原为一种食品牌子，后指一种以红糖、葡萄干、椰子或干果作配料与麦片制成的食品，多在早餐时在碗中和着牛奶食用。

品车”，有时为了逗趣还一本正经地称之为“查尔斯车”①。

像往常那样，我们的住宿条件体面但不奢华。在帕克城，这家公寓感觉与其他住所大同小异，大片的中性色调，假的石头壁炉，在其顶部交叉放置着陈旧的木制滑雪板，还悬挂着一张照片，画上画着月亮从一座不知名的滑雪山体升起的景色。

我坐在桌子的首位，琼在我的右边。我们决定把我们的重大新闻告诉给韦尔斯一家听，但没有作过排练，也没有获得陈述的许可。我们曾以为只要把道理一摆出来，韦尔斯一家就会激动不已。何乐而不为呢？

我们的祷告刚一结束，琼就开了口。

“我们有些新情况要讲，”她开始说话，声音有些颤抖，其中混合着激动和紧张。她环顾桌子四周，望着自己的家人和亲密的朋友。公寓里提供碟子之类的器皿，盛着一份份热气腾腾的面条。镀铬的盛沙拉的碗还在循着桌子一路传送。女孩子们正把过量的一份份帕尔玛干酪②堆上去。

“我们准备把房子卖了然后搬家。”

她再没能说出第二句话。在桌子另一头，黛拉的脸色沉了下来，“什么？什么？你们要离开我们了吗？”

---

① “食品车”(Chuckwagon)的概念是由查尔斯·古德奈特(Charles Goodnight)在1866年所提出，故会有“查尔斯车”(Charles Wagon)的说法。

② 一种意大利干酪的英语名称。在欧洲它仅指出产于意大利某个地区、以特定工艺制作的一种干酪。但在欧洲以外，许多普通干酪也冠以此名称。

我们很快陷入了一片混乱。“啊，不，不，”琼赶忙回答道，“只不过搬到沃克坊，我们的老街那儿。想必你们记得那儿。”

汉娜宽慰她，“我们要搬到一个小一点的地方去，这样我们就可以帮助那些穷困的人们，也许是在非洲吧。”

我竭力想澄清也是徒劳，“你瞧，汉娜和琼策划了这么一个卖房搬迁的方案，也就隔开四个街区。”

“我们的打算是捐出一半的钱来。”汉娜宣布说。

几个星期前汉娜游说布莱尔时所调动起来的那股伶牙俐齿的劲儿全都不见了踪影。有好一会儿我们全都语无伦次，然后就闭口不言了。

桌子的另一头也默不作声，因为韦尔斯一家四口人都在想法子拼凑成一个完整的故事。当黛拉明白过来我们并不离开城区时，她的脸色缓和了过来，但在这临时凑合的陈述中我们几乎无逻辑可言，再怎么说，我们连钱该往哪儿花都没搞清楚，虽然有好几次在看似随心所欲的遐想中冒出了非洲的念头。

临了，黛拉的丈夫杰尔吞下了一口大蒜面包，捋了捋他的唇须——他在思考时往往会做出这个动作——然后开口说话：“我明白了你们要卖掉房子搬家。但是请再次告诉我，你们为什么要这么做？”杰尔是我们外出旅行时和我一起抽雪茄、洗桶浴的哥们，也许他认识我跟认识接纳了我们的亚特兰大城中的其他任何人没什么两样。而我们的宣告骤然间冒了出来之后，他真被搞糊涂了，“告诉我，到底是怎么回事？”

汉娜、琼和我再次作出一连串的回答，说明我们的计划以及如何同穷苦人民一起工作的打算。只有约瑟夫一个人没掺和进来。他光坐着，轻轻地将他的意大利面条蘸到他盘子一侧的调味汁中，捞起整叉子的面条在吃着，而这时我们其余的人正绞尽脑汁要把那些神奇的字眼排列成序。

终于琼能够将我们的集体思想组合得有条有理了。“好吧，事情是这样的，”她开口说道，一边呷了一口水。接着她逐一回顾了我们的思想历程，大致连贯地解释了我们怎么会想到去做那看似简单的事：用一所大房子去换一个较小的住处，再用从中所得的一半的钱投资到能借此最终改善其生活的人们身上。她指出我们所拥有的已超出了我们的实际需要，我们可以轻易地割舍我们众多财产中的一部分，如果它能使其他人的生活稍有改善的话。

至此问题有了一个进行理性讨论的基础。最终，韦尔斯一家对此感到非常高兴——杰尔还请我们给他教的一个班级去作演讲，他们十七岁的儿子杰森还提出来要帮我们搬家。可是我们所说的话听上去离奇古怪又轻率鲁莽。由于缺乏深思熟虑，我们拙劣地传达了一个刺激人心的消息，把对我们最亲密的朋友所作的宣告搞砸了。

我们与外界的沟通还没等好转就越搞越糟了。我们回到亚特兰大之后，给琼的父母和我在纽约的母亲通报了这个消息。琼的母亲裘恩深深地固守于自己的生命历程中，我是从好的方面这么说的。她的朋友都是几十年的老交情了，她在艾奥瓦的房子自一九六八年以来就一直是金氏住宅。“你们要把汉娜和约瑟夫从小就住的宅子卖掉？”她问道，为我们的决定大吃一惊。我的母亲则更多地关注我们考虑在哪儿实施我们的援助：“非洲？为什么是非洲？你们是否知道，阿巴拉契亚那儿是多么贫困，就在我们美国？”

过了几天，琼和另一位多年的老朋友一起吃早饭。在吃着鸡蛋和土豆煎饼的时候，琼给她讲了我们的计划，这一回她可是费了好大的劲才把思绪理顺些。她讲完之后就停下来等她的朋友作出反应，期待着那“多么酷”或者“哇，妙主意”之类的赞叹。结果，当琼往桌子另一头望去时，她没瞧见什么，只有她朋友湿润的眼睛。过了几秒钟那女子终于说话了，轻柔地、吞吞吐吐地：“我们家的实际情况不是这样的。我们绝不可能做出这样的事情。”她说道。虽然她提出来要让她的家庭参与到我们的计划中来，很显然，这一次的讨论，至少一时间在这两个女人之间造成了尴尬的疏离。

这种反作用力是我们谁都未曾料到的。我们的计划，在我们和亲友之间构筑了一道壕沟——起码是一条临时性的沟坎。

半小时后，琼开着那辆丰田车驶入车道，驶过正门，也没停下来去抚弄热情上前迎候的狗儿们。“就这么回事！”她朝着这幢房子漫无目的地喊叫着，“我们再也不对别人讲这事了。任谁都不能讲，你们听见了吗？我已经厌烦了被人看成一个怪物。”

我们新的交往策略变成了“闭口不谈”。我们转而变得内向了，更关注于自家的活动。事情越发明显，这一计划的大胆气魄惹恼了人们，他们把它看作对自己的生活或价值观的一个挑战。它使他们感到不自在，从而导致他们视我们为怪物。“我原指望把这消息告诉朋友们会让我们更加亲密，”琼后来对我说，“结果我反而觉得尴尬——真够别扭的。”我们对“新常态”的全面拆修显然让其他人感到很不“常态”。谁需要这玩意儿？闭上嘴吧。

当然，我们无法遮掩我们正在出售房子的事实，我们只是不再向人诉说这么做的真实原委。为此我们转而解释说，我们已不再需要多余的空间提供给住家的小孩保姆，或者用来举办琼和我在公司任职期间开过的派对。情况确实如此，但却不是我们的真正意图。有人也许会认为我们正遭遇财政困难，而我们觉得这样总比对付那种我们曾见识过的表情要好一些，那意思似乎在说：“这些人是从火星上来的吗？”

在我们于四月一日将房子上市之前，我们聘用了一位独立的评估师，还就房子的价格请了几个房地产商出出主意，然后我们将它挂牌上市，标出“业主出售”，开价一百九十五万美元，这是我们一致同意的一个价格。约瑟夫在本地区的街道上四处溜达，散发有关我们公开售房的小广告，把它们投进信箱，塞入门下。头一个星期天就有三十多人来看这处房产，其中包括《交换居室》①中的

① 美国的一个电视真人秀节目，从2000年至2008年在TLC与Discovery Home有线频道上播出。佛恩·叶普(Vern Yip)是其中的演员之一。

明星佛恩·叶普(没有成交,他想要具备更开阔的亚特兰大天际线景观的房子)。尽管对它有兴趣的人不在少数,但那个周末及在随后的一个月内,却没有出现真正的购买意向。五月份我们将房产交与一个地产商去挂牌上市。

即便房子还未出手,我们这家子的干劲还是维持在高位的水平上。琼和我担负起了信息收集者的职责,力图使我们每两周在餐厅玻璃桌子边进行的讨论更富建设性。那个巨大谜团中最主要的难题——我们的钱将用到哪里去——把琼转变成了一架研究机器。她的文件夹里鼓鼓囊囊地装满了从杂志上剪下来的文章、折了角的关于重大社会问题的书籍复本、从网络上搜索得来的文章打印件等等。她为我们的讨论会搜罗了成打成打的数据资料。

在这段时间里我偶尔涉及了一个二十年前还未存在的学术领域:青少年慈善事业。这项事业早就有了旨在帮助年轻人通过慈善活动培养其人格的组织机构,如4H总会①、营火少女、童子军等全都创建于二十世纪的头二十年里(汉娜曾参加了女童子军,但过了几年,当她厌倦了甜点销售时就退出了)。几十年来,这些组织为有公民意识的家庭给新一代人灌输良好的习惯提供了一个途径。

后来,在二十世纪九十年代,科罗拉多的科伦比纳中学十四名

① 又译"四健会",鼓励"从干中学"的青少年团体,1902年发端于俄亥俄和伊利诺伊州的农村青年运动,其社徽为每片叶子上带有H的四叶草,分别代表Hend(智)、Heart(心)、Hands(手)、Health(体),故又称"智心手体社"。

学生的死亡[1]激起了人们的忧虑,那就是,即便是在看似"良好"的家庭中成长起来的孩子也可能可怕地误入歧途。我曾和路亚娜·尼桑,即威斯敏斯特学校(约瑟夫就是上的这所学校)格伦慈善学会的主任,谈到过这个问题。在科伦比纳和其他的暴行之后,她解释道,越来越明显的是,有些美国的年轻人"过着一种游离于某些社会化影响之外的生活"。

作为回应,焦虑的家长们要求学校实施人格教育类的计划。这类计划长久以来一直被视为私立教会学校的一个教育领域。逐渐地,数以千计的美国学校体制中开始增设这类教育计划,诸如"人格培训"之类,它以"六种人格支柱"为其特色:诚信、尊敬、责任、公正、关爱以及公民意识。

汉娜和约瑟夫已在威斯敏斯特学校和亚特兰大女子学校接受过相当强化的品格和服务教育。更早些时候,琼和我通读了有关"月份的品格特色"的传单,试图将它们推荐的内容在家中付诸实践。可是生活往往会从中干扰,因此这些事关行动的传单结果总是压在一大堆邮件或其他材料的底下。直到汉娜成长到足以把握住主动进取的精神,我们的工作才获得了更多的动力。

在房屋销售的一线市场上,我们能感受到周围的房产市场在

---

① 1999年4月20日,在科罗拉多州的杰弗逊县的科伦比纳中学发生了枪击惨案。两名毕业班学生枪杀了十二名学生与一名教师,然后双双自杀。

疲软衰退，但我们并不担心。我们自认为毕竟我们出售的是一处独一无二的房产，对于像我们这样曾经处于不断成长和积累中的一个家庭来说，它是无可挑剔的。我们只需要有一个买主，他像我们早先几年那样，急于想要一幢六千五百平方英尺的宅子，是一个打算住得更宽敞的主儿。

一星期又一星期过去了，我们的地产代理商萨莉·乔治每一个有关某位有购房意向者的电话，我们都会把孩子们和狗儿聚拢到一块，把房屋收拾得干干净净，然后出去。在暮春时分，这个过程达到了一个新的荒谬程度，当时琼因为与韦尔斯一家外出滑雪摔伤了，不得不动膝盖手术。在她做完韧带再造手术回到家里的两天后，我帮着把她搬上车子，她的绷带上还会渗出血和油膏来。当这些可能的购房者边走边谈地看遍我们的房屋时，她在车中的客座上坐了几乎有一个小时。这些看房客也没一个要买的。

在这头一年里，有那么一两次我们眼看就快成了，两个买主的出价低于我们的要价二十多万美元。当我们驳回他们提出的价钱时，出价者就走开了。随着夏去秋来，经济持续在走下坡路。不少公司停止了聘用。证券市场变化无常。房屋销售陷入停滞。

至于在我的传媒公司那里，投资者的银根也已枯竭。我有两年没拿任何薪酬了，我们中的有些人又将现金投入到杂志与网站中，指望有奇迹出现。从许多方面来看，杂志所兜售的尽是些梦幻泡影，你永远不会有像《都市家居》中展示的那种客厅，或者如《塑身》中呈现的那种身材，但你大可以想入非非。我和我的生意伙伴们也有一个梦想，那就是建立一家能够帮助实业家们成就事业的公司，这种事业在关注利润的同时也同样重视目的和热情。

作为公司中最大的投资者，琼和我都热切地想使这一企业家的梦想成为现实，但直至二〇〇七年的秋季，局势已很明朗，即“箴言传媒”不再有成功之望。我和合伙人们所作的决定是苦涩的，却又是势在必行的：由于我们负债已超过六十万美元，又无切实的途径去筹集更多的资金，我们只得关门歇业。七年的金钱、汗水和热爱——全泡汤了。

此刻你理所当然地犯疑惑：**这些人到底要干什么？一家败落的公司，一幢未出手的房子，一份兼职教师的薪金，还有一项奉献出房子一半价值的计划，这是干吗？**幸好我们的证券投资组合维持在良好状态中。而且更幸运的是，我们的家庭哲学，即拒绝固执于我们不能搞定的事，得到了更好的维护。经历了所有这些事业和家庭的紧张压力之后，我们开始期待着我们的家庭聚会，一心想着推进我们的计划。

在一次星期日的聚会上，琼分发了一份八页的资料，它们印在她从学校带回家的纸张背面。当我和孩子们在白色的、配有金色编织靠垫的餐厅椅子中坐定后，她就进入了“管事太太”的状态：“这些就是你们该做的事，”她宣布说，听上去很像她在工作周中担任的七年级老师的口吻。“我要你们看看第一页上列出的那些问题，然后圈出你们觉得最重要的四个。然后大家把它们宣布出来，我将把它们写到白板上去。”

她开出的清单分成两组问题，大致分为“穷人的问题”与“众人的问题”。在第一类问题中，她列出了诸如饥饿、无家可归、衣服匮乏、读写困难、就业技能缺失等弊病，总共有八项。“众人的问题”也罗列出八个项目，从醉酒驾车到吸烟到癌症到种族主义到环境问题，一应俱有。我们动手在头一页上操作起来，画圈，思考，再画更多的圈。

当琼在支撑于红木餐具架上的白板上面尽责地累计结果时，只有一项引人关注的问题获得了一致的画圈，那就是“缺乏饮用水和洗涤水”。我们又用了十五分钟填写余下的栏目，对下列的陈述从“强烈赞同”至“强烈不同意”的五个层级选项中作出反馈，这些陈述包括“重要的是将钱投向那些住在附近的人们，因为在亚特兰大就有许多人处于穷困之中”，以及“对我们来说，重要的是要去了解、察看钱将如何使用，而不是仅将钱交给我们信赖的机构就算了事”。

随后我们交谈。在一个多小时里我们就帮助最贫困者的案例相对于那些需要由第二梯级推动的案例（譬如说，紧急的营养品包裹相对于一座新的图书馆）的是非功过进行了辩论。是否要用来自这一计划的基金去帮助境况最差者的问题引起了激烈的意见分歧。

琼、约瑟夫和我各自对此议题画上了中级至低级的记号。“我一直在思考有些精神不健全的无家可归者的情况，我和你们的爸爸在纽约、华盛顿和亚特兰大的大街上见到这种人有三十年了，”

琼对我们大伙儿说，“我担心为他们出力是否会让人灰心丧气，说不定会没完没了。”

这种想法惹恼了汉娜，这恼怒发自她那居高临下的理想主义心态。她给出了一个五级，这是最高的肯定性级别。“那些极端贫困的人们是最需要我们帮助的人。他们的成功机会最最渺茫，”她指出，“也许我们帮不了他们许多，但我们知道我们能够帮助他们。”

“假如我们用所有的钱只帮了一两个人，那结果会怎样呢？”约瑟夫大声地问道，“这可太酷了。”

“哥们，我可不想这么做，”汉娜回应道，“那简直是一种浪费，所有的钱就花在这么一点儿人身上！但我也不想放弃对真正穷苦人的帮助。”

事情就这样进展着，随着下午时光的推移，我们各自都披露了内心的更多方面。我们时而坐着，时而站起身来，我们争辩着，相互了解着，我们躺卧在地毯上，我们彼此递送着水和健怡可乐①。我们倾听并分享着有时不同、有时类似的看法。

在这场午后讨论的早先阶段，约瑟夫就注意到琼在作业纸上打错了一个词“不肯定”(unsure)，无意间加上了一个 s，结果成了“sunsure”，于是，通过剪贴功能，它在每一页上都显示为“sunsure”。随着谈话的进行，他就用这去逗他妈：“嗯，我不知道，妈，我真不能‘逊定’我是怎么想的。”他说道，竭力要忍住笑声。在那

① 健怡可乐(Diet Cokes)：一种不含咖啡因的可乐饮料。

以后的好些天里我们全都在用"逊定"这个词。

没有去用电脑,没有电话打来。筹划好的活动尚远在将来。早些时候,我会去检查我的电子邮件以确认运动场地开放与否,汉娜会给朋友们发送短信,搞定这个星期的活动安排。约瑟夫则会在那儿读他的周日连环漫画。

然而现在我们都很轻松,一切都听从琼的安排。问题都牵涉我们的奉献热情和目标而不是具体的项目计划。这个时候我们简直不能对任何具体的事项作出一个理性的决定。我们只是议论、倾听,了解什么地方我们意见一致,什么地方又各执己见。

也许在不知不觉间,汉娜在那天提出的关于我们计划的许多观点反映出她对于我们家庭该如何行动所持有的一些想法。譬如说,为应答作业纸上的如下陈述:"重要的是将钱投向完全解决一个问题,而不是用于处理某个问题的一个方面,这个问题大到超出了我们的钱款所能解决的范围",汉娜圈了一个"5"(即表示"强烈赞同")。接着她用大的印刷体字母在纸页的中心加上了这样的句子:"当你启动某事之后,就该完成它。"在后来的岁月里,我们会多次面对这种完成任务的考验。

总而言之,我发现自己对我们孩子辩论问题的能力大感惊异。他们关心这个世界——是的,甚至连约瑟夫这样的怀疑论者。他们思考深度之深超出了原先我们对他们的认识。让房子和生意都见鬼去吧——我喜欢我们家全力以赴的目标。我不会为了其他任何东西而放弃它。

汉娜的见解

启动一次家庭谈话

许多人对我说，他们不相信我们家能花这么多工夫来讨论这些问题。对那些熟知我笨拙一面的人来说，这可能尤其让他们吃惊。但对我的家庭而言，在充斥了学业、运动和工作的疯狂忙碌的每星期间，正餐的时刻则能把我们全家聚拢到一块儿。即便你的家庭在一星期中由于时间安排的冲突而难得碰头，你们也务必在周末时一起吃吃饭或聚一会儿。因此诀窍就在于要找到每个家庭成员都可能感兴趣的话题来谈论。

在我们家中，我们寻求能将事件拓展为讨论的各种途径。譬如说，我在某天晚上看了一个有关某个名流府邸的电视节目，它就引发了一场关于美国人（有时也包括我们）为什么迷恋名流的谈话。我在网上看到的一些事促使我思考了很多并跟我的家人进行了讨论。

如果环境问题为你所关注，你可以尝试登录 www.thestoryofstuff.com 网站，并观看安妮·莱昂纳德[①]的视频，从中了解我们消费的产品从何而来以及它对地球产生了什么影响。

---

① 安妮·莱昂纳德(Annie Leonard)：社会活动家和电影制作人，1964 年出生，倡导可持续发展的理念，批评过度消费的潮流。

别管你的激情如何，只要设法让你和家中某个人的谈话开展起来就可以了。

当我们全家开始讨论世界上更重大的问题后，我的父母开始聆听乔和我的发言。他们坦诚地接纳新的观念，在这些交谈中他们竭力做到平等待人。他们力图不盛气凌人，以开放的心态听取意见。

举例来说，一天晚上吃饭的时候，我提起一位在学校集会上作演讲的人，他描述了发生在达尔富尔的种族灭绝大屠杀。我的父母并不急于教育我认识那儿正在发生的情况，相反我妈立刻抓住她那天早上从报纸上看到的一则关于达尔富尔的报道，给我们读了其中的一部分。乔插进来讲了他所了解到的达尔富尔的情况，顷刻间我们就谈开了——真的谈起来了。我想那天晚上我们在餐桌边起码比平常多待了十五分钟，因为我们感到彼此心心相印。

活动

有的时候我们确实很难知道什么东西能引起一场好的谈话。"共享/积蓄/消费"(www.sharesavespend.com)——这是一个教育孩子们如何对待金钱的网站——的奈森·邓恩曾在他的系列节目《引发讨论的趣味卡片》中提出过一些很好的主意。有些对小孩子较合适，有些则适用于年岁较大者。例如：

● 如果你今年在购买礼品(为生日、假日等)上只花了原先一半的钱，你将有何感受？

● 如果你要为你所选择的某项慈善多捐一些钱，那么你将选择哪项事业或哪个组织？为什么？

● 在捐赠金钱的过程中怎么获得直接的满足感？

● 假如你只能付出似乎是你钱财中的一小部分，那你为何要付出？

● 什么时候你买了你事实上并不使用或一旦拥有也不会喜欢的东西？

● 如果你继承了五万美元，你将如何处置它？

● 你认为什么是最值得与人共享的东西？

第五章 如果你不知道前行的方向，那么任何道路都将带你前往那儿

如果有人在倾听，或伸出援手，或轻轻道出一声鼓励，或试图理解一个孤独的人，那么异乎寻常的事情就开始发生了。

——洛瑞塔·菲查雷斯

如果你跟我一样，那你也是看着电视里的广告片长大起来的，那些片子突出地展现了非洲饥荒的悲惨情景。那些画面形象难以磨灭：孩子们的脸庞周围盘旋着苍蝇，肚子肿胀，肋骨清晰地凸显在胸口。片子将近结尾时，通常出现一个有着小狗般眼睛的孩子，画外音则发出呼救："只需一个月二十美元，你就能给这个孩子提供救助。你能否现在就拿起电话，伸出援手？一个绝望无助的孩子正期待着。"

我记得那是一个星期天的上午，在纽约的十一频道上播放"阿伯特与卡斯泰罗"①电影的间歇，看到了这些广告，我感到一股力量在牵引着我去帮助这些孩子，这跟那天汉娜在连接道与斯勃林

① 阿伯特与卡斯泰罗(Abbott and Castello)：美国两位著名的喜剧演员，以双人组合表演滑稽节目，从舞台到电台、电影、电视，成为二十世纪四十年代最著名的喜剧搭档。

街交汇处所感受到的是同一种驱动力。但我没见到的是数目惊人的大堆钱款被用来设法解决这些问题。

我出生于一九五八年。在我的有生之年,西方世界已斥资二点三万多亿美元去援助欠发达国家——其中大约三分之一的资金投到了非洲、卫生和教育方面。二点三万亿美元。一个“二”,一个“三”,还有十一个“零”。这个数目大致相当于肯尼亚一百年的国内生产总值(GDP)的总和。或者按汉娜提出的往那儿空运汉堡包的概念,西方国家应能够供应非洲近十亿人口每天一个麦当劳的双层奶酪包,并且能供应六年半以上(假定那三明治是“一元菜单”①上列出的品种)。

如果说人的生命和大量的钱款不处于危险之中那将是很可笑的。听听这个吧:尽管大笔惊人的资金流向了清洁水、卫生保健和食品,一份联合国的研究报告仍然显示,一个生活在撒哈拉沙漠以南非洲的普通穷人现在每天仍靠七十三美分维持生存——少于一九七三年的数目。尽管有这些援助,人们实际上却生活得越来越糟糕。结论是无懈可击的:我们将那二点三万亿的大部分,如果不是全部的话,都投入给了那只(不能冲水的)马桶。

显然,这些庞大的计划都惨败了,这正如纽约大学的一位教授威廉·伊斯特里在其著作《白人的负担:为何西方援助外部世界的努力造成如此多的恶果和如此少的福祉》——该书是他对西方世

① 麦当劳餐馆推出的廉价食品菜单。

界为国际援助付出的努力所作的惊人而又悲哀的观察——中指出的那样。伊斯特里颇具说服力地辩称：那些“策划者们”——世界银行、国际货币基金组织以及那些胡乱花费了大量钱财的经济学家们——企图给那些不能妥善使用这些钱财的地区带来大规模的集权化变革。它们往往是这样一些国家，其悠久的殖民主义——连同剥削——的历史让位给了由形形色色的专制所实施的本土统治。在那些对其自身前途缺乏任何有效控制的国家里，巨额外国资金的涌入结果造成了腐败和管理不善；更糟糕的是，食物和药品始终到不了那些急需帮助的人们手中。

情况还不止这些。西方国家以其家长制的、全知全能的方式一贯相信，他们不仅掌握了优越的技术，而且比非洲人更能准确地了解非洲人的需求，从防疟疾的帐子、肥料到道路（顺便一说，道路每每陷于年久失修，因为那些“幸运的”接受者们并不需要它们，或者不知如何保养它们）。人们的生活并没有得到改善。作家和草根社区的建筑业者安妮·霍普与萨莉·蒂默尔将第三世界称为三分之二的世界，因为世界的三分之二现今仍归属于它。

所有这些用心良好却筹划拙劣的一系列溃败使得我们的家庭紧张不安。这是我们为了有所作为而作出的一搏，而在我们期望开展工作的地区，其业绩记录是令人沮丧的，起码是这样。虽然我的睡眠算不上特别的好，但是我发觉自己在凌晨两点钟居然醒了，因为想着我们数十万的美元还没等创造出任何持久的价值就无影无踪了。我常常要再花一个多小时才能平静下来，重新入睡。

但是我们不想退却，相反我们着手去发现成功的事例。

自从我们在早餐室的橡木桌边首开谈论会以来，至今已有一个年头了。在这段时间里，我们聚在一起说事粗略计算有十五次，我们边吃迪乔奥诺①的四奶酪比萨或面包圈加奶油干酪，边讨论一些问题，或在琼的作业纸上进行抉择。琼让我们经历的这个过程是某种杂交物：我们边干边学，然后在理解的基础上作出选择。我们还常常利用开车时相聚的机会，不光听"尖峰 40"②的电台广播，而且还谈论我们的生活发生了怎样的变化，或如何去解决重大的问题等等。

我开始认识到我们的孩子对复杂的"成人"问题越来越好奇。在一个星期六上午外出办事的途中，我提到了那天晚些时候我要去主持一个亚特兰大"仁人家园"的交付仪式。汉娜和约瑟夫已参加过这些活动，它们是在工程的最后一天，作为庆祝房屋建成、感谢志愿者、迎接业主入住新居而举行的一种活动。

这一回孩子们却刨根问底起来了。"爸，造一幢房子要花多少钱？"汉娜询问道，一边伸手将广播的音量调低一点，以便听清我的回答。

"大约七万五千美元吧。"我说道。

---

① 美国的一种冷冻比萨品牌。

② 一种流行音乐排行榜。

“这些钱从哪儿来的?”她继续追问。我们用了十分钟谈论有关“仁人家园”的金融体系:公司或信仰团体如何承担其资费,业主如何支付零利率的抵押贷款(“我们付多少利息呢?”约瑟夫问道)。在这趟短短的车程中,我们的话题触及了慈善、住房财政以及我们的抵押贷款。还不错。

在这一年的时间里,琼的一系列工作引领我们作出了一些更加具体的决定:

- 我们想在非洲开展工作。
- 我们想有始有终地实施一项计划。
- 我们想参与一个已经作出了重大业绩的机构而不是开创我们自己的事业。
- 我们不想加入那些规划者的行列——换言之,即和某些大型的联合国项目或诸如此类的东西发生瓜葛。相反,我们想支持探索者们,支持尝试实行能使当地人们自力更生的草根策略的实业家们。

在我们家庭内部,我们维持了三个半强的态势:汉娜和琼毫不动摇地想要推进这项计划,我则渴望看到这项计划将会把我们带往何方,约瑟夫从他清理房间的慈善之旅中懂得了他能以较少的东西做出好的结果,世界正需要他从所拥有的超出“足够”的多余部分中匀出的东西。他赞同这个使命。不过,虽然在清理杂物的头几个星期中他有所进步，但他的日常生活还是围绕着他学校里同学的富足在打转，这伙人是如此彻底地浸染了消费主义，以至早晨在储存柜区间①里活动的时光往往都花在了争辩拍摄影像最佳的摄像机或上千美元彩绘子弹的枪支②上了。

约瑟夫的生活在双方的营垒里都插了一脚。在家里，他在我们的讨论中发挥了一种颇有价值的作用，比如说，在讨论给非洲的母亲们提供防疟疾的蚊帐或向她们象征性地收点儿费以促使她们更珍惜这些帐子的相关善举时就是如此。而在学校里，他同时又居于议论最新款式的 iTouch 技术的中心。他常常会把消费时尚带回家里来，譬如让庆祝生日和圣诞的清单上充斥了游戏机或其他价值几百元的玩意儿。

琼和我琢磨着怎样才能——或者说，我们是否应该——让他更全身心地投入进来。假如他还没有思想准备，那就随他去吧，我说道。可是有一天，琼在翻阅《指导者》杂志时，灵光一现，想到了一个能让他重新鼓起劲来的主意：考德威尔·班克与斯科拉思狄克（《指导者》的出版商）宣布为小学生和中学生举办一场名为“我的家：美国梦”的比赛。每个参赛者需要创作一种传媒作品（艺术作品、连环漫画、影片等等），以此来阐释为什么他或她的家是这个梦想的具体体现。

---

① 设有学生放置杂物的储存柜的房间。

② 用于彩弹游戏的气枪，该游戏模拟半自动步枪的战斗，发射的子弹为彩色胶囊。

这一比赛真是个天赐良机。约瑟夫喜爱制作影片,而且已经将一打多的微型视频上传到了 YouTube 上,拍摄内容有滑板冒险,有“奈森的惊人一击”,后者是一段一分钟长的短片,表现一只乒乓球从一系列的障碍物上反弹出来,直至又返回到球桌上。现在他可以制作一部聚焦我们家和家庭决策的片子了。

考德威尔·班克那吊人胃口的两千美元奖金更是大大地吸引了他。他只有一个难题:当他坐下来草拟脚本时,他意识到我们家的美国梦跟地产公司所怀抱的梦想实在南辕北辙。有哪一家有身价的房地产公司会欢庆房子的规模缩减,大把的钞票流到了另一个方向?但约瑟夫并没有被这一想法阻挡不前,他志在取胜。

突然之间,我们的餐桌成了约瑟夫提出种种问题的天下。他一面在心中酝酿脚本,一面激发汉娜谈她的动机,问了更多有关那天上午碰到流浪汉和奔驰车子的问题。十一月的一个星期六的上午,我发现他坐在花岗岩的厨房工作台旁,手里拿着一支蓝色白板笔,在小学生用的横格纸上写出提示牌的内容。他问我在他讲故事的时候能否为他拿摄像机拍录。

晚秋时分的一天,秋风吹拂,我们来到桃园村那幢房子的前院,我的左手举着约瑟夫写的提示牌,右手拿着 JVC 摄像机。约瑟夫按牌上写的说着:“大家好,我是约瑟夫·萨尔文,今年十三岁,在佐治亚州亚特兰大的威斯敏斯特学校读七年级,这就是我们家(用大拇指指着身后)。但是我们在这儿待不长了。您瞧,我们正要出售这幢房子，为的是给我们这个版本的美国梦提供资金……”一辆辆车子驶过，搅扰了声音的清晰。风在吹拂，因此提示牌被卷了起来。约瑟夫在读脚本时出了错。我们甚至由于摄像机的设置错误而拍出了多重的镜头，于是不得不从头再来。

我和约瑟夫驱车在城里转悠，拍下了亚特兰大餐厅、布福德公路连接道，甚至还拍下了一个显然是流浪汉的人，他靠在一堵低矮的石墙上，行囊展放在身前。

那天下午的晚些时候，约瑟夫和汉娜坐在桃园村屋子里的一张橙绿色的起居室坐椅中。为了稳固起见，他的摄像机支在一只三脚架上。光线从各个窗户流溢进来，卤素灯泡在头顶上照耀着，“电影导演先生”的照明效果甚佳。汉娜穿了一件白色的带有意大利细面条式条纹的无袖套衫，并在上面缀了一串从琼那儿借来的珍珠，她的红褐色头发梳得很整齐。

“这个计划是怎么起步的?”约瑟夫问道，他在开始时摁下了录音的按钮。

这是一个在以后的一两年里她会被数百次问到的问题。可是当时这一问提得这么早，她还是有点恍惚不安，就像我们在帕克城那会儿对韦尔斯一家讲述这故事时的情景一样。她从容地叙说了那个流浪汉和那辆奔驰车的事，但却又吃力地描述了我们是如何决定在非洲开展工作以及我们期望取得什么效果。她娓娓道来，“我为帮助他人能做些什么以及我多么需要去实施帮助……而且我们希望确保人们能永远过上好的生活，不再忍饥挨饿……其他人怎么加入我们”。这是一句内容极多、一气呵成的句子。

约瑟夫关掉了摄像机。“汉娜，我们要的是短句子，否则我没法给它编辑。先想一想，行吗？”

这之后，他又拍了五次，可是在一再试拍的过程中，汉娜的激情越来越显露而她的思绪却不够清晰。“我该说什么了，爸？这真可怕。”有一刻她哀求道。清晰还没能与热切同步。最终，拍到第七次时，约瑟夫获得了他想要的效果，汉娜感激不尽地从椅子上站起身来。“怎么这样麻烦？”她气恼地问道。

那天晚上约瑟夫编辑了这段片子，把场景连接起来，加进了一些慢动作的镜头，当然还融入了些许幽默和对她姐姐的逗弄。大约在片子三分之一的地方，他插入了一张汉娜的相片，她一身排球短裤加护膝的打扮。他的画外音欢快而简练：“这是汉娜。汉娜是我姐姐。有一天她被饥饿现象激怒了，现在我们正准备出售我们的房子。”

在拍摄、剪辑、加工润饰的三天之后，约瑟夫得意地给我们大家看了他的作品，他对自己能够赢得比赛似乎挺有把握。但是他的信心却因为一个关键性的障碍而打了折扣：“我不知道怎么结尾。”他跟我们这么说。

我们一起聚在主卧室里。琼一直在干着洗衣的活计，一摞摞T恤衫折叠整齐地放在印有丛林图案的被子上。琼讨厌给袜子配对并折叠起来的活，因此一大堆袜子都撒落在床的中央，等着有人主动出来接手这个杂活。

约瑟夫的困窘似乎很容易解决。说到底,他只需要重申我们为什么要这样做不就行了吗?但他的问题却激发起一场四十五分钟的讨论,议题是我们为什么着手实施这项计划以及我们期望达到什么目标。这原本应是无需费脑子的事情,但事实并非如此。相反地,它又把我们带回到原初的某种探索中去了,也就是探究我们是怎么开始走上这条道路的——换言之,回到了我们这四口之家意欲彰显某种价值、创建一个家庭传奇、修正保罗·柯埃略在其《炼金术士》中所表达观点的愿望上去了。

当我坐在那间卧室里聆听时,我意识到我们正经历着这一过程的关键阶段。我们需要时时提醒自己我们在做什么以及为什么要这样做。对此一再重申不仅有助于我们反复关注我们的使命和目标,而且也能让我们从一个共同的基点迈向前进。

除此之外,我们知道我们还需要准确地传达出我们的信息。毕竟,在那个春天遭遇了一系列陈情达意上的挫折之后,这是我们七个月以来首次面对公众谈及这项计划。我们不想让自己听起来自命不凡或盛气凌人,或者像训诫说教。我们真切地希望不被看成异类,而且我们深知对我们计划的草率说明会使其他人感到他们在慈善方面出力不够。我们怎么才能确保其他人能将我们视为他们的同类,对他们起到激励鼓舞而没有令人不快的挑战意味?说到底,把房产的一半贡献出来毕竟不是大多数人准备做的,我们也不指望他们这么做。

在我们说话时,约瑟夫做着笔记,时不时地中止交谈去修饰他的影片。他加上了一些剪裁和画外音，尝试着运用背景音乐的声道（“蓝草①，有谁喜欢吗？”他笑着问道，知道这话听上去挺傻）。他给我们看那些被剪掉的他结巴说话的废片。

转眼到了半夜。汉娜伸展手脚躺在了长沙发上，几乎无力继续参与讨论。Polo 衫搭在沙发扶手上，束缚着她，可她不太在乎。“乔，”她说道，“你只要提醒人们注意我们为什么发起这个计划，以及它对我们意味着什么就行了。对了，然后在末了再加上点开心的东西，这样人们很有希望会实行他们自己的计划，或者可能就会跟我们携手合作。我睡觉去了，晚安。”

第二天约瑟夫和我前往沃克坊的房子，手里拿着新的提示牌。首先我穿过马路去问一个正在切割瓷砖的工人他是否快要完工了，这样的话，他锯子的嘶叫声就不至于盖过约瑟夫摄像机上的结束语。接着约瑟夫坐到台阶上，我们按他那天上午写的脚本拍了一条又一条。拍到第六条时，他加快了速度：“在此我们展示的是，人们能够对美国梦赋予新的含义，即与人分享能够使得他人过上更美好的生活，这就是我们家庭的美国梦。你们的呢？”

他把完成的片子刻录到一张 DVD 光盘中，将它连同那张参赛表格一起邮寄了出去。

---

① 指蓝草音乐，美国南部乡村音乐的一种，节奏明快强烈，常用吉他、班卓琴等演奏。

三个星期后我们动身前往纽约。通过我们的研究以及来自契普·雷蒙德①——他是花旗集团基金会的前任主席，现为捐赠者们的私人顾问——的帮助，我们从数百家在非洲开展工作的非营利组织中筛选出了四家，这四家在我们看来与我们持有的观点相一致。我们已从"我们想要帮助"转向了"这就是我们想如何实行帮助的方式"。因此，我们在圣诞节前旅行至"大苹果"②来会见三个颇不相同的组织机构(至于第四个，我们以后将通过 Skype 与他们进行网上会晤)。

汉娜和约瑟夫刚结束了他们的决赛，因此这几天里他们抓紧机会睡到同学家里去了，这样可以睡睡懒觉，看看弱智的电视节目。尽管我们全都迫不及待地要推进我们的计划，他们也需要从学校的压力下稍稍地放松一下。

但是令我们感到兴奋的是，我们已将潜在合作者的范围缩小到了四个，我们每个人各自对其中的一个团体为家里其余的人作出评估。我们阅读介绍情况的手册和其他文件资料，观看推介的 DVD 片子，在寄送这些资料的马尼拉纸信封背面写下观感。("他们从哪儿招到医生充实到医院中去?"汉娜在一只信封的背面发问道。)然后我们把自己的评估结果提供给其他人。

---

① 契普·雷蒙德(Chip Raymond)：正式名字为 Charles V. Raymond，此为其昵称，1997—2005 年间任花旗集团基金会主席。

② 纽约市的绰号。

当我们在“穿越航空”[1]的登机口等待我们下午飞往纽约的航班时，我们凑在一起观看某些团体随资料附来的视频。“消除饥饿”组织——一个总部设于加利福尼亚州戴维斯的团体——聘请了简·鲍利[2]作为他们的代言人。当然，琼和我从她的《今日》节目时期起就认识她了，可孩子们却不认识——他们也不在意。“这个女人真够讨厌的。”汉娜看这片子还没到六十秒就喊叫起来。可是当鲍利在阐释这个团体通过小额贷款使女企业家更具实力的策略时，汉娜的态度变得温和了。而当那位主持人总结说“一个没有饥饿的世界是可能的”，我们这帮人被深深地打动了。“挺好的。”约瑟夫说道，一面按下 MacBook[3] 上的弹出键并载入下一个视频。

对于“反饥饿行动”的反应——这家组织选定曼迪·帕定金[4]主持其推介活动——更加激烈。起先，当我们回想起这位演员在《公主新娘》中扮演的西班牙人时，都大笑起来。（“哈啰，我的名字叫伊尼哥·蒙托雅。你杀死了我的父亲。你就等着去死吧。”）约瑟夫是个背诵电影台词的机器，他又甩出了更多影片对白：“看来你是个正派人。我讨厌杀死你。”

---

① 美国的一家廉价航空公司，全称 AirTran Airways，成立于 1993 年 6 月。

② 简·鲍利(Jane Pauley)：美国女电视记者，自 1975 年以来参与新闻报道，主持 NBC（全国广播公司）的《今日》(*Today*)栏目十三年。

③ 苹果公司出品的一款便携式电脑。

④ 曼迪·帕定金(Mandy Patinkin)：美国的舞台及影视演员，男高音歌唱家，1952 年生于芝加哥。

最后我们又重放了这段视频，更仔细地聆听了帕定金支持“反饥饿行动”的工作所表达的观点。这个团体所关注的重心跟“消除饥饿”大不相同，他们集中关注的是这个星球上生活最困难、营养最差的人群，这些人生活在饱受战争折磨的国家、饥荒肆虐的地区以及危机重重的社群中。

但是，当视频播到一个非洲男孩目光呆滞地坐着，苍蝇围绕着他的脸嗡嗡飞舞时，我们的心情很快就变糟了。在一位“反饥饿行动”的医生描述这个孩子缺少唾液、只会干哭是出于营养不良时，汉娜面对这一揪心的景象实在不忍心再看了。“这些人到底是怎么回事？难道他们不能把苍蝇从这可怜的孩子的脸上赶走吗？噢，天哪，请把苍蝇赶走了再拍吧，拜托了！”她火了，“这东西我再也看不下去了。”她起身来到离C区候机厅两个门远的水龙头那儿喝水去了。

几分钟后，“穿越航空”门口的工作人员开始召唤登机了，我们就把手提电脑收了起来。

第二天早晨，伴随着甜甜圈和奶油乳酪，这一天就以一种标准的纽约方式开始了，接着我们赶往契普·雷蒙德在联合广场的办公处，在他那浅灰色的房间里坐定下来，准备进行我们的会面。在随后的三个小时里，我们和那些非营利组织的人员见了面，这些人全都认为他们为解决非洲问题提供了最正确的方案。而引人关注的却是，他们各自的哲学和方法竟如此大相径庭。

我们坐在方方正正的胡桃木桌子前，面前放着标准拍纸簿，随手就可取到鹿野苑牌①的瓶装水来解渴。孩子们已准备好了要问的问题，尤其是汉娜，她想要问，为什么每个组织都认为它的策略能比在非洲已浪费了数万亿美元的先例产生更好的结果。

“千年承诺”组织带来了令人印象深刻的四人组合。执行主席杰夫·弗卢格夸耀了他在高盛公司②长久的任职经历。第二号人物约翰·麦克阿瑟是在反穷困领域里冉冉升起的一颗新星。琼和我在这个团队里看到了我们自己年轻时的许多影子——我们把他们描述为“我们的同类”，或者起码是我们希望成为的那种人。他们模样英俊，魅力十足，最重要的是，他们是受杰弗瑞·萨克斯③的观念指引的。萨克斯是慈善救助世界里的顶级明星，曾帮助联合国规划了“千年发展目标”(到二〇一五年，采取八个措施来减少极端贫困)，在二〇〇四年与二〇〇五年他被《时代》杂志提名为世界上最具影响力的百位人物之一。

萨克斯为拯救非洲及其他贫困地区而提出的概念，是一种叫“休克疗法”的方式，他曾帮助该疗法传播到后共产主义时期的东欧。他相信，非洲的贫穷能通过防疟疾的蚊帐、更高的农作物产量、小额贷款服务、清洁水、改进了的医疗保健等得到缓解。不过，

---

① 名称取自印度地名，又称“仙人鹿园”，为印度瓦拉纳西以北的佛教圣地，相传为佛祖首次布教处。

② 美国的金融服务公司，从事投资与证券业务，创立于1869年，总部设在纽约的下曼哈顿区西街。

③ 杰弗瑞·萨克斯(Jeffrey Sachs)：美国经济学家，1954年出生于底特律，哥伦比亚大学“大地研究院”院长，首创“休克疗法”的经济理论。

为使这些改善得以生效，它们必须一次性地输送过去，不能零零散散。要来一次大规模的、集中力量的援助。

表面看来，“千年承诺”一应俱全：跟我们类似的积极实干的精神，来自亿万富豪投资家乔治·索罗斯[①]和商界与非营利机构领域中名门望族新承诺的五千万美元资金。但从我们的角度看来，它的策略在一个重要的方面有所失误：它过分信赖给非洲人提供解决办法。以一股多方位的援助之水来灌溉贫穷的社区，这样的观念在理论上颇为动听，但我们质疑，这种自上而下的策略是否与之前的二点三万亿援助全然不同。它是否只是下述政策的一种新版本：“我们来自西方，我们来这儿要给你们提供解救的办法”，而这种政策数十年来已促成了国际救援的失败？简言之，对汉娜提出的“有什么不同”的问题，它给的答案不是那么令人满意。

下一个出场的是“反饥饿行动”，就是我们在机场看过的曼迪·帕定金片子中的那个团体。他们说从困难的处境开始。我们曾关掉那个推介的影片，曾对苍蝇以及饥馑或战争引发的危机所能导致的现实状况极为反感。但是“反饥饿行动”却以其使用的道具和惊人的献身精神赢得了我们的支持。首先，该组织的团队成员之一詹姆斯·费兰，使劲地拖进了一只盛满水的汽油罐，这是他

---

① 索罗斯(George Soros)：匈牙利裔美国银行家、慈善家，出生于1930年。他正确预测了英国政府将使英镑贬值，在1992年的“黑色星期三金融危机”中赢得了据说的十亿美元，被称为是“击垮了英格兰银行的人”。他还倡导自由民主和“开放社会”的理念，帮助匈牙利成功实现了社会转型。

从他们团体的办公室里搬过来的。“来吧，把它提起来，”他向我们挑战道，“这样你们就能明白非洲的女人和孩子们每天来回几次从河里打水上来洗衣或做饭要花多少力气！”约瑟夫浑身有使不完的劲儿，立刻从椅子上蹦起来，提起那只重三十磅的罐子，提到离地面整整六英寸高。“好家伙，真够沉的。”他大笑着说道。我们依次都去提了一下。

费兰和他的头儿南·戴尔就“反饥饿行动”所实施的援助种类谈了约十五分钟，集中阐述了该组织在社会动荡不安或发生自然灾害的国家所进行的工作。团体中的许多志愿者在设法将援助物资输送到遭战争破坏的社区并竭尽全力为营养不良者提供服务时惨遭杀害或受了伤。情况发人深省：在地球上最艰苦的地区服务的救援工作者从事的是最辛苦的工作。

接着拿出来的是第二件道具：一根胖果仁条①，这是“反饥饿行动”提供给儿童的一种食品，这些孩子的身体如此虚弱，以至于不能吸收其他形式的营养成分。

“来，试试看。”费兰说道，一面笑着将它从桌上推过来。

“决不。”汉娜这位食淀粉主义者宣布道。

“喔，您来吧，爸。”约瑟夫说道，小心防备着生怕要他咬上一口。

---

① 一种做成条状的营养食品，以花生为主要材料，富含蛋白质等营养成分，口感比花生酱微甜。

"噢,吃吧,大伙儿,这是食品——他们是拿来给人吃的。"我说道,说得比我实际的感觉还要大胆。我咬了小小的一口。"还不错,有点巧克力和花生酱的味道。"我宣布说。孩子们这时都伸出手来,急着要抓到一点。约瑟夫觉得"胖果仁"吃上去"有点像柔软的'士力架'①的味道"。

水桶,胖果仁,接下来是所有道具中最具影响力的:援助前后的比对照片。当费兰逐一把照片摆开来时,我们看到了援助所能产生的巨大作用,嗷嗷待哺的饥饿的孩子们恢复了正常的外貌。也许是因为这些道具,也许是其使命,因而当我们比较不同会见的笔记时,我们意识到我们都喜欢上了"反饥饿行动"。

接下来是我们和琼·霍尔姆斯的会见,她是创建"反饥饿计划"的执行主席。没有道具的运用。没有炫耀的气派。没有超级明星的出场。甚至没有任何提纲笔记。她的作风是满腔热情而又柔声细语。我们确实必须十分专注才能把握住那全部的信息。可这又是怎样的一些信息啊。

为了理解霍尔姆斯,知道这一点是有帮助的,即当我在二十世纪七十年代初的纽约观看那些反饥饿广告片时,她在我们国家另一端的旧金山也看着这些片子。可她的反应与我的大不相同。她不是光坐在电视机前试图决定是否要开一张支票,她还质疑世界

① 士力架(Snickers):一种条状巧克力品牌,1930年在美国上市,如今已成世界上能量型巧克力的主打品牌。

的食品分配制度怎么会变得如此支离破碎，是否有什么办法能对此加以修正。

这就是霍尔姆斯的方式。作为一个受过训练的教育心理学家，她在担任第一份教职才六个月的时候，就对西雅图的学校体制在处置麻烦学生的问题上感到了灰心丧气。“那种不负责任的态度总是认为孩子有问题，”她后来对我说，“而这主要是因为孩子在这个体制中是最弱势的群体。”为了寻求可替代的方法，霍尔姆斯创建了对天才儿童和有学习障碍的儿童因材施教的计划，甚至还到一个致力于消除西雅图学校隔离制度的委员会去服务。

她的才能和背景使得她去关注三个受到世界性饥饿问题的激发而奋起的男人：歌唱家约翰·丹佛①、奥勃林学院的院长罗伯特·富勒以及艾哈德培训研讨会②的创始人维尔纳·艾哈德。这三个人是通过艾哈德培训研讨会结识的。艾哈德在一九七一年于旧金山开创了如今这一广为人知的人力开发运动的早期项目。支撑 est 的理论在当时听来虽颇为刺耳，但如今却成为风行一时的主流思潮了，那就是人们能够成为他们自己命运的创造者，我们能够赋予自身力量去走我们选择的道路。

丹佛、富勒和艾哈德认为，消灭世界性的饥饿状况需要类似于

---

① 约翰·丹佛(John Denver, 1943—1997)：美国乡村音乐歌手和歌曲作者，尤其在二十世纪七十年代享有崇高声誉，后因飞机失事去世。

② 艾哈德培训研讨会，全称为 Erhard Seminars Training，可简称为 est。该组织由维尔纳·艾哈德在 1971 年成立，旨在改变人们体验生活的能力。

est 训练所传授的那些技能的许多方面;成功实质上有赖于鼓励人们去实现他们自己的命运。在一九七七年,他们指派霍尔姆斯创建并经营这个“反饥饿计划”。

最初她致力于探究世界性饥饿的根源,结果使她大感震惊。她回想起了那些广告片,里面齐集了各种各样孩童们的凄惨景象。有多少人死于饥饿?她想知道个究竟。因此她打电话给联合国想查清真相。谁都不知道有多少。没有数据资料,也没有把饥饿列为死亡原因的研究报告。让人惊奇的是,痢疾、腹泻倒榜上有名,而饥饿却没有。

随着霍尔姆斯探索的深入,她对发达世界处理欠发达世界贫困问题的方式更加惊诧莫名。首先,人们不相信饥饿可以终结,它被视为一个能在某些地方得到缓解但不会终止的问题。当“反饥饿计划”宣称它相信世界性的饥饿能够被战胜时,甚至其他的一些援助机构也表示反对,霍尔姆斯这样回忆道。

她意识到的第二个情况更加糟糕:援助方向不仅受到误导,而且事实上它本身也变成了问题的一部分。援助部门从未能区分饥荒和长期持久的饥饿。正如霍尔姆斯和“反饥饿计划”的其他成员在看待形势时所认为的,“我们认识到那个时候问题的百分之十在于饥荒,即一小段时间的食物短缺。饥荒具有很大的杀伤力,这是我们从画面上都看得见的。人们确确实实在遭难。”但是那另外的百分之九十根本不是饥荒的受害者,而是生活在持续不断的饥饿境况中的人们。“这就是那些每天外出工作十六个小时却依旧营养不良的妇女、男人和孩子们，”霍尔姆斯认识到了这一点。“他们不是干坐在那里等吃的来，不是这么回事。他们拼命苦干，但机会却少得可怜，他们实在成功不了。”

从援救的角度来看，这是远比剖析毫发还要麻烦的工作。如果你对待处于长期持续饥饿状态中的人们，像对遭受短期饥荒的人那样——换句话说，假如你不断给他们提供食品——他们就始终学不会掌控自己的前途。相反他们越来越习惯于被当作接受者甚至受害者来对待。

在我们过去一年所作的探索中，我们家谁也没有好好思考过这两个范畴间的不同之处。即使我们曾在地室中接待安置过卡特里娜飓风中的受难者，我们也从未考虑过，假如我们在太平时期也向他们提供相同的救援，那将产生怎样的后果。当然，通过这个透镜来观察，还未能在救援和长期的解决办法之间作出区分似乎显得荒唐可笑。

“反饥饿计划”所确认的原则是，人们应当成为自己前途的创造者。非洲人应当自己动手来解决其问题，西方人只能以间接的方式予以支持。而且妇女应当成为这一变革的领导者。这是一种我们能够信赖的哲学。

经过这三个小时与各组织机构的会谈，琼和我都被深深地吸引住了。相比之下，孩子们反倒显得有些麻木。人们很容易忘记孩子们不搞什么会谈之类的事，而大人们则非常习惯于这些事情，以至于它们成了我们面对面交往的标准模式。等到我们三小时的会见结束时，约瑟夫已经两次突袭了契普的办公室厨房间，吃了半个家庭包装型口袋的椒盐卷饼，不是因为肚子饿，纯粹是出于无聊。他的黄色拍纸簿上充斥了随手涂鸦的魁梧男人，他们或摆出打斗的姿势，或在玩着滑板。与此同时，汉娜在做着笔记，也不过是为了找点事做做而已，但她那迷离的目光却暴露出她的疲惫。她把鹿野苑瓶装水上的商标一片一片地撕下来，然后仔细地把它卷起来。等到会见结束的时候，汉娜和约瑟夫什么都没剩下。琼和我一致同意那天或第二天不作投票表决，因为我们要返回亚特兰大去。

圣诞节来了又去了，我们进入了一个新的学期。关于我们纽约之行中进行的会见我们有过几次简短的交谈，作为应尽的职责，我们随后还打了几通电话，但我们没有作出什么决定。

过了几个星期，在一个星期四的下午，孩子们放学回家后，我们在起居室的沙发上坐定下来，通过 Skype 与最后一个团体进行通话，那是总部设在加利福尼亚的一个叫“消除饥饿”的组织，它创作了简·鲍利主持的那个视频。当我说到“坐定下来”时，我说的是实情。这次交谈是从“消除饥饿”团队所作的关于其看法和项目内容的概括陈述开始的。接着汉娜询问他们的做法与二点三万亿的浪费有何区别。

但随着视频通话的向前进展，孩子们越来越深地陷到沙发坐垫中去了。有那么一刻，我用胳膊肘碰了碰汉娜（但愿没进摄像机),叫她保持专心。约瑟夫为了保持清醒又吃起了零食。(我们此后常开玩笑说,"是什么东西让约瑟夫在讨论饥饿的时候这么饥饿?")大约在二十分钟后,孩子们编造出做作业之类的借口要求离开会谈现场。琼和我在几分钟之后也收场了,但显而易见的是,这种方式葬送了"消除饥饿"的机会。

到了该作决断的时候了。随后的那个周末,琼把一块白板和一套可擦彩色记号笔拿到楼下。沿着那块板的顶部她列出了四个组织的名称,然后写下一连串的问题以便帮助我们作出决定:

- 谁在操控,是西方还是非洲人?
- 用我们这些钱我们能否发挥足够的影响力?
- 我们能否完成一项计划?

接下来她将每个组织的印刷品资料在扇贝形的蓝色地毯上铺展开来,以便参考。

我们很快达成了共识:"千年承诺"赋予西方人太多的控制权,因此它是最先从待议名单中被除掉的。对此没什么争论可言。但此后讨论就逐步升级了。

"我先说,"我宣布道,"我喜欢'消除饥饿'的'健康维护者'小额贷款计划,它帮助非洲妇女创办企业并建立更卫生的村落。这就像买一送一的优惠交易。"但孩子们表达了对这个主意的忧虑,因为他们注意到我们只能资助一部分有创业精神的人。对钩和叉号开始被填上白板。

汉娜为“反饥饿行动”的紧急援助计划辩护(“也许我们真该买N根胖果仁条。”她说道,心里完全明白这将重新回到她那汉堡包的话题上去)。琼反驳说,作业纸上长达一年的研讨过程已将我们置于这样一个境地,即要自始至终在一个自给自足的社区中实施一项计划。此外,在我们这一年的交谈和研讨中我们一致认为,为那些处于机遇阶梯最底层的人服务不是我们投资的最合理场所;我们倒是认为,已经跨出半步的、生活在一个稳定国家的个体更有机会利用我们的资金去开创一个光明的前途。更多的对钩和叉号被画上了。

约瑟夫宣称他一点也不在乎。“我讨厌让人听起来我似乎不在意或什么的,但我觉得所有这些团体都在做着好事,我想我们和他们中的任何一个都会处得很愉快。我说的是实话。你怎么想,妈?”琼暂停片刻,考虑如何给他的译论评分。

“好吧,我想来谈谈‘反饥饿计划’,”她说道,“他们的目标是正确的,方法则是让非洲人直接负起责任来,他们集中力量培养妇女的才干是一个正确的方案,我喜爱那些推行它的人们。”

孩子们常常拿琼的罗列陈述打趣,可这一回的列举却没引起什么争议。汉娜朝下看着地板上的“反饥饿计划”材料袋。几个月前,她曾在那马尼拉纸信封的背面写过一段话:“有关这个组织的材料我读得越多,我就越喜欢它。”她还在上面加上了一张微笑的脸。

我们很快就围绕这样一个问题议论开来，即我们如何能在“反饥饿计划”的五年规划中用大致有两万人口的两组村庄，来实施这一使社区从贫困转向自力更生的计划。我意识到这将是一个需要长期承担的项目，它将持续至孩子高中毕业。作为一个四口之家，我们能和同一批人年复一年地保持联系。但是，关键在于，村民们将能掌握他们自己的前途——而不是我们，也不是来自西方的什么人。

“我有点喜欢这个主意了，”汉娜最终说道，“我们在这五年里确实能结识村子里的人们，看看他们是怎么干的。”

“我们还要表决吗？”琼问道。她数了一下，可到了讨论会的这个节骨眼上，很显然我们达成了共识。我们将和“反饥饿计划”联手。

汉娜的见解

探究愤怒

我们中有些人一下子就知道我们想要参与到什么事项中去。不管它是孤儿问题、全球暖化还是堕胎，有些人就是了解我们的问题所在。但对于那些尚未投身于某个事项中的人来说，促使你确定自己答案的一个极好途径就是想一想什么事情真正激起了你的愤怒。我们关注某些问题是因为我们的内心在说："这不公平——我得纠正它。"

有两条通向这一答案的途径——自下而上与由上而下。

首先是自下而上：换句话说，就是观察某一个人并意识到讨论的问题超越了这个具体的个人。珍是我在亚特兰大女子学校的一位学友，她患有脑瘫。她不能独自行走或上卫生间，在她说话的时候大多数人一上来听不懂。在我问及她生活的时候，她告诉我她每天都会遭遇到异样的目光，还必须得与身边那些不知所措的人打交道。但珍在我们年级中是平均成绩最高的。她还绝对是一个妙趣横生的人，能让所有的人开怀大笑。由于我是珍的朋友，知道她的付出该是多么巨大，对于她所遭遇的种种不公我会义愤填膺。要不是我已深入参与到对付饥饿和穷困的事务中，我想我也会为如下的一些活动作出努力，如：探寻治疗脑瘫的途径，为残疾人的权益而奋斗，或者与城市联手努力让人行道更能为残障人士所利用等。

现在再说自上而下：换句话说，就是先从大局着眼。当我们启动我们的计划时，我们震惊于如下的状况：世上有十亿人每天仅靠不足一美元的钱在生活。存在如此深刻的贫穷问题是骇人的，而且坦率地说，是错误的。但我们清楚我们帮不了十亿人的忙，我们只能帮助这一个大群体中的一小部分。因此我们寻求着如何能以别人可以仿效的方式来帮助某些人的答案。

活动

要求家庭成员们列出三个他们可能会感兴趣的议题。他们应该设法对他们有关某问题的愤怒作深入探讨或感受下换位思考。他们可以自下而上地（如果他们有一个所关注的具体的人物），也可以自上而下地（如果他们关注全局性的问题）进行探讨。

在三个星期之内，要求他们分别研究各自的课题并准备一份一分钟的报告，他们要扮作关于这个问题的全球发言人，要努力使其他人相信这是世界上最重大的一个问题。他们将需要提供事实、照片、数据，这些资料应演示出这个问题假如没有得到处理将会导致怎样的后果。开开心心地玩它一把吧！为演这个角色打扮起来，或许还要准备一些道具。这些将使这一活动更好玩也更鼓舞人心。

第六章 在舒适区域之外

你正在押下十分有趣、匪夷所思、冒险一搏的怪异赌注吗?

——汤姆·彼得斯

在我们会见并筛选非营利性合作伙伴的几个星期中间,我们搬出了桃园村,迁到了沃克坊。

不幸的是,我们大部分的家具再也无法喜迁新居了。许多物件的尺寸跟缩小了的居住环境配不起来,还有一些东西事实上已不再适用。我们客厅里的家具,还有我们举行很多次家庭会议使用的圆形玻璃餐桌,这些东西我们全都没搬过去。橱柜和大型衣橱以及长沙发也都留了下来,主卧室里的那张大床也是如此,这可是我们集体阅读的一个场所啊。每个房间,甚至每件家具,都留存着我们的念想,可是当我们关上桃园村一一六号的大门时,我们也随身带走了这些记忆,虽然承载记忆的那些东西很少被一同携走。

话虽这么说,我们并没有把多余的家具卖掉。我们还得用它们来展示……好吧,我要说的是:展示那幢还未售出的房屋(是到给那些精明的理财家们提醒的时候了，我完全允许他们随时再冒出一句："我告诉过你会这样的。"）

我们的房子如今已上市九个月了。在经济衰退潮中，潜在购买者的车水马龙已减缓为疲软的爬行。公开上市的房子光顾者寥寥无几。我们把房价降了十万，但是无可否认的事实是，我们是灰溜溜的业主，因那房子遭遇冷待，它就那么无声无息、无精打采地坐落在那儿。

你可能会说，我们如今正体验到了"成双"的力量——或许是双倍的诅咒，两处房屋，双份的抵押贷款、保险单，两套公用事业费的账单。更别提自作自受的伤痛了。

我不想让人觉得我们正在遭难以至痛苦不堪。在我们周围，朋友们失去了工作，抵押品被取消赎回①的牌子竖了起来，人们无可奈何地看着自己的退休金账户滑落到只剩以往价值的一小部分。我们还继续在亚特兰大社区食品库作志愿服务，听到要给慈善食堂储存品稀少的柜子添加食品的频繁请求。我身为亚特兰大"仁人家园"的董事会成员，见到我们的许多业主在吃力地恪守他们所承担的金融义务。

我们家庭始终承认，我们曾经是（现在也是）非常幸运的身体健康且很早就事业有成的家庭。我们不是网络亿万富豪，但我们

---

① 抵押品被取消赎回（foreclosure）：当抵押者不能支付借贷款时，就被剥夺了赎回抵押品的权利。

也比其他人有更多赖以生存的资产。

不过，拥有两处房产却越来越成为代价昂贵的沉重负担。多年以来，当琼和我漫步小区时，我就曾指着那些销售滞缓的房产，表达了一个自以为是的看法："哎哟，我想这些人未免太贪心了一点。"但现在我走过这些房子时更多的是心怀同情。我们没有贪婪之心，不是吗？或许他们也没有。每当走过桃园村时，想到每个月钱从我们的皮包里源源不断地流走，就会让人畏缩不前。"为什么没有人来买我们的房子？"琼用烦恼的呻吟口气问道，时间一星期又一星期地过去了。有的时候，我们换一条不同的路线行走，这样做无非是可以避免看到那件滞销的商品。可我们心中有数，我们为什么要避开我们的老街，那毕竟触发起了我们心中的沮丧之感。

我们搬走之后，我们房子的保险公司迫使我们以正常保单的两倍价格购买"空置房保险"。此举既是侮辱又是伤害。光那个名称就在提醒我们那屋子是空着的——我们每年要花四千多美元来给一幢鲜有人涉足的房子买保险。

房子卖不出去的局面真让人心烦意乱。而治愈伤痛的最快捷途径是输入正能量，而且我们这个群体就像一只仅盛了一半东西的杯子，因此我们全力专注于生活中的那些乐观因素。它们还是为数不少的。

头一件事就是，我们的地产代理商萨莉·乔治改换了公司，这增添了我们售出房子的希望。更重要的是，在她拼命干了一年做成了一笔交易之后，有一天她向我们宣布她将向我们的计划捐赠数万美元。琼和我把这个消息告诉孩子们时，我们全都高兴得相互击掌庆祝。我们获得了又一份温暖人心的支持。

除此之外，我们对于迁入新居也感到新鲜好奇。在这之前，这样住到原房子一半大小的屋子里的事大体上只是纸上谈兵：我们将失去什么？我们的居住空间会给人逼仄或亏损之感吗？现在约瑟夫、琼和我都住在楼上的卧室里，汉娜则住在楼下一层她称作"巢穴"的地方，我们开始体会到了打对折的生活是什么滋味了。

这将是我们所作出的一次最佳的搬迁。不是搬到最好的房子里，却是最好的搬迁。

我们在沃克坊的家从外表看去平淡无奇，了无特色，但内里却感觉有点像出自M·C·埃舍尔①的设计手笔。我无法告诉你它怎么会成这种样子——也许这是若干花样翻新造成的结果——可那里面有五种形式各异的梯级（还不包括通向阁楼的那些阶梯）。结果我们每个人都会对另外的人喊叫起来："你在哪一层？"这竟成了我们的一种常态。客厅、餐厅和厨房都在一个楼层上，可你要上洗手间必得爬上七个台阶或走下五个台阶。汉娜的房间还要再下一道楼梯。电视间看上去就像一间滑雪度假小屋和一个汽车修理工厂的混合物，那十一英尺高的坡型镶木天花板延伸至带金属框架的落地长窗。

---

① 埃舍尔（M. C. Escher）：荷兰造型艺术家（1898—1972），全名 Maccrits Cornelis Escher，其绘画、雕刻、设计的作品常受数学的启发，体现出复杂精巧、新奇诡异的特点。

不管是脱俗的不规则设计还是别的什么,我们从此住得更紧凑了,彼此更亲密无间了。譬如说,在我们的老房子里,那张乒乓球桌实际上埋藏在难得一用的地下室里;而在这里,由于没有多余的空地来安放它,我们就把它搁在通往那间滑雪屋兼修车房的电视间的过道里。既然乒乓球桌已经"出列",我们玩球的机会也就更多了。通常是约瑟夫首先拿起一只球拍,然后摆出向后挥臂的姿势,等待着琼、汉娜或者我能操起另一只球拍,准备着回击他发的球。孩子们的同龄伙伴们正好加入进来,有了更多的选手,我们就能将球戏扩展成循环赛,我们所有的人都围绕球桌展开比赛,一人击一记球,然后将球拍留给下一个球员。有些晚上,我们一伙人会玩上整整一个小时,通常伴随着阵阵欢笑声。

我们的钢琴从老屋的一个位置靠后的房间移到了沃克坊新居的客厅里。"嗨,乔,拿上你的吉他,我们一起来一段二重奏。"汉娜会这么叫起来。然后她会演奏她所知道的唯一一首歌曲,那就是她的堂兄弟亚力克斯的《钟漏》,是由他的乐队"红色的告别"录制的。汉娜会一遍又一遍地重复这些音符,约瑟夫则在一旁即兴地弹着吉他伴奏。然后他们会将自己的演奏摄录成片子,在"脸谱"上将视频传给亚力克斯。这是我们这个小小的群体中又一个微不足道的彼此联络的时刻。

然而这并不等于说居住空间的缩小就不烦扰人。

一个大的问题是自然光的缺失,尤其是在厨房间。在桃园村,两排法国式的落地长窗开向一个阳台和树木掩映的后院。在厨房的两面，隔着带窗户的幕墙，阳光透射进来，又从厨房的操作台和中间独立的岛台上反射出去。在沃克坊这儿，我们的厨房有三扇标准尺寸的窗户，面向一条共用的六英尺宽的车道和我们邻居的遮挡光线的房屋。待在这样的房间里，假如不开顶上的灯是很不舒服的。

我们的锅碗瓢盆都塞进了厨房的柜子里，但厨房也就那么大一点儿地方。操作台上堆了东西，感觉杂乱无章，操作的区域十分有限。要是我们不把洗碗机关上，我们就无法打开放银餐具的抽屉，这就使得取出洁净的刀叉成为两个步骤的工作。食品储藏室是那么窄小，以至于狗粮超比例地占去了地面上的很大一部分空间，多出来的卷筒纸和零度可乐只得挪放到未装修好的地下室去。

尽管我们已扔掉了很多东西，还捐了不少给慈善机构，堆放杂物还是一下子变成了一件切割拙劣的拼图玩具。琼的服装成了无处安顿的孤儿，因为主卧室里缺少一个足够高大的橱柜来收纳它们。我们的跑步机不得不流放到不通暖气的车库里去。大衣柜只有我们原有衣橱的三分之一大小，而且是在屋子的后部，远离任何一扇门。

当然，这些事情充其量只不过是一个小小的麻烦或一个需要逐步解决的问题。它有点儿像从周末时下榻于“四季饭店”①转到住宿于汉普顿旅馆②一样。新的房产没有什么不妥之处，只不过它需要我们作一个心态的调整而已。再者说了，如若去向别的什

① 豪华旅馆名，最初由 Issy Sharp 创建，1961 年春天的首日在加拿大多伦多开张，如今在 35 个国家已有 82 家分店，成为世界的顶级饭店之一。

② 属于希尔顿饭店系统的旅馆名。

么人抱怨此事，无疑是荒唐可笑的，尤其当我们想到那些将接受我们捐资的人们。我们是有意识地、有目的地（假如不是有点儿鲁莽冲动的话）选择了这条道路。

当琼的父母前来探望我们时，我们腾出了约瑟夫的房间，让他睡到电视间的长沙发上。他很快就知晓，他只要一抱怨，立刻就会招来琼或我的一顿教训，诉说我们的童年如何如何，我们怎样在一个带一间半卫生间①的、只有一个淋浴的屋子里长大，如此等等。开头他还听着；第二次他转转转眼睛；往后他就不再提起他那小小的艰辛了。

除此之外，我们的孩子很少在意生活水准的下降。事实上这倒开始让琼有了心事，因为汉娜和约瑟夫似乎对任何空间缩小带来的不便都浑然不觉，不管不便是多么微小。

有天晚上，大约是我们搬家两星期之后，琼一边喝着一大果汁杯的"什拉兹"②在放松身心，一边在等着孩子们都离开了房间。"我有点担心，"她向我袒露心声道，"我不知道这对孩子们来说是否太亏待了。我们这儿有这么大的空间，足以让他们做任何想做的事情。难道他们不该更强烈地怀念某些东西吗?"琼的意思是，我们大家本应该感到活动天地的缩小，毕竟房子从我们这儿转到了他人手上；可是这种感觉并不明显存在，当然这是就孩子们而

① 一个完整的卫生间（带浴缸）加上不带浴缸的半个卫生间的房子。
② 一种廉价葡萄酒，见第三章注。

言的。

她并不指望我对她的修辞性诘问[①]有一个回答。可我却大笑起来。“我们只不过从生活中减去了三千平方英尺多一点的空间，”我回答道，然后又抢先一步补充说，“啊不，我们不会再缩减面积了。”琼的脸色沉了下来，失望地皱起了眉头，我用了几秒钟才意识到那是她伪装出来的烦恼表情。

可是它却反映了我们感受到的牺牲是多么渺小。事实上，当我们静下心来思考我们的变迁时，我们要费好大的劲儿去发现我们从那大得多的居住空间中丧失掉了什么重要的东西。如今，取代后院的是我们在使用的邻近的一个公园，约瑟夫在那儿练习踢足球和打棒球。我们把车子停在街道边，而不是像以往那样停在宽敞、弯曲的车道上。我当然不会去怀念有关大草坪或另外的住房保养之类的事情。总而言之，这个方程式中减去的那部分不足以使我们濒临绝境。

住进来几天之后，我们收到了更多的好消息。汉娜和约瑟夫放学回了家，琼为了完成一些年度的总结报告工作到很晚，这时她把电话打到了我的手机上。“你能把汉和乔找来吗？我想告诉你们一件事情。”她的声调带有一点不安，我问她出了什么事，琼却执意要我们三个人一起听那消息；她感受到了我的担忧，就赶快用“不是坏事”来安慰我。因此我把孩子们都叫到门厅中来，把我的

---

① 仅以修辞手段表意而无需回答的问题。

电话支在橱柜顶上，按下了扩音键。“准备好了。我们全都到了。”我宣布道。

“约瑟夫得奖了！”琼宣告说，“我刚和考德威尔·班克和斯科拉思狄克通了电话。他的片子得了大奖——两千元钱的奖金！你们能信吗？”汉娜、约瑟夫和我都没听清最后的问题，我们只顾忙着大声尖叫了。“啊，真的吗，啊，是这样吗？”约瑟夫咧着大嘴说道。

等我们情绪稳定下来以后，琼还有一些家政事务需要处理。例如，斯科拉思狄克想要捐赠一批书籍给约瑟夫的学校，可是威斯敏斯特的图书馆号称是全国儿童图书最丰富的藏馆之一，因此我们决定去找一家更需要图书的学校。该公司还想为约瑟夫的班级举办一次比萨饼派对，但约瑟夫不想在学校里成为众人瞩目的对象，所以他请求琼加以回绝。

一个小时后琼回到了家里，约瑟夫已经筹划好了如何花这笔两千元奖金。排在首位的是用于买一支新吉他的一千元。另外将用两百元购买音乐方面的附属用品，余下的八百元将积攒起来。当琼和我在考虑他写在笔记簿横格纸上的提议时，他满怀希望地在一边站着。

“等一会儿，”我说道，“一点也不给‘反饥饿计划’吗？难道就没有给他们捐点什么的责任心吗？比如说，一半怎么样？”

约瑟夫沉默不语，倒是汉娜马上插进来说，“是他得了奖。我想应该由乔决定钱怎么花。”

琼也让我大吃一惊。“我们谁也没有给这事儿捐过个人的钱，”她说道，“我们用的是我们的集体资金，那是我们从卖房子的钱里面获取的一笔款子。我认为约瑟夫的钱不该放到捐给‘反饥饿计划’的款项里去。”

我曾指望从琼和汉娜那儿获得更多的支持。没有了她们的力挺，我也就决定不再坚持了，又讨论了一会儿之后约瑟夫终于等到了绿灯，可以去买一把吉他了。作为抵偿的是：他必须拿出八百元投入到他大学教育的基金中，我同意替他作这笔投资。

不久以后，我们进一步坚定了对“反饥饿计划”所作的承诺。在和该组织的首席执行官约翰·孔洛德进行了一系列的讨论后，我们同意出资在非洲建设两个中枢机构。每个中枢将为一打的村庄提供服务，其典型模式包括一个会议厅、一家提供小额贷款的银行、一个储存粮食的设施以及一个保健中心，它拥有供一个护士住宿的小间。每个中枢将花费四十万美元用于投建以及为五年的运转提供资金，该计划将使村民们进一步自力更生，更加健康，更有权力。

我们确定了要建设两个中枢机构，总共要花费八十万美元，其中之一今年启动，另一个则于明年动工，每个中枢从启动之日起要延续五年。现在唯一的问题是我们在非洲的什么地方开工建设。

在我们全家调研的过程中，我们已经考虑过这个问题了。这听上去也许有点怪，但我们一点儿也不在意。我们推想，毕竟在这个星球上六个人中有一个每天仅以不足一美元的钱在生存，在这种情况下我们无需花大力气就能发现急需帮助的人们。

约翰给我们提了一个建议。“我知道你们想在非洲开展工作，”他通过 Skype 电话说道，“你们觉得加纳怎么样？”他解释道，“反饥饿计划”在该国东部的贫困地区已开启了一项大规模的推进计划，由一家纽约的基金会提供资金，它的首脑为对冲基金经理朱理安·罗伯逊。该基金会乐意配合我们承诺的援助，帮助建设四个而非两个中枢机构，能惠及大约四万的村民。

“听上去挺适合我们的，”琼先瞥了一眼我们余下的这几个人，看到没有异议，就说道，“那就加纳了。”

我们搁下电话还不到一两秒钟，我就道出了我们心头都有的一个问题：“加纳究竟在哪儿？”汉娜抢先我一步，她已打开了谷歌的搜索引擎，开始了我们对这个濒临大西洋的西非国家的研究。

我们能帮上忙，我们相互间说道。我们将资助加纳的村民们。

三月的一天，我那来自《今日》节目的朋友艾米·恩奈尔发来一份电子邮件，问我在做些什么。早在三年半之前，我公司杂志的创刊号摆到了她的书桌上。艾米把它带回了家，阅读了它，第二天她从美国全国广播公司在布尔班克的办公室给我打来电话，问我们是何许人，并对我们有关商业和生活的观点赞不绝口。她和我旋即建立交情，我们俩是志趣相投的人，向往着活得更有意义，我通过我的杂志，艾米则通过电视报道来身体力行，那些报道常常作为她的网络系列《有所作为》的一部分而发表出来。

我对她电子邮件的答复没有什么异乎寻常之处：我描述了一

个朋友的环境问题软件公司，我正在帮他们做点事；我还谈了我接到的一些咨询项目。我发现当人们问“你现在在做些什么”(或者是那种鸡尾酒会上的标准问话“你是做什么的?”)时，他们几乎都是想了解你的职业生涯。人们很少对“你是做什么的?”回答个“我给青少年曲棍球队当教练，一周慢跑三个早晨”。

但在眼下这个时刻，我个人的生活比起我的工作来更饶有趣味，再说艾米是朋友，因此我又加上了约瑟夫的片子作链接。

几天之后，艾米又给我发来了电子邮件。这一次它的主题为“问题”。她以其招牌式的“唷，凯夫”开头，然后以一些加上惊叹号的赞语表扬了汉娜的想法。可随后她却续上了半打问题——我们是怎么决定在非洲开展工作的、我们是否打算出去旅行等等。奇怪，我心想，这很快就超出了朋友间交谈的范围。我回答了她的询问，然后加上了我自己的一个问题：你这么问是否因为你觉得这可以成为一则新闻报道？

艾米马上坦承了这一点。她和记者约翰·拉森有兴趣为《今日》节目报道我们的计划。他们认为《有所作为》的栏目和我们的理念很是匹配。

我们顿时陷入了窘境。我们家谢绝了一切关于我们计划的公开讨论。差不多一年前琼就曾火爆地宣称“我讨厌被看成一个怪物”，这话至今犹在耳边。“我不想这么做。”那天晚上我们一起吃晚饭时，琼又重申了这一点。

汉娜大吃一惊。“你在开玩笑吧，妈？这可是《今日》节目啊。

我的好多好多朋友都看这档节目的。”

约瑟夫表示赞同。“是啊，好多人都看《今日》节目，说不定其中有人会买我们的房子呢。”

接下来的十分钟里，我们议论了从沉默面纱中跳脱出来的支持和反对意见。我提议道，由于我们的计划对我们的家庭是如此有益，其他人听了我们的故事也许也会有帮助。汉娜则关心另一种类型的激励机制：“我想它能让其他家庭也去做些有益的事情。也许他们将被激励起来，在世上助人为乐。”她说道。

几分钟后琼的态度缓和了下来，承认约瑟夫的影片教会了我们如何把我们的故事讲得不那么笨拙。最终她提出了一个建议。“我同意对这事抱一个更加开放的态度，”她开口道，边说边字斟句酌，“但是任何公之于众的方式都需要有三个条件。首先，它必须传达到那些可能买这房子的人们——换句话说，就是帮助我们为这个计划提供资金；其次，它将有望鼓励其他的人；第三，我们将点出‘反饥饿计划’的名，让这个机构更具知名度，并能吸引更多的资金。”由于孩子们和我都没有太大的反对意见，我们就一致同意了这些条件。

过了几个星期，约翰·孔洛德打电话来征询有关“反饥饿计划”年度会议的意见，它将在四月于纽约召开。他想了解汉娜是否会发言。“不费什么事——就简单地讲讲为什么你们全家选择在我们这儿投资。到会的人全都是朋友，或许有一百来个人吧，包括我们的董事会、投资者，反正诸如此类的一些人。”

不管是朋友与否，汉娜一下子慌张起来。

我明白是怎么回事。从某些方面来讲，学校的课程搅得我精神紧张。我一直在想，学校花费了过多的时间去教学生们在今后的人生道路上很少用得上的课程（譬如化学和三角学之类）。然而大多数孩子始终没能学到足以在现实世界中兴旺发达的本领。为什么每个人不去上上学习领导艺术的课呢？要知道，每一个人在其人生道路的某个节点上都会用到这些本领，无论是置身商界，还是经营一支“少年棒球联盟”[①]的球队，或者主持一个社区互惠基金的团体。一个人假如没有学到如何与别人交流沟通并激励他人，那他就算不上毕业。

汉娜就需要有节公共演讲的课程。那年她总共公开展示过两次，都是向全校作的有关社会事件的讲演。在随后的几天内，压力又有所增大：《今日》节目作出决定，意欲向纽约派遣一个摄制组来摄录汉娜为“反饥饿计划”所作的演讲。别说什么奔跑之前先学会迈步。汉娜已在全力冲刺了。

汉娜在生活中多才多艺，但规划设计则非其所长。一直等到我们在那个四月的周末要前往纽约时，她才开始考虑她演说的措辞，结果马上就陷入信心不足的状态。“我不知道该说什么。”她宣布。

“他们不过想知道我们为什么选择了‘反饥饿计划’。”我随口应声道。

---

① 美国男女少年棒球运动组织，1939年成立于宾夕法尼亚州威廉斯港。

但是汉娜的紧张神经搅得她烦躁不安。“哎哟，爸。我当然明白这一点。只不过我不知道怎么来表述它。”她立刻回应道。

在我们住进旅馆后，情况逐渐地安定下来。那天晚上我们还就她所能运用的一些资讯谈论了一会儿。汉娜随手记下了一些笔记，可她选择了早早上床睡觉。

第二天上午的时间都消磨在弥补约瑟夫因收拾行李混乱而造成的缺失上了。他把他的黑色正装鞋落在了家里，琼坚持认为穿了很久的耐克鞋跟海军蓝的运动装和领带不搭，因此我们行程的第一站就是当地的一家鞋店，为的是买一双系带子的新鞋子。我们到了那里之后，约瑟夫又怯生生地吐露他把他的正装衬衫也留在亚特兰大了，这又使我们得奔向法林公司①的地下商场去买一件替代品。

我们上午在男子服饰部的采购告一段落后，就步行至胡安·瓦尔岱斯咖啡馆②，它位于曼哈顿的东区。我们坐在角落里的一张桌子边，享用着松饼、哥伦比亚牛奶咖啡，琼、约瑟夫和我担当起了汉娜演说的试听评判员的角色。“首先，要感谢主持人。别忘了眼光要投向听众。”琼提醒她说。“演讲的速度放慢一点。你的演讲在旁人听起来总比自己感觉到得要快。”汉娜兴奋地把它们都记在卡片上，然后操练起来，我们则在一旁温和地指正她的措辞和陈

---

① 设在波士顿的世界上最大的特产商店，1881年创建。

② 总部设在哥伦比亚的国际连锁咖啡店，其目标要成为世界咖啡餐饮行业中的一员并推广哥伦比亚咖啡。

述方式。

我们用那天剩下的时光来走访朋友并在联合广场的农产品市场闲逛。在园区的某个地段，出于某种我们始终不明就里的原因，一群二十来岁的年轻人正在向过路人自愿送抱。汉娜获得了其中的四次。

下午七点钟我们来到了莱克星顿大道上的双树饭店顶楼，走进了汉娜·萨尔文的"恐怖剧场"。

当我们步入董事会餐会的鸡尾酒会区间时，我们发现NBC的工作人员已经在那儿了，他们全副武装：摄像机、灯光照明还有一架说不上怎么灵巧的吊杆式麦克风。"就像往常出席任何派对时那样随意走动就行了，"制作人嘱咐我们说，"只当我们不在场。"嗯，好的。

仿佛孩子们并没明显意识到有一个摄制组尾随着他们，NBC还要求约瑟夫用他那"获奖视频的风格"记录下这一事件，因此他用那架JVC摄像录像机拍下汉娜的活动，NBC则交替地摄下汉娜以及约瑟夫拍摄汉娜的情景。

除此之外，我们两个孩子是二十年来出席这类盛大场合的最年轻的人。汉娜早已为她的演讲忧心忡忡，这会儿强颜欢笑地在房间里来回转悠，向别人作着自我介绍，有时竟阴差阳错地介绍了两三次。有一回她走到一位穿着蓝色公务套装的女士面前，对她道了一声标准的、欢快活泼的"嗨，我是汉娜"。那女士回答道，"哎，我们见过面了。"一分钟后汉娜从我身边经过，嘀咕道："没想到这么别扭!”

可是当晚会从鸡尾酒阶段过渡到正餐时间时,我们发现“反饥饿计划”安排得非常巧妙:他们将汉娜安置在斯贝秀莎·万蒂拉博士的邻座,他们选择的这个宴席伴侣让人再轻松不过了。斯贝秀莎坚持人们称呼她的名而非姓,她是乌干达在伊第·阿明①时代之后选举出来的首位女性副总统,这使得她成为非洲级别最高的女官员。现在她正在哈佛大学的公共卫生学院攻读博士学位,她急切地想回到乌干达继续为造福其国家而努力。她是“反饥饿计划”国际董事会成员。

虽然她在专业上有如此杰出的建树,斯贝秀莎的基本性格特征是温和,这种温婉反映在她那招人喜爱的笑容中。她生性好奇,热衷于交谈。“那么,你为什么上这儿来?”她问汉娜,一边把手轻轻搭在汉娜的肩膀上,就在她那奶油色的无肩带礼服的上方。

尽管整个事件让人紧张,汉娜的回答倒显得轻松并专注。且不去管约瑟夫在客厅中拍摄的影片以及它那模糊不清的题旨。这一回汉娜始终没朝我和琼望上一眼,以求我们介入或澄清。她对斯贝秀莎讲述了我们家的故事,阐明我们如何决定在非洲展开工作,“反饥饿计划”的价值观如何与我们的理念相契合,我们的操作过程如何在作业纸上进行等等。

---

① 伊第·阿明(Idi Amin):1971—1979年期间乌干达的军事首领与总统,后在流亡中于2003年8月死于沙特阿拉伯。

汉娜在述说时，斯贝秀莎微笑着，而当她了解到汉娜竟是这个计划的启动者时更是眉开眼笑了。“啊，汉娜，你也应该到乌干达来跟我们一起工作，”她说道，“你会爱上我们的国家的，真的会爱上它的。”

这个餐会是一个高级自助餐。礼貌起见，她在盘子里装了足量的食品，然后拨弄着她的鸡肉，吃了一个面包卷，接着她又从我的盘子里取走了一块面包。那是一份夹心圆面包加奶油的餐点。

最后吉尔·莱斯特来到了演讲台边，她在琼·霍尔姆斯退休之后刚成为“反饥饿计划”的首席执行官。她用轻快活泼的澳大利亚口音讲了几分钟，谈到了她就职以来在首次前往孟加拉、印度和非洲的短暂旅程中所了解到的情况。在我旁边，汉娜正调整着自己，紧张地等待着出场，那不过就是几分钟后的事。不一会儿吉尔就介绍了她。

汉娜迈步走向房间的中心，让自己站到一对麦克风的后面，其中一只话筒是为放大她在房间中的声音，另一只则是为《今日》节目的视频音响而设置的。在旅馆里的时候，她曾花半个多小时费劲地打理头发，把它们弄直，尽量打扮得体，还配上一根简约的、上面缀有她所喜爱的和平标识的银项链。

汉娜站定之后，我扫视了一下听众们，他们围坐在覆盖着白色台布的桌子四周，十人一桌。这是一个真正国际性的群体，在男式套装和女式礼服丛中散布着莎丽[1]和花哨的达什基[2]短袖衫，全球

① 印度女子的服饰，用整段的布或绸子包裹头与身体。

② 黑人穿的颜色花哨的短袖衬衫。

的各种肤色在这儿一应俱全。当他们看到一个年仅十五岁的姑娘走到他们面前时，他们的脸上似乎流露出一种既惊奇又期待的混杂表情。咖啡杯被轻轻地放到了托盘中，相互间的交谈沉寂了下来。这个姑娘会对我们说些什么呢？

汉娜的开场白引起了一声临时的插话。“谢谢你，莱斯特夫人，来到这儿我真的非常高兴。”汉娜说道，她是按琼建议的“要感谢主持人”而这么说的。

“叫吉尔就可以了。”那位首席执行官插话道，想要显得亲切些。听众们都笑了起来。幸好汉娜也笑了，然后顺顺当当地重新继续她的演讲。她快速地讲述了我们家如何决定缩小居住规模并“捐赠一半的房款去帮助消除非洲的饥饿状态。为此我们研究了成打成打的组织机构，看哪一家能用我们的钱做出最好的业绩……”

在汉娜将我们的故事一路道来时，我朝琼眨了眨眼，汉娜描述了我们前往纽约会晤最终的候选对象并选中了“反饥饿计划”的那次行程。听众们频频点头。“我们喜欢的事实是，‘反饥饿计划’比起别的我们接触过的组织来更相信人的精神力量。”她对在场的听众们说道。我则在心中自言，没有人比汉娜更相信人的精神力量了。

汉娜以下面的话结束了她的讲演：“我喜爱‘反饥饿计划’所做的一切，我为能与他们并肩工作而感到骄傲。”讲完之后她的身体终于松弛下来，她的任务完成了。在热烈的掌声中她回到我们桌旁，坐了下来。我拍了拍她的大腿，她新结交的好朋友斯贝秀莎用手臂搂着她，她们互相搂了搂肩。

一个多小时之后我们回到了旅馆，总算摆脱了摄像机。我们谁也不想在餐会上待得太晚，而且我们也都不想外出。九点半时，白天的紧张已经叫我们精疲力竭了。纽约也许是个永不入睡的城市，但我们只想自个儿待着，不想抛头露面。我们卸下了正儿八经的服装，琼和我把我们的挂了起来，孩子们则将他们的行头扔到了椅子上。然后我们爬到床上，一块儿看起了《阿呆和阿瓜》①，那是由金·凯瑞和杰夫·丹尼尔斯主演的胡闹搞笑片。我们需要无忧无虑地放松一下。

第二天上午我们就飞回了家。

回到亚特兰大后，我们为《今日》节目下半场的摄制做起了准备。艾米和约翰·拉森确定他们想要营造一种现场色彩，因此我们同意在我们经常光顾的亚特兰大餐馆会见并用早餐。那天早上在行走时我注意到有个人——可能是来自隔壁酒吧的一个醉醺醺的常客——打断了那个陶瓷侍者的手臂，他曾拿着那用粉笔书写的特色菜单。

整整一小时我们四个人都坐在桌子的一边，就像情景喜剧中的一个家庭一样，回答着约翰提出的问题，他则为这次录像设法在诱导我们说出恰到好处的一段段话语。我们尽可能地吃得优雅得

① 1994年出品的一部喜剧片，描写一对蠢哥们的冒险经历。

体，不在满嘴填着法式吐司时说话，不被耀眼的灯光和胸前的微型麦克风吓倒。但在这样的境况中，我们无论如何也不能表现出我们的真实状态。

我发现电视采访中有一个颇为有趣的地方：很容易知道什么时候你表现得拙劣，说话中带了许多磕磕绊绊、嗯呃什么的。可是却很难知道什么时候你做得挺好，部分因为面部表情常常使好的措辞黯然失色。

有一件事汉娜肯定知晓：她惊慌失措，又回到了那种连珠炮般的说话模式。我心想十几岁的孩子总是这样的，头天晚上表现得还挺出色（譬如在“反饥饿计划”的演讲以及和斯贝秀莎的交谈），第二天却显得笨拙而不自在了。

其间约翰要求她描述一个中枢机构的样子，也就是“反饥饿计划”中的那种L型的核心建筑。“好的，呃，它有一家银行和一所学校以及，嗯——那儿还有什么呢？”约翰试图让她放松下来，于是就提出：“我们再来试它一回。汉娜，中枢机构是怎么回事？”又出现了一次结结巴巴的回答。试到第四回时汉娜的努力探底了：“啊，那是一所学校和一座图书馆和……噢，算了！”我们全都爆发出大笑，约翰和气地说她稍后可以再拍一遍。

从餐馆出来后，我们又前往亚特兰大社区食品库，拍摄有关汉娜的影像资料片，她曾在这里做过义工，这段经历开启了她最终以出售房屋为极致的慈善之路。食品库的员工们虽然对一个全国性电视节目的这批不速之客的来访感到惊奇，仍然亲切地簇拥着汉娜来到一群穿着红色T恤、来自美洲银行的志愿者们中间，他们正在分拣罐头和其他的包装食品。但这未能产生理想的影视效果，所以摄影师对人群和物品重新作了布置和安排。

汉娜卖力地一路表演着。“这是欧司牌面条。”①她说道，一边把那罐头放入一只硬纸盒里。可她那种就事论事式的讲述却掩盖了她的真实感受，这种感受混杂了她当众拍摄的尴尬，以及更糟糕的是一种焦虑，她觉得她的举动糟践了别的志愿者的经验。这是一种实实在在的罪过。

几分钟之后，《今日》的摄像机捕捉到了这样一个场面：汉娜将一瓶调料掉到了水泥地面上，瓶子立时碎裂，甜腻腻的卤汁溢到了她的脚边。制片人相当客气地在剪辑时将它删掉了。

我能理解NBC摄制组的良苦用心。在我数十年的记者生涯中，我作过数千次的采访，探寻恰到好处的引述语和阐明某个观点的完美故事。这需要殚精竭虑地去策划一个报道框架，而在这些表面场景的背后，事情看起来有点像一家灌肠工厂的操作，观众并不能真切地窥见幕后是怎么回事，也许压根儿他们就不想了解。现在我突然意识到当问题朝我发来时我该有多么紧张，我要为失言担心，要想让每句话都能与上下文协调。尽管这段视频有完美的摄像角度、有力的声音呈现和精心的剪辑，但是没人能通过这段

① 欧司牌面条(Spaghetti-Os)：一种意大利式细面条的品牌，属Campbell Soup(金宝汤)公司旗下的一个牌子。

不足三分钟的视频真正把握我们家庭的干劲或动力。新闻工作是一个三维世界中的二维叙事报道。

接下来我们前往“咖啡馆458”,这样汉娜就能展现她怎样为那里无家可归者服务的情景了。由于没料到她会来,因而重又出现了其他志愿者已在展开工作的情况。但在电视摄制组的鼓励下,汉娜动手搜寻从厨房间往外送饭菜的盘子,还有给人斟饮的甜茶以及有待清洗的碟子。从房间的中央望出去,汉娜的眼光没有漏掉那些志愿者们的面孔,因为受到打扰,他们并不高兴。

我们的拍摄下午较早就收场了,拍摄地点是在我们的老房子和新居。但当NBC的摄制组在拍摄桃园村的场景时,我感到一股从未料想到的情绪在心中涌动:我对这所房子——这幢卖不出去的、任性别扭的、阻挡前进的建筑物——竟心生恼怒了。这是那种莫名其妙的、逐渐积聚的怒气,是当某种关系趋于恶化,你在另一个人身上爱过的所有东西都烟消云散之后所感受到的那种情绪。我满眼看到的都是这所房子的瑕疵。我觉察到墙上的每一块污迹,家具上的每一处缺损,车道上的每一条裂隙。灰尘和蛛网扑面而来,似乎在提示我这所房屋无人居住。

当《今日》的那位摄影师穿过一条条宽敞的走廊,摄录着镶木格子的天花板和金叶状的涂层时,我的视界愈加昏暗了,那些烧坏了的电灯泡和破损的窗框成了模糊一片。“我真受不了这地方。”我咕哝道,一边晃动了一下底楼浴室里那似乎一直在漏水的马桶。无疑这已不再是个家,这不过是一处陈旧的地产罢了。

当我们一家人和NBC的摄制组来到匆忙间收拾整齐的沃克坊的房子里时，我情绪的脉动立时换挡了。前一天琼和我忙不迭地挂起了一些画作，洗净了台布，把它铺在长方形的白色塑料折叠桌上，它就权当是我们餐室中的家什了。我们屋前的步行道和合用的车道已被打扫干净。

我们把车子停靠在路边的时候，我意识到这里才是我们现在的家，是一种新确立的关系。这儿不仅仅是我们的住所，也是对我们如何生活的一种反映——更加亲近，更加紧凑。我知道，这儿有很多问题，但是它们不太像老房子里的那些问题那么要紧。我们在这儿看到的是优点。这所房子是小了点，但我们的天地却更宽广了。

汉娜的见解

体验别人的生活

激发动力所遇到的一个重大障碍就是大多数人甚至不能试着去体会那些贫困拮据的人是如何艰难度日的。许多人对那些不如自己幸运的人怀有怜悯之心。但从怜悯到真诚的理解则是一个大的跨越。对我而言,我们计划中非常重要的一步就是在和他人的比较中审视我的生活。

你是否曾听到过那个盲人摸象的印度民间故事?在这则故事中,一群瞎子在触摸一头大象,然后各自描述他们的感觉。其中一人抚摸的是尾巴,就认为大象像一条绳子,另外几个人分别将大象的各部分躯体比作墙壁或蛇。这则故事的寓意是,人们的所见只是客观实在的一小部分。我们生活在一个狭小的世界里,因此从不同的角度去看待事物至关重要。

为了真切体验肚子挨饿的感觉,我们家完成了一次长达三十小时的挨饿活动,这种比一天的时间稍长一点的禁食,你们的家庭也很容易做得到,一个学校或一个宗教团体也是如此。这样的做法有助于你去体验那些一整天都可能食不果腹的人所频繁经受的是一种什么滋味(你可以在 www.30hourfamine.org 找到有关这一由“世界视野”赞助的计划之详细情况)。在我尝试这项活动时,我发现我满脑子想到的都是食物。我竭力要让自己使劲儿去想电影和电话上的交谈，我简直不能想象没有这些分散心思的东西（正如真正的饥饿状态常常不会有这些东西）将会怎样。在“三十小时饥饿”的网站上有些好的活动不仅能让你的思想繁忙充实，而且还为缓解饥饿现象而筹款。

如果饥饿问题不是你的兴趣所在，那么这儿还有其他一些项目：

贫困：二〇〇七年，俄勒冈州州长泰德·库隆戈斯基以及许多国会议员决定尝试一下“食品券挑战”的活动，打算用一般的食品券领取者所获得的食物来养活自己。结果他们发现，每星期仅有二十一美元用于食品消费实在不足以维持健康的饮食。设想一下你每天前往一家食品杂货店时身上只准备了三美元。你得放弃的第一类东西是水果、蔬菜、肉或鱼，因为它们是最昂贵的。在参与了“食品券挑战”的活动后，女议员芭芭拉·李说：“很难在任何长度的时间段里专心致志于任何事情上面，除了想到吃的东西。我不知道那些没钱吃上像样饭菜的人怎么还能有所作为——学习、工作、锻炼、阅读、玩耍等等。他们的日子无非就是怎么熬过一整天罢了。”我能了解她是怎么感受的。

水：我们访问加纳时所见到的一个大问题是，要获取洁净的水是多么艰难。人们不得不步行好几英里去取水。想试试吗？把你家中的主水源关掉，跟住在三个街区之外的某个邻居商量好两天里用他的或她的水，将那一桶桶水运回你的家中——不用车载！记住，每一加仑的水重量都超过八磅，马桶用水一般都需三加仑。

到结束的时候你起码能变得身体壮实。

无家可归问题：根据二〇〇七年的一项研究结果，在美国国内无论何时都有将近七十五万四千个无家可归者，其中接近一半的人生活在马路上（许多由无家可归者组成的团体认为这一数字过低）。这是怎样一种滋味！你和家人不妨尝试一下，睡在院子里的纸板箱中或车库里。你还可以通过以下手段增强你的体验，譬如只使用公共厕所、没有机会清洗衣服、不使用移动电话等。我估计你会发觉这比外出野营要艰苦得多。

汉娜的见解

试车

我们大家都有不同的兴趣。并不是每个人都善于和孩子、和重症病人或和无家可归者相处。你也许更愿意到一家老人院去和里面的住户一起玩“宾戈”游戏。我的观点是，服务并不是一种“以不变应万变”的固定模式。设法找到你喜欢的某种方式将是有用的。可是怎么才能找到呢？

当我着手于这项活动时，我考虑过一大堆志愿服务机会。有些很容易排除掉。我有许多朋友认为到“慈善协会”去工作或帮助孩子们进行治疗性的骑马活动是很酷的。但由于我向来害怕狗和马，它们对我来说就并不合适。我乐意为盲人做一个滑雪向导，可是我对滑雪一点儿也不在行，难以担当这样的任务。其他的项目尚值得试一试。我尝试过走访老人中心，有几次是我们全家一起去的，有时是为感恩节唱歌，有时是在周日的上午玩“宾戈”游戏。这些活动其实很不适合于我。我非常不善于和老人打交道，跟他们待在一起常会感到很不自在。

可我意识到我喜欢跟无家可归和处境贫困的人相处，我通过在“咖啡馆 458”和“夜间收容中心”的服务跟他们有了交往。我曾在亚特兰大社区食品库做义工，将食品打包、称分量，以便发送到慈善食堂和食品储藏间去。当我明白了在各种服务形式中我更喜欢某种方式之后，我就开始更频繁地去从事这种志愿服务了。

你也可以这样去做。尝试各式各样的服务种类。明白你的才能所在将帮助你了解你想更深入地参与到哪种志愿服务工作中去。

活动

挑选你们全家所能从事的三种志愿服务机会——譬如说，辅导幼儿，在一个慈善食堂做义工，和某个环保组织一起植树。（为获得参考意见，有一个很棒的网站：www.handsonnetwork.org。此外，宗教机构也常定期地提供服务活动机会。）

当你做完义工回到家之后，如实把你的经验记录下来。在你完成了三项活动之后，写下它们之中你最喜欢的那些部分。譬如说，你可能会喜欢户外的工作，或爱和一大群人待在一起，或直接参与到你所帮助的人们的活动中。然后跟你的家人比对笔记以确定这些活动是否属于恰当的一类，或你是否应继续探索以便能从喜欢的部分中获得更多。你完全不必让你的探索止步于此。你可以继续进行拣选。

最后一点：在你外出从事志愿活动的前后，尽量不要安排太多的其他事项。相反，事后应该留给自己几个钟头的空闲时间。每当我们全家在社区里做了些好事之后，我们就会前往“IHOP”

餐厅[1]或“奶品皇后”[2]冰淇淋店去好好犒劳一下。在我们狼吞虎咽、大快朵颐的同时，我们谈论做过的种种。这使得整个经历更有趣味——而且它让我们有时间来神侃一通。

① 总部设于美国，以营销早餐为主的餐饮连锁店。

② 供应软饮料与快餐的连锁店，由“国际冰雪皇后公司”经营。

第七章　我们做了什么？

我的父亲常说："你可以花很多时间去挣钱。可当你必须作适当的付出时，考验你的时刻就来了。"如何作出某种回报，是生活中棘手的部分。

——李·艾柯卡

"嗬，终于踏上了非洲的大地！"汉娜在她的日记中热情洋溢地写道。我们拖着疲惫的脚步下了达美航空公司①的喷气机，它降落在加纳的首都阿克拉。我们的身体由于十个小时的长途飞行——从纽约肯尼迪机场出发，又在机上过夜——而变得发僵。

我们的航班席位已全部售罄。显然这是达美航空最盈利的一条航线，座位上挤满了非洲和美国的商务人员，以及居住在美国如今回乡探亲的加纳人，还有开始作布道旅行②的十几岁的孩子们，他们身着表明他们服务使命的T恤衫。航班上的侍应生中有一

① 1930年成立，原名达美空运公司，1945年起改此名。

② 美国宗教团体组织的赴国外进行宣教活动的短期旅程，兼有慈善性质，又译"短宣之旅"。

位在她的航空制服上佩戴了一条披巾。“啊，你很快就会爱上加纳的。”她在将餐点托盘递给我时对我说道。

汉娜、约瑟夫、琼和我都体会到一种五味杂陈的心情——激动、疑虑甚至还有些许恐慌。在某些方面对琼和我来说，那感觉就像在新婚大典之日，数月之久的经营终于将你带到了这么一个独特的场合。对孩子们来说，这更像是棒球赛的最后一局，两人出局后临到关键的一记击球，或者排球比赛中在决定胜负的那一刻发球。为了这一时刻我们辛辛苦苦干了很长时间。如今，与家遥隔五千六百七十五英里，我们经历的事情已让我们尽可能地做好了准备。

但是我们依然不能规避那些困扰着我们的问题。要是这次行程惨遭失败怎么办？在这一次混合了海外旅行和家庭慈善的行动中，那么多变数都熔化到了一起。表面的问题是涉及身体享受方面的：会有让人讨厌的虫子和难以下咽的食物吗？我们的住处会很糟糕吗？我们会被接触到的人的生存状态搞得灰心丧气吗？

当然，更主要的是，此次旅程是衡量我们家庭的巨大投注是否会出岔的一个首要的、实在的标尺。这不是一次徒步探险或观光旅游，而是孵化器，需要看它能否让我们的善款有助于一个社会群体的生长发育。

在我们动身前往加纳的头天晚上，打点行装快要结束时，琼将好几打的“本斯牌壁虱与虫子驱除剂湿巾”（含有超剂量的驱蚊胺）

塞进一只黑色的艾迪堡牌①抽口圆筒旅行包。“别让我们得疟疾，谢谢你，拜托了。”她笑着说道，笑声中带有一丝不安的语气。

可当她的疑虑像气泡似地冒出来时，她的语调很快又变得严肃起来。她的声调改变时我正把几件耐克牌的高尔夫球衫折叠起来放进我的包里。“要知道，有多少精明能干的人为了缓解乡村的贫穷状况努力过，但却失败了，”她说道，声音柔和并带有关切的色彩，“确实不容易。再说我们也只有一幢大房子可卖——我们不会再这么出手一次了。我们不能吃一堑长一智。”

我本准备开口应答，可是转而想到了我曾接受过的、也许是最好的一则关于人际交往的忠告，那差不多是三十年前从我们家一位朋友那儿听来的：“有的时候对方并不真的要你回答，只不过需要倾吐一下而已。让她说去，你听着就是了。”我们待在房间里整理行装时，很显然琼的心事还没诉完。她诉说道，她的不安越来越沉重，它超越了对金钱或时间或精力等的考量，以及所有实实在在的有理由存在的种种忧虑。她不想让我们家庭所承担的这项最大的、最引人瞩目的、最相互关联的计划陷于失败。“凯夫，我是多么想让我们的努力得到回报，”她说道，“我不想让这儿成为我们孩子将来吸取生活教训的地方，这教训就是，有时即使你做了正确的事情，成功也会和你擦肩而过。我想把这教训留到以后。”

---

① 艾迪堡牌(Eddie Bauer)：美国著名的户外休闲和运动品牌销售公司，成立于 1920 年，从单一商店起家，至今已发展成一家跨国公司。

我绕到床的另一边，拥抱了她。

就汉娜而言，她是在策略性和情绪性的顾虑之间来回摇摆。她对呕吐怀有一种过度的恐惧，因此她担心国外的细菌会侵袭她的身体。在更深的层面上，她还感到了前途捉摸不定带来的内心骚动。几星期之前，当我们待在新居的电视间里举行家庭碰头会时，我们再次对那一大笔投资于非洲却收效甚微的资金数目感到惊异。汉娜双腿支起坐在组合沙发的L型部位，她曾经一而再地思考过这个问题。可这一回她的脸突然变得冷峻起来，双眼眯成了缝。“要是它不起作用怎么办?”她大声质疑道，“我是说，从现在起五年之后，假如我们再回去，发现我们努力帮助的那些人境况却没什么改变，那将会怎么样?”

当然，这个问题琼和我都曾考虑过，我们都用足够长的生命目睹了数十年间那些在美国和国外为消除贫困而作的努力是如何遭到失败的。可是这话从汉娜的嘴里出来，不啻是一道闪电划过。我们的女儿已经历了一道转折，意识到了我们所从事的活动中存在风险。这已不再是那个“我要在世上有所作为”的汉娜，取而代之的是更关心“假如我们不能帮助人们改变其处境那将怎么样”。听到她的问题之后，我的第一反应就是骄傲：我们的女儿从天真幼稚中成长起来了。可是这种情绪马上掺杂进了一丝哀愁，她那理想主义也许会流失了一点儿。为何这么急促呢?

琼道出了安慰人心的话，而她的应答则反映出她和我都知晓的道理：说到底，无论成功还是失败都是由我们掌控范围之外的许多因素主宰的。“当然有可能失败，汉。所以我们才做了一系列的探索，了解了什么能起作用，什么又不能。我们把信任交给了‘反饥饿计划’，我们也相信村民们能齐心协力实现这个计划。我在想这就是最终我们所能做到的最佳结果了。”

在飞往加纳的航班上，即便汉娜仍有所疑虑，她也没将它们表露出来了。摆脱了学校的功课，她整晚都在一部接一部地看影片，丝毫不觉得有什么愧疚，直至最后疲劳袭来，她伏靠在窗户的挡板上逐渐睡去。琼坐在我的后面，她未能入睡，于是就读起了西非的旅行指南，希望能从中获得零碎的有用信息。琼的旁边是约瑟夫，他在日记中写了一首俳句：

啊，我乘坐的这架飞机，
把我载往非洲，
因为我向往着那里。

往后十二排，我们的新朋友约翰·孔洛德在玩“数独”的填字游戏，后来他也睡着了。当我们在机场相遇时，我两次确定才意识到，约翰这次到非洲旅行只带了一只背包。他带了一架小型数码相机、一本专业的“数独”字谜书以及一些明显富有弹性的衣服。这才真叫轻装上阵。现在，当我在飞机上向他望去时，他看上去就像一个悠闲的旅行者前去探望一位亲戚，一起共度感恩节。在一位医生的建议下，我们带上了一只药箱，里面装满了对付腹泻、失眠、酵母菌感染以及过敏性反应等疾病的药物。相比之下，约翰对这次前往遥远的、未开发村庄的旅程抱着一种淡定平和的心态，这种态度首先让我感到放心（这位老兄了解他要做什么，我对此满怀信心），转而我又心生嫉妒（我怎么才能达到如此轻松自如的境界呢？）。

当你的足迹越出了欧洲和亚洲的大城市，其他海外的那些机场会令你产生一种时光倒流的感觉。你仿佛回到了美国机场候机大厅在升级换代之前的那个时代，那时的机场是一些烟尘弥漫、卖着加热过头的热狗的场所，如今它们已成了光鲜亮丽、缀满品牌广告的候机大厅。我们离开飞机时，走下了一架机外的金属扶梯，然后穿过塔尔马克[①]停机坪，走上通往候机大厅的步行道。在这儿没有登机廊桥，没有播送聒噪的CNN节目的平面电视。这是一九六〇年代的航空旅行，更古朴，也更实惠。我们终于到了非洲的加纳，而六个月前我们还必须在地图上东寻西觅才能找到它的位置呢。

我们上这儿干吗来了？在约瑟夫为考德威尔的比赛摄制的影片中，他将我们家的想法表述为："我们正直接地参与其中。"可这话实质上意味着什么？我们绕过半个地球要来干什么？我们怎么才能实施援助？确实这都是些简单的问题，可其答案却远比我们曾经设想过的要复杂得多。

若要着手回答这些问题，简捷的途径就是看看我们在加纳不

---

① 用柏油碎石铺的路(地)面。

打算做什么。当我们启动了我们的家庭计划后，我们深信，用约瑟夫的话来说，我们将会“直接参与其中”。我们心想“参与”将能反映出西方人在传统上看待其角色职能的态度。我们将去动手挖井或垒砌砖块或粉刷墙壁。我们将和非洲人并肩展开工作，通过投入我们的金钱和时间促进他们迈向更光明的未来。我们将居于行动的中心，是这出戏剧的联合主演。

但是随后我们通过阅读获取信息，得出的结论则让人瞠目结舌，甚至大为震惊。结论之一就是：布道和服务之旅对他们所要前去服务的对象反而产生了一种长期的负面影响——不是正面积极的，甚至也不是中性的，而是负面消极的。也许难以置信，诚心诚意渴望帮助那些身处贫困者的好心人士居然会造成一个有害的结果。可他们确实如此了。

普林斯顿大学的一项研究显示，在一个基准年中有超过一百六十万的人投身于“布道之旅”，平均历时八天。每年投入这些旅居活动的费用总数达二十四亿。但越来越多的证据表明，它对发展中世界的社会影响竟是一个巨大的负数。批评者们讥嘲这些旅程是为“度假者”安排的“宗教旅游”。这些团体所举行的活动通常比徒劳无益好不了多少。《华盛顿邮报》指出过一座墨西哥教堂单在一个夏季就被六个不同的宣教团体粉刷过六次。

对旅行者来说，向刚刷过的墙壁再行粉刷之类的事是荒唐可笑的，而本地人则实实在在地沦为了输家。除非服务之旅能在某些重要方面培养当地人民的自身能力，否则他们就近乎无所作为，反而助长了当地人的依赖性。在某些方面，人性就是要和自身作斗争。我们很少有人能拒绝一件礼物，甚至当它妨碍我们提升自身基本能力的时候。

且看鲍勃·拉普顿所举的这一事例。他是FCS城市服务团体[①]——这是亚特兰大的一个社区发展项目——的主席。在最近的一篇新闻报道中，拉普顿讲述了他的教会前往洪都拉斯的一个乡村作布道之旅的情况：

> 那个遥远的农民社区需要水。明显的解决办法就是：给他们挖一口井。当第一股水被抽到地表上来，村民们前去用清凉、纯净的水注满他们的罐子时，他们欢欣鼓舞，大大庆祝了一番。可第二年当我们的传道人再回到那儿时，那水泵已闲置不用了，当地人依旧到远处的一个水源去取水。我们修理了那座水泵，可是到下一年我们再回来时，它又坏掉了。这种情况年复一年地一再发生。全村就这么干等着，直至他们的恩人回来。

拉普顿还与胡安·乌洛亚[②]——他在尼加拉瓜经营一项小额

① 宗教慈善团体，成立于1976年，旨在促进社区的发展。

② 胡安·乌洛亚(Juan Camilo Ulloa)：视觉艺术家，1978年出生于哥伦比亚的波哥大，1989年迁居美国加利福尼亚州奥兰治，入美国国籍成为美国公民，但又持有哥伦比亚公民身份。

贷款的计划——交谈过。一次又一次的布道之旅给尼加拉瓜人带去了衣物之类的礼品，以及数十双乐于助人的手帮他们打井。最终灰心丧气的乌洛亚诉说道，这个国家有成片的地区，在那儿他的借贷员们根本无法贷出任何的款项："人们说，'教会把一切都给了我们，我们还要借钱干吗？'……他们把我的人民变成了乞丐！"

这个观念让我们全家感到恐慌。我们当然不想把任何人变成乞丐。我们已经明白了施舍的做法收效甚微；在宏观层面上，西方世界在以往五十年中付出的二点三万亿所遭遇的惨败已经明明白白证明了这一点。如今在了解了布道之旅产生的问题之后，我们意识到在微观的层面上，结果也好不到哪里去。

可是这将置我们于何地呢？除了每年开出支票我们能否发挥其他的职能？我们家一直将自己定位为实干者而非旁观者。那么我们该怎么做呢？"也许我们可以在村子里跟孩子们一起阅读。"汉娜建议道。"我能教他们怎么玩踢球[①]。"约瑟夫出主意道。

我们选择与"反饥饿计划"合作反映了我们的见解，即非洲人民应当成为他们自己前程的创造者。当然，我们推想，那个组织会有其答案的。因此，在七月四日前的那一周，就在我们打了预防破伤风、伤寒、黄热病、甲型肝炎的预防针并开始服用抗疟疾的药后，琼为寻求答案给约翰·孔洛德打了电话。

"你好，约翰，"琼开口道，"我们究竟要在加纳做些什么？我们

① 一种球戏，是按棒球规则进行的一种儿童足球。

怎么才能起到最好的帮助作用?”

仅她提问题的那种方式就反映出我们是多么认真地想担负起自己的责任来。我们没有兴趣来专断地决定建立这种关系的条件,对于那种自命不凡地高踞于“这些穷人”之上的观念,我们只会退避三舍。我们承认我们给不出所有的答案,但起码我们还有自知之明能认识到这一点。

约翰的答复把范围限得非常狭窄:“只要支持他们的工作就可以了。让村民们看到你们不远万里从美国来到这儿,全力支持他们的事业。让他们展示出他们的成就吧。”

“还有其他的什么吗?”琼继续追问他,一边作着笔记,她的左手在一份垃圾邮件的背面涂写着。

“没了,就这样,真的。你可能会被一些酋长要求去资助另一些项目,譬如一所学校之类。即便你有点动了心,也不要答应再捐什么钱或运一批衣物去。千万不要带什么礼物去。”

不用礼物?真是闻所未闻。我们已经打算随身带上一些T恤、书籍或鞋子之类的东西。许多朋友还问我们要搜罗些什么种类的物品让我们一并带上并去分发。

“就这些吗?”那天晚上吃饭的时候,当琼将她所了解到的情况告诉我们之后,汉娜、约瑟夫和我都一齐呼叫起来。“这似乎太奇怪了,好像我们什么也没做。”约瑟夫接着说。琼后来对我吐露:她对那项“访问兼支持”式的计划心中也抱有类似的担忧。但她在这个场合不准备流露任何一点疑虑不安。相反,她表示信任“反饥饿计划”的一套做法，她鼓励我们也持这样的态度。

“我们且去看看它会有什么结果。”她嘱咐我们道，我们也就随它去了。

事实上，琼在和一个曾到发展中国家广泛旅行过的邻居交谈过后，就决定稍稍偏离一点约翰的策略了。她在自己的电脑中搜索到一张全家的合影，那是一张全家四口站在桃园村房子的客厅里照的相片，然后到“好市多”[①]去印了一百张。她打算以示友好，将它们拿到村子里去散发，并让人们同意我们拍照。当我们在肯尼迪机场和约翰会合，一起搭机飞往阿克拉时，他赞同琼关于照片的主意。他对她说，这将被视为一个友好的姿态，而且做得恰如其分。

约翰的人生阅历颇丰。他在1970年代攻读于伯克利[②]，成为一名等离子体物理学家，后移居东部，参加普林斯顿的一个核聚变研究项目，它试图找到一种解决世界性电力短缺问题的廉价方案。其理论为：便宜的能源可以用来淡化海水，这些水就能用于灌溉撒哈拉沙漠并养活整个非洲。但是研究了六年之后，这一创意根本没有如约翰所期望的那样见效。核聚变至少在一个世纪内成不了解决世界性饥饿问题的一个方案。

待到那个时候，约翰已结识了琼·霍尔姆斯以及她那新创建

---

① 美国的一家会员制仓储式连锁超市，1983年成立。

② 加州大学伯克利分校，1968年成立，在旧金山。

的“反饥饿计划”。他喜爱那个开始被称为开发人类潜能运动的东西——相信人民能主宰自己的命运而不仅仅是等待来自外部世界的援助。就在几年之前，约翰深入参与到反对越南战争的运动中，他从中看到，假如足够多的个人都选择发出自己的声音，那么就有可能引起深刻的巨变。现在他想探究个体的行动能在多大程度上推动世界变革。他深信“反饥饿计划”关于通过培养能力和自力更生消除贫困的看法。当琼·霍尔姆斯向他提供了一个加入该组织的机会后，哪怕收入要减少一半，他还是毫不犹豫地抓住了这个机会。

约翰在“反饥饿计划”位于联合广场办公处的一间会议室里为我描述了他生活的转型，在讲述过程中他停下来问了我一个听起来挺古怪的问题。“你读过《战争与和平》吗？”他询问道，并从桌子的另一头望过来。我坦承没有读过，于是约翰就继续讲下去。“在十九世纪的欧洲，就有这么一种‘伟大人物’的理论。简单地说，该理论就是相信像拿破仑之类的人物是救世主，是伟大人物创造了历史。但是托尔斯泰相信的却是其对立面：是历史造就了这些人物的伟大，这些人只是傀儡；是人民每日所作出的千千万万的微小决定形成了历史上的巨大运动。这些历史的运动在其需要的时候就召唤出拿破仑们，当利用完他们之后就将他们弃之不顾了。”

这会儿约翰滔滔不绝地说开了，在托尔斯泰的观点上又加上了自己的看法。“由爱好和平的人所作出的决定造就了历史上的这些伟大时刻，你肯定能在反越战运动中见到这种情况。在我刚参加反越战运动的时候，我们只有一小拨人，我们被看成彻头彻尾的怪物。七八个月之内就有了五十万人加入的反战大游行，打出的标语是'当穿着网球鞋的奶奶们都加入反战游行，尼克松就知道战争该终结了，一切都结束了'。那个时候我们还没称此时为'倾斜点'①，可假如这个字眼当时有的话，它会被那么叫的。"

相应地，"反饥饿计划"的目标变成了发动一场世界范围的运动，以使人们了解世上有这么多的人在长期的饥饿中苦苦挣扎。这种认知将是解决这个问题的第一步。

参加该组织三十多年的约翰始终是我所结交的人中最热情的一位。他在"反饥饿计划"中结识了他的妻子卡罗尔。他们膝下无子，支付的抵押贷款也相对较低，他们就决定将多余的现金捐给该组织。这已成为他们的习惯性举动，以至于有一天约翰和卡罗尔去查看时竟发觉他们俩成了向纽约的"反饥饿计划"捐资最多的人，在过去几年里捐出了五十多万美元。当我因为一个非营利团体的两位雇员居然能如此慷慨解囊而面露震惊之色时，约翰只不过笑了笑。"我在想，假如我找不到有什么人能超过我，那就证明我不是一个擅长筹集资金的人。"他大笑着说。可接着他又显得严肃起来。"这事只有你知我知，我们给出了税后实得工资的一半。"

"你不觉得你们付出得太多了吗？"我问他。

"不。我付出了什么？"约翰问道，用手指向会议室窗外的那幢

① 意同转折点，事态在发展过程中出现变化（倾斜）的某个节点。

二十七层的砖头楼房，十七年前他和卡罗尔能够不费多少钱财就在那儿买下他们的公寓套房。"我一直想获得经济上的自由和快乐，我们能付出自己的钱财，我为此感到振奋。我不想成为这方面的一个嬉皮士，但有一种心甘情愿的简朴，它不是牺牲，而是选择了自由。"

当然，约翰所言说的是摆脱了累积增值的需求，他感到比其他的人更轻松自在了。他并不渴望拥有其他人所拥有的东西，即便在纽约这样一个沉迷于追逐唐纳德·特朗普[①]式的财富和名流们的奢华的城市中。他拒绝登上我们在早年生活中曾跳上去踩踏的跑步机。

一不留神，我就撞上了一位早已实践了"一半的力量"之原则而且身体力行了数十年的人士。无论是约翰还是卡罗尔都不是一个怪物。他们并不是因为有钱感到负疚而付出的。他们只是在过着一种通过乐善好施之举和互助友爱之感而获得幸福的生活。当我听着约翰在描述他的生活时，我就在寻思，假如几年前，就在我们热衷于积聚财富的高潮时期，我对他的做法会作何感想。我能理解他吗？我们能否做到胸怀足够豁达，而不把他当作一个走火入魔的理想主义者加以排斥？

当我坐在曼哈顿那间办公室的桌旁时，我的思绪跳到了约瑟

① 唐纳德·特朗普(Donald Trump, 1946—)：美国富豪、房地产大亨。他在纽约建造了特朗普大厦和特朗普国际饭店，在大西洋城还拥有特朗普堡和泰姬·玛哈赌场。

夫一个棒球队友的父亲身上。在科罗拉多的滑雪地度假时,这位老兄雇了四个不同的教练,分别给他家中的四个成员。我还想到了其他的朋友们,在他们身上正应了粘在汽车保险杆上的那条古老格言:"临终时有最多玩具的就是赢家"[①]。他们能"理解"约翰·孔洛德吗?

为了把他跟我交谈中的想法聊完,约翰的话题又折回到他曾在那儿度过了许多生命时光的村庄。"我要说最慷慨的人们,也是教育我懂得了许多关于金钱道理的人们,就是那些村民们。如果以你的收入水准来到他们中间,你需要食物、水或一个居住的地方,任何一个村民都会毫不迟疑地提供给你。然后,要是你拒绝接受,他们就会说:'啊,不,你该不是在开玩笑吧?在你们国家你也会这样对待我的。'他们无法想象我们那种吝啬的程度。在这些村庄里共享就是大伙儿奉行的规矩——他们的慷慨大度就是他们的巨大力量。"

一九七七年,当约翰正在为"反饥饿计划"从事志愿服务时,他读到了一篇来自国家科学院的研究论文,文中含有这样抢眼的话语:"如果说在我们国内以及国外有什么政治意愿的话……范围广泛的最糟糕饥饿与营养不良状况应该可能在一代人的时间里克服。"这和他的观点十分契合,即一个由信守承诺的热心人组成的

① 这句格言主要代表了对待生活的一种物质主义观点,将生活视为一场游戏,其目标就是获得尽可能多的"玩具",包括财富和诸如赛车、游艇、别墅、女友、名马、名表、珠宝之类的奢侈品。获得了这些"玩具"的人就是生活的"赢家"。

团体能够实现积极的变革。因此为什么不在二十年里终结饥饿与贫困呢?

毋庸赘言,到我们的家庭与约翰相识时,二十年早就过去了。可他依然坚定地持有乐观的态度。

"你有没有对你未能完成的愿望感到过沮丧——你知道,就是没能达到那二十年变革的目标?"我问他。

他想了一会儿才回答,一面抚弄着他那白色的胡须。"当'反饥饿计划'启动时,在非洲只有三个民主国家;现在有四十五个了。过去好几十个国家都战争肆虐,它们是可怕的;可现在它们只发生在少数几个国家中了。过去,妇女也一向没有权利;而现在她们正在获得。人道主义的进程确实缓慢而磕磕绊绊。让我坚守在这项事业中的就是这种亲身参与历史并站在历史正确一边的活生生的感受。"

作为一个乐观主义者和富有哲思的人,约翰·孔洛德将陪伴我们度过这五天的行程(我们全家还要在加纳多待八天)。说老实话,琼和我都在犯疑,这位物理学家兼人道主义者跟孩子们打交道经验有限,他将如何与我们的孩子相处,反之,我们的孩子们如何跟他相处。其实我们用不着担心。我们抵达阿克拉之后不久,汉娜和约瑟夫决定,假如我们要在一起旅行,他就需要有一个街头饶舌[1]家的诨

① 又译"说唱乐",一种非洲裔美国人的流行音乐,节奏强烈,二十世纪八十年代开始流行。

名，因此他们给他取名为“杰孔”。当他听到自己的名字被这么玩笑似地即兴发挥了一把也大笑起来。“我原以为比这还更糟呢。”他说道。我们在乡间四处旅行时，他会随口来一些关于他的“朋友们”——饶舌说唱家坎耶·威斯特①和P·狄迪②的短小唱词。就这样，他和我们孩子之间那四十五岁的年龄差距随着他们每次一起爆发的笑声在缩小。

加纳是一个对比鲜明的国度，我们在阿克拉的科托卡国际机场降落仅几分钟之后就开始感知到这种状态了。进入航空终点站时，我们受到了一连串招人喜欢的装饰物的迎接。黑白相间的纸质足球从天花板上垂挂下来，配以红、橙、绿的各色彩旗。“欢迎③。欢迎来到加纳——非洲之门”，一块蓝底白字的牌子上这么宣示着。海关公务员们亲切地微笑着，我们很快就知道这是加纳人典型的友好姿态。

但是再走几步路就出现了又一块牌子，它很显眼地附着在一面墙上，这牌子提供了一种截然不同的、更具警世意味的世界观。它的开头相当客气：“欢迎。欢迎。加纳热情欢迎所有友好的访客。”可接下来，口气变得严峻起来，我们明白了这块告示牌的真正

---

① 坎耶·威斯特(Kanye West)：著名说唱歌手兼歌曲作者。

② P·狄迪(P. Diddy)：美国说唱歌手、演员、男子时装设计师。曾获得三次格莱美奖和两次MTV视频音乐奖。

③ 此处原作akwaaba，为加纳、西非语中的“欢迎”。

目的:“加纳不欢迎恋童癖者和其他的性变态者。事实上加纳对这类反常行为实施极其严酷的惩处。如果你是为这些活动而来加纳的,那么为了大家的利益,包括你自己的利益在内,我们建议你还是上别处为好。”

我们读过布拉特的加纳旅行指南。我们对它的景观、饮食和交通运输已有所了解。但我们在那本书里却从未读到过有关恋童癖的事。

尽管如此触目惊心,但牌上所言确实反映了这个国家所遭受的许多肮脏剥削中的最新情况。在十六世纪,英国人、葡萄牙人及荷兰人从加纳买走了黄金。但没过多久欧洲人就明白他们还可以做一种更有价值的出口生意,那就是贩卖人口。转眼间从加纳贩运出去的最有利可图的东西就成了奴隶。历经几个世纪,加纳人以及他们的邻国人被强行集中起来,用铁链锁住,被驱赶到黄金海岸[①]的城堡中去。船只从那儿扬帆远航,船上满载着将被他人拥有的人们驶往新大陆。虽然难以获得一个确切的数日,但有些历史学家估计在这场历时三百五十年的奴隶贩卖中有六百三十万奴隶从加纳和西非的其他地区被运走,直到十九世纪中叶这场奴隶贸易方告终结。真让人难受。

在机场所见到的那种生龙活虎的足球和呈现了残酷剥削的告示之间的对比遍布于加纳全境。一九五七年,加纳在英国人撤出

① 指17—18世纪时非洲几内亚湾的一段海岸,今属加纳。

后成为撒哈拉沙漠以南的非洲殖民地中第一个获得独立的国家。它有一个民主选举出来的总统和议会,因而相对来说,它在政治上是稳定的。由于这种稳定,加上较为宽裕的自然资源供给,加纳的经济比起这块大陆上的其他许多国家来说更为繁荣,它的黄金、可可豆以及某些旅游业(主要是非洲裔美国人所作的寻根之旅)生成了现金。虽说如此,这个国家却有着超出其应有比例的赤贫状况。据联合国的资料显示,加纳的两千四百万人口中,每五人中约有近四人靠每天低于两美元的水准在生活。对许多人来说,所谓的衣服就只是一两套简朴的棉质服装,而且要穿好多年。人们往往居住在手工搭建的简陋小屋里,它们比一般美国人家的客厅还小。由于饮食的低劣和医药的不足,他们平均的预期寿命只有五十九岁。老年期来得很快,如果按我们的标准,四十来岁的村民竟然看上去就像美国的老年人,他们面带皱纹,牙齿缺损。

鉴于加纳历史上曾遭受外来入侵者的蹂躏,你可能会认为这个国家不太情愿接纳来访者,尤其是白人访客。你也许会设想这种不信任感到处蔓延。但我们却随处能感受到商店业主、工匠师傅、农民和村民们的亲切友善。这使我不禁寻思:一个国家的历史要痛苦到什么程度才能使它的人民停止接纳外来者?是否存在这么一个点,人们除了他们熟悉的那些人之外排斥一切外人?如果这个起点存在,我们在加纳没有感受到。

事实上,我们的旅程延续了几天之后,我一下子想到加纳人有点类似于汉娜正在促使我们全家所要成为的那种人的样子:始终不渝地怀抱希望。他们明了存在着的潜在危险，但他们却如此渴望创建一个更美好的未来，其向往之强烈以至于对改善命运的渴望大大地超越了无所作为的风险。

人们很容易从千万里之外来遥观非洲，将它看成一个庞然大物，一个贫穷困乏、充斥着津巴布韦式腐败和苏丹式野蛮的实体。但是当我们亲身涉足于这块大陆后，我就想了解当地人是怎么来看待他们的文化和人民的。"给我描述一下加纳人吧。"我向许多我遇到过的人请求道。我最中意的一个答复来自库马西市中心的一位街头艺术家。言语间，他的矛头指向东面二百英里之外的邻国那咄咄逼人和强硬霸道的禀性，他的回答直截了当却伴随着一阵笑声："我们可不是尼日利亚人。"

阿克拉建造在大西洋岸边，是一座有着二百万人口的污秽、杂乱城市。作为加纳的商业都会，城里既有穿西式套装的人，也有身披袍子的人士。作为加纳的大学城，它又充斥着学生。作为加纳的首府城市，它又有着超过其应有数量的乞讨者，街上随地小便司空见惯，以至于在少数禁止小便的地方用模板喷涂了"不要在此小便"的字样。街道上喧哗嘈杂，卖巧克力、扇子，甚至卖厨房水槽过滤器的贩子们熙来攘往。广告牌上宣传着驱虫的药品。

我们在上午十点左右到达旅馆，把行李扔在房间里之后，我们就决定到旅馆中一个蚕豆形状的游泳池里去游一阵子，凉快一下，除一除赤道地带的暑气，泳池边有一道从石头上垂下的瀑布，增添了几分情调。旅馆里没有别的孩子，只有一些非洲和欧洲的生意人在那儿。因此，汉娜和约瑟夫只能自己找乐子，约瑟夫宣布要在泳池里“骑人大战”。我们全都蹚到了大约四英尺深的水里，分队摆好阵势，琼骑在我的肩头，我们共同对阵约瑟夫和他肩上的汉娜。接着我们又互换位置，打了几仗。我们推搡着，喊叫着，躲闪着，然后又喊得更响。

吃午饭时我决定我们可以找一种暗示来提醒我们为什么到这儿来。当你身陷于行动中时你很容易会忘掉更重要的大局，就像我们明天要前往村子里去会见我们新的合作伙伴，就有可能会出现这样的状况。我想，在“旋风刮起”之前我们需要有一阵通盘考虑全局的时刻。我的背包里收藏着两段引文，我的朋友马克·阿尔比翁把它们收录在他那篇鼓舞人心的新闻报道《成就人生，谋求生存》中。

当孩子们在挖着巧克力水果蛋糕享用时——这是他们发现列在菜单底部的食品——我掏出了两张纸条并朗读出来。首先我引述了马丁·路德·金的话，阐释地是他希望如何被记念：

> 我时时会想到自己的死亡，并且还想到自己的葬礼。如果你想找某个人来宣读悼词，得嘱咐他们不要讲得太长。嘱咐他们不要提及我曾得过诺贝尔和平奖。嘱咐他们不要提及我还得过三四百个其他的奖项。我希望在那一天有人会说马丁·路德·金一生为服务他人而奉献自己的生命。我希望有人会说马丁·路德·金曾努力地去爱别人……说我是倡导正

义……和平……公正……的乐队指挥……我只想在身后留下一个忠诚不渝的生命。

“喔，我非常喜欢这段话。”汉娜嘟囔，她的嘴里满是蛋糕。

“好，好，”约瑟夫接着说，“下一条是什么？”

“下一条你肯定会喜欢，乔。那是J·K·罗琳说的话。”我说道。我是特意为约瑟夫选的这一段，因为我和他曾一起躺在琼和我床上的被子底下朗读了全套的《哈里·波特》系列作品——这可是整整六年的珍贵记忆。

“好吧，这就开始了。她是在学校的毕业典礼上说这番话的，但我想它也适合我们大家。”

你们所争取并接受到的教育赋予了你们独一无二的地位和责任……那是你们的权利，也是你们的负担。如果你们选择运用你们的地位和影响力来为那些默默无声的人们大声疾呼；如果你们选择不仅与权贵们为伍，而且还与无权无势者站在一起；如果你们保有为那些没有你们这样特权优势的人们设身处地着想的能力，那就不仅是以你们为傲的家庭会庆祝你们的存在，而且千百万的人民亦会如此，因为他们由于你们的帮助而获得更美好的生活。我们不需要魔法来改变这个世界，我们自身就已赋予我们所需要的一切能力：我们有着设想更美好世界的能力。

“这一段比马丁·路德·金的那一段还要好,”约瑟夫说道。“我们确实有责任为那些不像我们那么富有的人做点什么。但我得说,她所说的‘不需要魔法’的话有点儿不够真诚——要知道,她那哈里·波特里可是遍布魔法。”

“你这话真可笑,乔,”汉娜厉声道,“她主要是说,任何人都能这么做,这跟魔法不沾边。你知道,就像我们大家都能做的那样。”

“我只是说我不喜欢她那样提到魔法。”约瑟夫坚持道。

“可她要强调的比这多得多,乔。她讲的是那些生活在一个泡沫中、一点也不了解其他人是怎么活着的人。爸,再读一遍,行吗?”

我照办了,在我读出下面这一行时汉娜跟着我引述了它:“‘千百万的人民由于你们的帮助而获得了更美好的生活。’瞧瞧,我就是这个意思,乔。我们就是为此而来这儿的——我们帮不了千千万万的人,但是我们能够为一批人做一些有益的事,帮助他们生活得更加美好。”

约瑟夫发觉自己对罗琳使用“魔法”一词有点过分较真,因此他保持了沉默。琼再次提到了这段引文,询问我们是否感到了我们所拥有的特权带来的负担,以及我们如何能运用它们去帮助那些无权势者。孩子们谈论着我们的财产,他们的顶级学校,他们丰富的物质世界。

接下来的十五分钟里我们讨论着我们在这个星球上该扮演怎样的角色。其中有一些是老生常谈,另一些则是逗趣的笑话。可这场谈话大大激发了我们的兴致，以至于琼竟然答应让孩子们再享用一块巧克力水果蛋糕以便使谈话进行下去。

那天晚上我们安顿在各自的房间里，看了几分钟电视，后来琼坚持要每个人都写下自己的日记。她希望我们记下所感受到的最初印象。约瑟夫述说他如何感到这家旅馆有点像迪斯尼动物王国的小屋，我们曾在奥兰多的迪斯尼乐园待过，他还描述了所见到的长着橙色头颅的蜥蜴。汉娜像往常那样更多地关注人的状况，她写到了海滩上卖力兜售的珠宝商贩，还写到一位面带亲切笑容的侍者教她如何用部落语言“特维”来说“谢谢你”：“梅达西”。

明天将是一个意义重大的日子。我们将在八点半动身开始两小时的车程，前往东部地区的村庄。正是在那里我们将获得困扰我们的那个问题的答案，那问题就是：我们要做什么？

汉娜的见解

向一位极端人士学习

大约两年前我妈妈给我看了《纽约时报杂志》上一篇关于宰尔·克拉文斯基的报道，这是一位有着非凡世界观的人物：他把每个人都视为平等的对象，包括他本人。

在过去几十年里，克拉文斯基通过经营房地产生意挣得了数千万美元的资产。但后来他就陆续将它们捐赠出去了。他曾捐出一大笔钱帮助一所学校培养需要特殊照顾的孩子们，首创了一笔六百二十万美元的捐赠用以支持疾病的控制和预防事业，又捐了一座占地一百万平方英尺的房产给俄亥俄州立大学的公共卫生学院，价值三千万美元。总之，克拉文斯基把他净资产的很大一部分都捐出去了。

可是他的事情还没完。有一天他在《华尔街日报》上读到有五万九千两百五十五个美国人正排在等人捐献肾脏的名单上，而在过去一年中已有三千六百四十一人在等待中死去。他对这个课题产生了兴趣，在其研究过程中他发现捐献一只肾所冒的死亡风险仅为四千分之一。这个统计数字激起了他的义愤，一个人把自身生命的价值看得比另一个人的贵四千倍，这样的观念看来是错误的。

因此他就对妻子说，他在考虑将自己的一只肾捐出去。他的妻子立刻表示反对，争辩说，不定哪天他们自己的孩子也可能需要一只肾，而他就将是唯一可能的捐赠者。但是克拉文斯基重又审视那四千比一的比率，然后义无反顾地跑去捐肾了。

《纽约时报》上那篇文章的作者问了克拉文斯基一个相关的问题：如果能让其他一千个孩子存活，他是否会愿意让自己的孩子去死？“会的。”他说道。不仅如此，克拉文斯基还辩称，如果这样做仅能让其他两个孩子存活，他也可以舍弃自己的孩子。《纽约时报》写道：“克拉文斯基和我们其余的人区别开来的一点是，他把所有的人类生命都具有同等价值的理念作为了生活的指南，而不仅仅是一种动听的言辞。”

我在读这篇报道的时候被这位人士吸引住了。他的自我牺牲精神激励我成为一名献血者，而且我希望有一天也能捐出一只肾。我感到我跟他之间有一种确确实实的联系，尽管我们俩几乎没有什么共同之处。在我读这篇文章的时候，克拉文斯基已经五十一岁，是一位成功得让人难以置信的企业家；而我只有十六岁，还在上高中。但有一点我们确实是相同的：我们都想给人以帮助。

我希望，没有人会苛求我们中的每一个人都像宰尔那样无私，但我认为花片刻时间来欣赏一下他的观点还是值得的。在生活中极其难得会遇上一个有这样思想的人。这人是有神经病还是慷慨大方？

活动

1. 记下你对这些问题最诚实的答案：假如你的学校或你工作

的场所着了火，你是会尽快地逃离火场呢，还是会留下来救其他的人？在你迄今为止的生活中有什么事例能证明你说到做到，言行一致？你愿意为多少人牺牲自己？在“情愿为他人作牺牲”的级别表上你究竟处于哪一个层级？

2. 想一想在你的生活中你最爱的一个人。你将愿意用这个人的生命来救多少人的生命？

第八章　在村子里

从事真正的冒险，必有一些不确定的因素、一些考验人的遭遇。

——麦克斯·米勒

第二天上午我们乘坐一辆 SUV 抵达了行程中的第一站——基里马斯。这可不是在美国，在国内我们把自己包裹在多功能运动车里为的是在发生车祸时保障安全，或者因为我们需要给孩子们和狗留出宽敞的空间，或者享有我们美国人喜欢在旅行时随身携载的生活间。这儿可是加纳，这里的道路给我们施行了如此严厉的惩罚，以至于车辆上的减震悬架由于缺乏足够的空间而不能对付上下的颠簸。哪怕是 SUV 也不能使我们避免这种感觉，这有点像一只小狗的嘴里叼着的一只填充式玩具动物。

我们当然曾期待过那些村庄与众不同，而我们的驱车之行本身就已经是一次魅力十足的文化之旅了。我们经过的每个社区都因其不同的农产品而各具特色，本地人站在路边出售瓶装的棕榈油（在曼索），或一捆捆的木炭（在阿塔库拉）。当我们在乡间的景色中穿行而过时，我们遇见了这样的运货车，它们上面高高地堆着一百多辆旧自行车，这些两轮家伙可以用来在僻远的村庄里换得母牛，从而帮助农民到地里去干活。我们一路上看到破旧的车子上带有韩国、荷兰、德国等公司的名称，它们从这些国家被水运至加纳而重获第二次生命，这些车辆使得这道路感觉像是一种机动式的巴别塔①。

计程车为我们提供了一个绝佳的享受。破破烂烂的“大宇”②车漆上了五颜六色的图块，褐色的、绿色的、黄色的及橙色的搅和成一团。而像加纳的其他许多行业那样，计程车也在其后窗上印上了一条短语作为标识，来表明该驾驶员的信仰：《诗篇 23》。在主里面满怀喜乐。犹太之狮。至于我个人的最爱则是，耶稣啊我尊你为高大。我对琼打趣道，光读读这些在乡下转悠的小车子上的话就等于上了一所像样的主日学校③。也许对乘客来说，信仰具有超乎寻常理由的重大意义：尽管赤道地带炎热难当，计程车里却从未有空调装置，而且车子会在已尽其才的情况下外加一个人。

在前往基里马斯的途中，我们从平整的公路转往一条小道，车行要九十分钟，加纳人虽然把它称作一条路，但它更像一条加宽了

---

① 《圣经·旧约·创世记》中所载的一座塔名。诺亚的子孙准备建一座通天塔以传扬自己的名声，上帝被人类的傲慢激怒，于是打乱了人类的语言，使他们不能互相沟通，建塔的工程被迫中止。这座未完成的塔即巴别塔。

② 韩国大宇公司出产的汽车。

③ 为在星期日对儿童进行宗教教育而开办的课程，通常由牧师或成年教徒在教堂里授课。

的山地自行车道。路上的泥土还算结实，但车辙因雨水的关系却陷得很深，以至于我们的司机维克多不得不加倍机灵地操纵那辆“日产”车[1]绕过最糟糕的沟坎前行。

差不多每隔二十分钟，路况就会糟糕一阵，后来我们到达了一个城镇，那儿的道路以前曾铺砌过，但那混凝土路面损毁得如此严重，以至于那些车辙陷得比先前那段土路上的还要深。在这些乡村地区，商贩们会带着沾有盐花的、煮得硬邦邦的鸡蛋或五分钱一袋（是的，是袋子）的水出现在眼前。“我想学学这模样。”汉娜说道，一面望着头顶各种巨大的东西却空出双手自由活动的妇女和孩子们。

“反饥饿计划”为我们安排了一条旅行路线，因此我们能考察这个计划在不同阶段的完成情况，这些阶段包含在该组织为实现自力更生而制定的五年规划的整个进程中。第一站在基里马斯，在这儿由于琼的言行不慎，它将载入我们家庭的史册。

村民们在大约四个月的时光里一直在修建那座L型的活动中心，他们制作煤渣砖，然后将它们整齐地一排排砌起来。当我们穿过那些完成了一半的建筑物中的房间时，本地的男人们正用抹子抹平着混凝土的墙面。和其他的活动中心一样，这处活动中心也铺设了电线，这反映出了一种乐观的精神。距离最近的电网系统尚在好多英里之外，但一旦电力通过来，这些村子里的民众就都已

---

① 一译“尼桑”，日本日产汽车公司出产的汽车。

准备就绪了。

在基里马斯我们的活动没有正式的计划安排，因此当J. S.、杰奈特和伊萨克三位“反饥饿计划”团队的成员带领我们穿越尚未竣工的银行、会议室、护理区和食品储藏设施时，我们只是听从着。

在我们返回到外面的时候，一个衣衫凌乱的农民径直向琼和汉娜走过来。他那憔悴的脸上双眼凹陷，颧骨突出，这显示他正受着病痛的折磨。他穿的蓝色长袖套衫污迹斑斑，他绿白相间的格子裤前门襟用一只别针凑合着别了起来。他俯身向前对琼说了些什么，可是她听不懂。他们又试了一次。终于伊萨克走过来帮忙了。

琼听到那人只是提了一个简单的要求之后，稍稍地放松了一点。“他想知道你能否给他照一张相。”伊萨克翻译道。

“这就行了吗？”琼问道，跟伊萨克确认了一下是否合乎礼节。是的，他回答说。于是琼就给这位名叫雅各·亚桑的农民照了一张相。

这事进行得挺顺利，琼心想。于是她认定这是她和其他人分享的一个绝好机会。她伸手到包里拿出了我们家的照片。“你想要一张我们的照片吗？”她天真地问那农民。是的，雅各急忙点头道，琼就给了他一张印好的照片。

不幸的是，当你是那个引发人们好奇心的外来者时，你的一举一动就不能逃脱人们的注意。跟随着我们在活动中心一带转悠的数十个人目睹了琼给出的礼物。约瑟夫在他的日记里对此后发生的情况作了精彩的概括:“妈妈打算给那个农民一张我们全家的照片,这时她基本上被那一百来人缠住了。”事实上,琼刚把我们的照片递给雅各,其他人就都想上来要一张。他们立刻围住了她,伸出了一双双手,为争得有利位置而你推我搡。琼在慌忙地分发照片时睁大了眼睛,一脸的紧张神色。然而她控制不了事态的变化,人越聚越多,场面愈加紧张了。最后,她就像拉斯维加斯赌场里21点的发牌员待在挤满人的桌边那样发完了大部分存留的照片,她这才意识到她致力的事业失败了。她的头发从她那固定马尾发型的发夹上散落开来,发丝凌乱。随着一声气急败坏的“就这样吧,我实在吃不消了,不再给了”,她把仅剩的少量照片塞进了包里。

约瑟夫、杰-孔和我站在大约一百码之外,观察着事态的发展,准备一旦发生什么意外就出手相助,但却惊讶地发现琼像小甜甜布兰妮①在年轻姑娘中那样受到人群的围堵。我和约瑟夫都为此事的荒唐而大笑,我们的全家福照片几乎引起了一场骚乱。“他们要这些照片干什么?”约瑟夫大笑着问道。我脑海中设想出这样一种景象:我们的全家福照片被粘贴在土墙上,或小小的茅草屋里手工制作的家具上,一张四乘六英寸的艺术照呈现了一个笑盈盈的、穿戴讲究的白人家庭,它在岁月的流逝中卷曲,褪色。

但是琼和汉娜一点儿也高兴不起来。她们走出人群时看上去就像被炮弹震蒙了,仍处于战斗状态。汉娜的心中爆发出了疑虑。

---

① 美国娱乐业的明星艺人。

“这一切究竟是怎么回事?”她寻思着,“这些人有什么毛病没有?”刚才的事情是这么稀奇古怪,是这么不可理喻。

约翰始终保持着冷静,在琼和汉娜精神抖擞、从容不迫地走过来时,约翰只是温和地微笑着。“也许我们应该挑一个更亲近的时刻来分发余下的照片。”他建议道。琼叹息一声,同意了。

可能约翰的用意并非要将他的建议用于分发照片以外的场合,但是他的建议却是一种隐喻,启示我们对在非洲的工作应时时斟酌考量。不加区别地分发物品可能引起意想不到的、有时甚至是令人扫兴的反应。人们会成群结伙,资源会被挥霍浪费。我们正在,有时是多次地,习得一个深刻的经验教训:我们需要小心谨慎地拣选我们的目标与方法,否则很容易完全偏离正道,从而几近一事无成。

我们在那个阳光明媚、天气闷热的上午到达的第二站平静得多,但一样场面非凡。当我们到达多姆时,大约两百来个村民就已经聚集起来了,准备开展“反饥饿计划”举办的一个基础训练班活动,这项活动称作“眼界、责任、行动”或简称为“VCA”①。

该组织的加纳主管纳恩那·阿奇芒-门萨博士在行车途中对我说,当“反饥饿计划”最初前来确定其启动经济开发项目的村庄群落时,常有的情况是,一个酋长会拿着一份单子前来。“这些就是我们需要的东西。”那酋长宣布说,迫切地希望能给他们提供这

① 代表 vision、commitment、action 三个英文词。

些物品。这一点儿也不奇怪，真的。这就是那种长期浸透于一种养成了要求施舍并同样地习惯于接受赐予的文化中的思想观念。旧习难改。

酋长们的要求没有让纳恩那博士心烦意乱，她是一位热心肠的女士，有着密歇根州立大学的硕士与博士学位。她跟琼和我一起坐在那辆“日产”SUV的后座，身着一条紧身的非洲式裙子，上面缀有黄色的大圆形花纹，它们印在橙绿相间的矩形图案上。纳恩那博士一边调整她的黑框眼镜，一边阐述酋长们需要学学“反饥饿计划”中模式转换的方法体系。“我对酋长们说，我要让你们看看‘反饥饿计划’是怎么工作的，我们为什么与众不同。”然后，带着她那特有的混杂了严谨不苟与气势逼人的表情，她展示了“反饥饿计划”为改变人心和观念所采用的策略。

早在楼房盖起来或资金注入银行之前，村民们就通过工场间和“眼界、责任、行动”训练开始了自身培养能力的过程。他们必须开始相信，如果他们能主宰自己，他们就更有成功的把握。他们必须创建一个由村民组成的管理委员会——而且，最根本的是，这个委员会起码要有百分之五十的妇女。在这些男性主宰的文化中，这是一个惊人的平等要求，但这一要求产生的影响如此强烈，以至“反饥饿计划”拒绝在这一点上作出让步。尽管妇女长期受到歧视，她们却是发展进程中的变革性力量。

当所有这些能力培养和妇女平等的方案摆到桌面上来时，有些村子的酋长就起身走开了，准备着接受现状或寻求别的非营利组织的施予。但是纳恩那博士可不是一个轻言放弃的人。开头遭拒的挫折并没能让她畏缩,她采用了一种更急迫的语调。“这样做是为了你们的将来!你们不能再按以前那一套方式生活下去了。你们必须明白这个道理。你们的政府不会想来帮助你们的,除非你们让他们看到你们动手干起来了。你们必须让他们看到你们能作出多大的成绩,然后才能提出要求,要他们提供服务”——这里指的是文化学习课程、水、电以及农业方面的资助。

纳恩那博士所谓的“你们的政府”说的是地方当局,不是阿克拉的政客们。数十年来,在这个国家的首都,没有人去关注一下远在许多英里之外、只有土路可通的穷乡僻壤。但是地方上的官员们会予以关注。“你们选举了这些官员,”她鼓励那些酋长和村民们,她一脸严肃,右手的食指指向一处,“他们是为你们工作的。要让他们为你们提供这些东西,他们被选出来就是该这样做的。”

在纳恩那博士描述她如何激励她的加纳同胞时,我明白了她是在表述那第二次心态的转换。第一次转换是帮助人们相信他们有能力开创自己的成功之路。然而,同等重要的是,纳恩那博士在敦促村民们认识到政府是为他们工作的。在美国,我们将这一观念视为理所当然,但几个世纪以来,生活在加纳和其他非洲国家的公民们一直受到他们领导人的威胁,不敢要求政府官员为他们服务。纳恩那博士所推动的是一种对人生的变革。

当我们越来越深地驶入绿油油的加纳乡间时,纳恩那博士又回到那个手持物资清单的酋长事例上去了。在那个酋长寻求对他的首次施舍六个月之后她又重返了那些村子，在她描述这一切的时候我能感受到她声音中强烈的自豪感。“我们又回到了这些村子里，这一回酋长给我们看的是他们所完成的项目清单。‘瞧瞧我们做了些什么。’他们对自己所从事的活动倍感骄傲。啊，这太好了。我们正在努力进步。”

这时纳恩那博士笑容灿烂，不时地点头。她一个劲儿地说着改造人的心灵和观念以及对未来的设想等等。我体会到这种改造远比单纯地挖一口井再转往下一个社区去要艰巨得多。对村民们来说，实实在在的变革要求人们齐心协力地工作，共同奉献牺牲，大家彼此信任。对非营利性的团体而言，这些努力需要花费时间，持之以恒，不断加大力度，且抱有耐心。这不是援助，这是脱胎换骨的改造。

在纳恩那博士说话的时候，我心中咯噔一下，猛然醒悟到，她本该可以这样来描述我们的家庭，而不是非洲的村民们的。我们的计划有着许多类似的行动轨迹和要求：团队协作精神、共同的奉献牺牲、相互间的信任等等。我的思绪又回到了那天晚上在餐桌旁的情景，当时琼怂恿我让孩子们分享权力。二者之间有着惊人的相似之处。莫不是成功的奥秘普天之下都是一致的？

汉娜、约瑟夫、琼和我来到多姆，在白色的、合成树脂的椅子上各自就座，我们是这个培训项目的贵宾，在前排一溜儿坐着一打左右的酋长和长者，他们身着盛装礼服，其中一人头戴一顶华丽的、巧克力颜色的类似王冠的帽子，上面缀有月亮和星星之类的饰物。其余的观众或站或坐，成一个马蹄形面朝着我们。无论喜欢不喜欢，我们又一次成了众人注目的中心。

在一个简短的特维语基督教祈祷之后（结束时会有一个穆斯林式的祷告，以显示此处不同宗教间的和谐共存），纳恩那博士站立着，朝无线麦克风大声吼叫。她不是那种纤巧细腻的女人，现在和酋长们一起，出现在这样一个会场上，她敦促着村民们尽他们的一份力量，做好他们被指定在那些天应做的工作，即建造好活动中心的房屋。"你们要全力以赴为自己服务，"她要求道，手指向观众，"如果你们为自己服务，就不是受人奴役，而是自力更生。如果你们懒惰成性，光等着别人来喂养你们，等到有一天他们不再来供养你们了，那将会有怎样的后果？"

在那顶宽大的红蓝条相间的帐篷底下，气温想必有九十五华氏度，这顶帐篷直接就搭在那尚未竣工的活动中心前面。由于我们听不懂会场上所说的特维语，我们的思绪也就信马由缰地四处漫游。约瑟夫用他那黑色的日记本当扇子在给自己扇风，他开始明白在这儿跟孩子们玩踢球、读书的机会微乎其微。

事实上，对"我们要做什么"这个问题的答案就正逐渐明晰，虽然它是模糊不清地呈现出来的，那就是：支持。我知道这也许看似微不足道——对我们来说有一阵子确是如此——可我们不是上这儿来向他们提供紧急援助的，也不是在一场飓风过后来收拾残局或帮助重建毁于海啸的房屋的。我们选择了帮助他们减轻农村的贫困与饥饿，我们必须时时提醒自己，答案在于将经济上的资助与不干预的支持结合起来。用金融术语来表达就是，它有点像灵活的风险投资基金：研究在哪儿投资及提供现金，然后让有经验的管理团队去活动经营。再多做一点什么就只会碍事，或更为严重的是，在实质上助长了依赖性。

如果我不承认对我们所有的人，尤其是对孩子们来说，在了解到我们的角色身份之后产生了一种失望的痛心之感，那我的所言就为虚了。更让人难堪的是，将自己视为变革的推动者而事实上你却不处在主导的地位上。建一垛墙令人开心，挖一口井感觉富有成效。我们需要时时提醒自己认识“非洲人要求，西方人动手”这一思维方式的失败结局。这是头脑的变革。

活动进行了几分钟后，纳恩那博士倾身问我是否要发言。当然，我说道。随后我突然感到：我不知道该说些什么。我用余下的四十五分钟时间一直在思考对这数百个人——我像一个星际旅行者坠入了他们的生活——该谈论些什么。我们之间没有什么共同之处，也没有共同的经历。他们看待世界的基准点和我的相距遥远，犹如天南地北。但是在我身上压倒一切的情绪是忧虑，不是担心当众演讲，而是对我在这出戏中担当的角色忧心忡忡。我应该像纳恩那似的强势逼人，那样谆谆告诫吗？这样似乎不合适。我知道我不应该成为“施舍先生”或“恩赐先生”，可我应该是什么“先生”呢？

还没等我在这些纵横的思绪中作出决断，就轮到我发言了，无线话筒递到了我的手上。我扫视了一下人群。许多村民穿着的 T

恤衫显然来自美国：泽维尔篮球队；1996 菲莱斯山，宾夕法尼亚，全明星冠军队，上面还有喷枪喷印的棒球漫画；“没有耶稣，就没有生命”；还有一件鲜艳的粉红色衬衫，正面宣传着“永久牌马克西卫生巾”，背面则写着“两包免费”。

当我凝神思考时，我想到了我在行车途中与纳恩那博士的谈话，还有她所描述的与酋长会见的情景。突然间约翰·孔洛德对我们家庭角色身份的阐述在我心中清晰起来：“你们是他们的客人。如果你的椅子断裂了，就待在那儿别动，直到有人给你再搬来一把椅子。这是一个主人该为你做的，”他曾对我们这样说过，“记住，你们不是上这儿来为他们干活的。对此他们已习以为常了。要想实现真正的变革就得反其道而行之。”

我手持话筒站在那儿，突然明白了。在这个时刻给村民们提供除支持以外的任何东西都只能危害“反饥饿计划”所反复申明的自给自足的宗旨。因此我力求使自己的发言简明扼要，赞扬村民们迄今所取得的成就，鼓励他们继续努力，提醒他们我们会始终关注他们的进步。没人会将我在多姆的讲话与葛底斯堡的演说[1]混淆起来，但到最后我已成了一个汗水淋淋、终于获得解脱的家伙了。

我坐下来还没到一分钟，第二个打击就袭来了。“讲演和祈祷

---

① 美国南北战争期间林肯总统于 1863 年 11 月 19 日在宾夕法尼亚州的葛底斯堡军人墓地所作的演说。演说虽只有十句话，但因提出“民有、民治、民享的政府”而永垂不朽。

完了以后还将有跳舞。”伊萨克说道，说话时他从我们的后面一排向琼和我中间探过身来。“因为你们是来宾，所以得由你们来带头跳舞。”

哇！带头跳舞？我眼前浮现出二十一年前在艾奥瓦的塞达拉皮兹的一个乡村俱乐部琼和我举行婚礼时的情景，那是我们头一次如此笨拙地在众目睽睽之下跳舞，我们的四条腿几乎是胡乱地在朝不同的方向挪动。我想从那以后我们还跳过五次。在旁人的一些婚礼上，我只是站在圈子外边的一个旁观者，拍着手，并祈求不要有人将我拖进去。唯一让我欣慰的是，琼总站在我的身边，对置身于舞池圈外感到同样的心满意足。对于把我们全家都弄到非洲来我曾心怀种种的忧虑，但我万万没有想到要当众忸怩地跳舞，成为众人瞩目的焦点。

怀着交织了震惊与恐惧的感受，我爆发出一句：“呃，伊萨克，你注意到没有？我的脸色都苍白了。”

伊萨克开心地笑了出来，然后把手轻轻地搭在我的肩上。“凯文，在加纳，我们有一种说法你可能会喜欢的，那就是：‘你的一举一动除了走路都是舞蹈。’”

这正是我那双缺乏乐感的双腿所希望听到的那种低门槛的要求。但我注意到我那包裹在海军蓝的天涯牌 Polo 衫中的身体已经汗津津了。

几分钟后演讲结束，音乐从叠放着的扩音器中大声地响起来。杰-孔站起身来，我们也照样做，跟随他进入一片开阔的场地。我一面走，一面意识到我们的头支舞蹈歌曲是一首基督教的赞美曲——并不是我原本会拣选的那种乐曲类型。跳舞就够难为我了，更不要说和着赞美曲跳那种希米舞①了。

汉娜对此一点也不感到紧张，她一下子就跃入场地中间。她这会儿处在舒适的地方，因为投身到的是她得心应手的活动。至少这比听着用外语作的演讲要好过得多。汉娜和纳恩那博士的女儿——她也叫纳恩那——一起冲到长着青草的舞场上，在那儿一个头上裹着传统西非头巾的女子也加入到了她们中间。

但是琼、约瑟夫和我却踌躇地走向场地的中央。尽管伊萨克一再向我们保证对我们的要求不会太高，我们还是觉得没什么比这更让人手足无措的了。这要命的几秒钟之内，角色地位颠倒过来了：我们成了需要支持的人，我们成了不堪一击的人——当然不是指那种生死攸关的境况，不过还是够让人不舒服的。

几分钟之后有几个村民想必发觉了这种情况，救兵终于出现了。一个头发鬈曲的女人从人群里走出来与琼面对面地舞动起来；在她旁边，一个女子头上顶着放有果汁盒的托盘，自顾自地旋转起身子。接着来了约瑟夫的舞伴：一个二十来岁、身着黑色 Polo 衫和牛仔裤的男子。

我还没往场地里走多远，就有一个穿着低低的 V 字领上衣的女子溜到我的面前，跳起舞来。她的笑容楚楚动人，还向我飞了两

① 一种爵士舞，舞蹈时浑身颤动或摇摆，第一次世界大战后流行于美国。

次媚眼。这究竟是调情还是跳舞？（琼后来把她戏称为我的“加纳老婆”）第一支歌曲结束后，我的舞伴兼救星来到我的身旁，用手臂搂住我的肩膀，又向我抛了几次媚眼。我用笑容回报了她，这中间如释重负之感和心有灵犀的意味兼而有之。

即便我们别扭的舞蹈实在算不上差强人意，但反正村民们是用特维语这么说。我们永远也不会听到。

在这第一天里直到我们离开多姆去吃午饭时，约瑟夫在某个重要的方面竟成了一位行家里手：他掌握了三个步骤的加纳式握手礼。握手始于传统的商务人员间的握手方式，而后是一种心灵的碰撞，用大拇指的勾连表示出来。接下来趣事发生了：当那些男人抽身离去时，他们会从对方的食指和中指间弄出“啪”的一下声响。在我们握手时，约瑟夫会一路啪啪地握手穿过人群，使得男人们大为开心，他们往往一脸堆笑，大声说道：“啊，你已经学会我们的握手了！太好了，太好了！”

后来我们了解到，我们除了扮演鼓舞人的演讲者和舞蹈者的身份之外，还担当了一种角色：我们是种力量。不是那种“卷起袖子搬运砖头”的蛮力，而是“黑手党式的、锦囊妙计般”的那种巧劲儿。

在我们驱车前往“非正式功能性文化培训计划”的办公处时，我能觉察出我们正来到一个小规模的权力中心，当然啰，在院子里照常有山羊和母鸡。但就在那儿，窗户间支起了一架空调机，它能让当地受委任的政界人士在室内有一个舒适的环境。我们家庭没有被告知多少有关这次会见的事，它是作为“对 THP① 的主要合作者之一的礼节性访问”而排在那天的日程表上的。

负责成人文化教育的地区专员办公楼被刷成了蓝绿色，然而依旧单调。简短的寒暄之后，两位官员坐到了一张宽大的、堆放杂乱的木质书桌后面，面对着我们。他们和纳恩那博士用英语讲了有关计划安排和资源信息之类的事，几近一个小时。

起初我用心地听着，努力捕捉有趣的信息。其间我了解到“反饥饿计划”曾培训一百二十名阅读辅导员，为三千多名学员提供服务。纳恩那博士说了一位三十七岁村民的情况，他从未上过学，只接受了两年的成人文化课培训，后来去上了中学，如今已在从事计算机编程的职业了。

但是大部分的谈话让我们摸不着头脑。约瑟夫和汉娜这会儿正吃力地掩饰他们的无聊情绪，以无精打采的眼神打量着墙上的海报（“二〇〇八年度选举，请和平投票”，其中一张海报这样写道，还有图画作为装饰，上面画着一只鸽子和一只手往箱子里投选票）。他们叹息着，不安地扭动着。约瑟夫心不在焉到了极点，以至于都没弄明白他们的讨论是集中在教育问题上。那天晚上他在日记中写道，那次会议涉及的是新建道路的问题。

待到最后我们与官员们握手告别离开那幢房子时，汉娜才大大地舒了一口气。“哎呀天哪，哥们，这可真是太太太太烦人了。”

---

① The Hunger Project(反饥饿计划)的缩写。

但是琼却咧嘴笑道:“啊,不,这可太好了。我们成了道具——你们知道,是工具。”

“什么?”汉娜问道,寻思着琼明白了什么。

“纳恩那博士完全清楚自己要做什么。她需要我们上那儿去,向那些政界人物显示她的合作伙伴是些什么人。我们是她团队中的美国人。这就是她为争取更多资源所采用的方法。真棒。”

我突然想到,服务是个奇怪的东西。我们前往这个政府机关的行程也许是我们加纳之旅中最重要的一站。尽管这次旅程对我们来说颇为单调乏味,但对纳恩那博士而言,展现出有谁站在“反饥饿计划”的一边却是至关重要的。她将充分利用我们家庭的参与来造就更多的文教专业人才、更多受过教育的村民——不是通过我们所推行的任何阅读活动(像我们早先曾期望的那样),而是通过让当地人教当地人来达到这一目标。这将是一场能在诸多层面上产生持久而深远影响的变革。

如果说我们经受的辛苦只是在一个乡村的政府官员办公室里待上沉闷的一小时,那就随它去吧。如果在这次行程结束之际疼痛的肌肉只是在我们的屁股部位,那很好。只是参与各种会议当然跟我们刚开始这次服务之旅时所设想的不一样,但我们现在知道这可能多有意义。

以下几天里我们下榻在莫达克皇家饭店,那是坐落在东部地区山丘中的一排单层平房。在约翰的劝说下,我们同意不在村子里过夜，因为他担心这可能会扰乱那里开展的工作和村民的生活。我们是许多村民遇到过的首批美国人，如果我们待在这些小屋集聚的地方，我们将不可避免地被视为贵宾，成为需要社区竭尽所能款待的访客。尽管这样做颇为诱人，但要将这种负担压到我们正在资助的这些民众身上——要吃他们得来不易的食物、接受他们必定会奉献出来的礼物，我们实在不应该。（说句实在话，住在一个没有水、灯光和抽水马桶的乡村环境里，对我们这个娇气的西方人家庭——我们甚至还从未出去野营过——来说，无论怎么都显得太过原始了一点。）

话虽这么说，这些荒僻之地在夕阳西下时会有的那一番景象，我们却错失了亲历的时机，这次能更好地接触村民日常生活的机会，我们也擦肩而过，这一切都令人遗憾。当我们返回莫达克饭店后，我们彻底地认识到，想要不再作为外国人仅仅站在村子的泡状罩盖之外，用鼻子紧贴着玻璃朝里面窥探，将是一个旷日持久的过程。也许我们能在未来的行程中弥合这道裂缝，但是现在，我们只得无奈地接受晚上各自分开是一种最好的安排。

这是我们的选择所带来的一个相当自然的结果。毕竟我们还没有承诺要离开美国到加纳来定居，不会与这些社区居民一起工作一段相当长的时期。我们来到了一条分界线上，它是我们的计划和谈话中始料未及的，现在却鲜明地呈现出来了：我们将是外在的支持者，或者是“反饥饿计划”口中的投资者。

当然，约翰、纳恩那博士及“反饥饿计划”团队的其他成员一直知道这一点。这是他们从一开始构建这一组织时就采用的方式。

加纳人在加纳开展工作，马拉维人在马拉维开展工作，如此而已，事情到此为止。当地的人民发动变革，并相应地收获他们的行动带来的利益或成果。其余的人，包括我们家庭（甚至还有约翰，真的），往往只不过是配角阵营中的成员而已。布莱恩·卡什曼是“纽约扬基”队①的总经理，但他从未挥动过球棒或投掷过一球。

当我们进入了旁观者和支持者的角色之后，我们开始产生出一种更强烈的如何能最佳地帮助他们的愿望。事后再来看在筹划的一年间我们对自己职能的理解是如何发生转变的，是颇为引人入胜的。开始的时候，我们把自己看成是实干者，准备卷起袖子，动手干起来；随着我们了解的增多，我们就准备做陪他们踢球的朋友了；现在我们明白了，我们所能担当的最佳角色是从财政上予以资助，是为他们的精彩表现而欢呼加油的崇拜者。有时我们还得为需要我们的人充当一回道具。

开具支票和欢呼加油？那不就是差不多两年前在汉娜遭遇了那个流浪汉和奔驰车的事件之后我们启动的出发点吗？当我们对汉娜谈到每年给“仁人家园”和在其他方面捐的钱款时，她不屑地加以嘲笑。她要求道，我们应当成为一个努力实干的家庭。

现在我们惊讶地认识到，终究说来该方法至少部分是正确的。在组织架构正确的情况下，乐善好施自有其存在的一席之地，就譬如在“仁人家园”和业主一起盖房子。但是计划必须慎重地制订，

① 美国的一支职业棒球队。

确保即便在局外人参与的情况下当事人能力的培养也必须居于首要和中心的位置。慷慨施予不应是一种依葫芦画瓢式的操作。这方面的各种解决之道有着极其微妙的差异。在某些情况下，譬如在长期陷于穷困状态的发展中国家工作时，开具支票以资助草根阶层的发展并提供一般的道义支持，也许正是帮助人民改善其自身前景的最佳途径。谁知道呢？

就在第二天汉娜又有了一个新的发现。当我们在加纳的乡间旅行时，我们曾停下来观看一场由"反饥饿计划"培训过的村民们表演的滑稽小品。这是一出短剧，描写一位父亲拒绝支付女儿的学费，因为他觉得让儿子们接受教育更要紧。女儿心心念念想要获得机会，结果成了妓女，感染了艾滋病。很显然，这个小品的意图在于宣扬性别平等的重要性并敦促父母要像对待儿子那样善待自己的女儿。

尽管戏的寓意十分严肃，演出中却充斥着演员们超越生活的过火表演，无论是举止夸张的老鸨还是用枕头填塞成大肚子的姑娘，都把角色演成了滑稽戏的模样。虽然我们不懂特维语，戏中的幽默却是肢体化的，因此当那些业余演员们在那权充舞台的泥土地上来回走动时，我们常常开怀大笑。

可是，汉娜在看表演的同时还花了不少时间观察观众。"他们就像我那样在哈哈大笑，"事后她告诉我说，描述着她体会到的那种心灵相通和情感共鸣，"我知道这戏极其平淡无奇，但我明白了这些人跟我有着同样的幽默感。"

就在加纳的乡间，汉娜再次体验到了几年前她在“咖啡馆458”体会到的那种纯朴的互动感应，就在那个下午她听到了那些流浪汉们在议论我和她在前一天晚上看过的一场篮球比赛。人总归是人。汉娜又一次目睹此景。即使在这远离故乡的地方。即使是穷到一无所有的人们。现在她可以把那场分发照片的荒唐情景所引起的震惊搁置一边了。加纳的这些村民“跟我一样。处境不同，机遇不同，但跟我是一样的”。

我们白天在村子里活动，晚上待在莫达克饭店。旅馆餐厅里的早餐有煎蛋、干吐司和室温状态下的烘焙豆子，它们都极其可口。我们家的人绝非那种最敢于冒险的食客，可是随着日子一天天过去，我们竟对品尝“府府”和“肯基”越来越感到有滋有味了，前者是一种用木薯和山药煮的粥式主食，后者是一种以玉米为主料的饺子。我们从“反饥饿计划”的一个朋友给我们的碗里尽情享用着它们。当然，不包括汉娜，而是我们其余几个人在品尝这些东西。不过我们还是决定放过“割草者”(grasscutter)，不去吃它，这是一种啮齿类动物，通常被展开双臂、串在叉子上在路边出售。

到了晚上，汉娜和约瑟夫会“啪”地一下打开安放在房间角落里的电视。这里能收到五个频道(其中两个频道是相同的)，当他们收看其中一个频道上的加纳肥皂剧时乐得开怀大笑。第一天晚上约瑟夫冲了一个冷水澡，几小时后我们才琢磨出如何打开热水器，原来那旋纽开关是安在房间外面的。

不用说还有其他一些小小的不便之处。其一是，我们的皮肤越发变得薄弱了——是真正意义上的。预防疟疾的药物减弱了我们承受扎刺的能力。对于脸上和手臂上那些小小的刮伤，以前我们都能很容易经受住，如今却在我们浅淡的皮肤上形成道道鲜红的伤痕。但我们遭遇到的健康问题远少于我们原来的预想，没有产生严重的胃部不适，也没有遭到威胁生命的虫子叮咬。我们几乎没去动过旅行药箱。

在莫达克饭店的第二夜，约翰和我们回顾了第二天的行程安排。在日程表上排有：汉娜将在一所新学校的落成仪式上讲话。

一小时后琼和约瑟夫躺在了粉红色的旅馆床单上，汉娜端坐在一张小书桌边。她将一张纸纵向地折叠起来，动手写出她所要讲演的内容概要。她写着，编辑着，然后演练至半夜时分，后来在吃早饭时她重又演练了一番，一边呷着雀巢美禄，一种类似于热巧克力的饮料。之后她又练了六遍，终于准备就绪。

假如要设想一所位于阿韦瑞亚的新建小学的模样，你可能会想到你自己上过的小学。脑子里浮现出老师、周围的同学们、教室、校舍等等。现在且剥离掉那些空调设施、灯光照明、操作视窗、扩音系统、食堂、自来水以及电力。事实上，只要你不去想除了黑板、课桌、操场（虽然阿韦瑞亚的那个操场只是一片没有运动设备的草地）之外的其他一切东西，那就是阿韦瑞亚的这所新小学了。

尽管如此，它却是使这个社区大大超越了它的邻近地区并遥遥领先的一处非凡建筑。建造这一设施花费了五年时间，用掉了五万两千加纳塞地（约合五万两千美元）。整个过程经历了时断时建的诸多曲折。

当阿韦瑞亚的居民们起初请求“反饥饿计划”的官员们资助他们的这个项目时，他们被告知一座有三个教室的校舍将是可行的。可是当地的首脑们却将此驳回了，“我们需要六间教室。”他们说。“好吧，”纳恩那博士答道，“那就筹集更多的资金。”村民们就这样干起来了，这颇让纳恩那博士和她的团队感到吃惊。他们砌起了煤渣砖的墙，开设了窗户，建成了半透明的天花板，还装上了我们至今所见到过的最大的黑板。最后，“反饥饿计划”支付了大约百分之七十的费用，其余部分由村民的投资和一笔联邦国家的拨款来偿付。

当我们为这次落成仪式而在此聚会时，我们看得出来这是一项隆重的活动。二十多位酋长和长老们前来出席，他们坐在前排，面朝学校。他们是四百多个与会者中穿着最正规的人士，他们神气十足地身披等身的礼服，像通常那样，这是一种打着褶皱、像罗马人的长袍般披挂在左肩上的服饰。我们从车子里下来时，一百来个穿着桃红色针织套衫的学童朝我们注视着。如今我们已习惯于这种惊愕的神态了，孩子们在指指点点，瞪眼看着我们的浅色皮肤发出尖叫“奥勃隆尼”（白人），对此我们都习以为常了。

我们尾随在迎接酋长的一个队列后面进入仪式现场。在我们身后，一个临时组成的十人军乐队演奏着，鼓角齐鸣的嘈杂声震耳欲聋。这些十几岁的少年穿着黑裤子和紫色的 T 恤衫，他们显然是遵循着“声音响，气昂昂”的训条在生活，尤其那个敲铙钹的人，其中一支铙钹由于掉了三英寸的一块东西而残缺不全了。

欢迎酋长们入场有点像在婚礼上穿过接待人员排成的行列，但没有小声的寒暄、彼此的介绍，甚至也没有互道姓名。这些时刻被用于身体的接触和对权威与尊贵的无言确认。许多酋长亲切地与我们对视，有些还微笑或点头。另外有些人始终不和我们的眼光接触，因此我们就犯了疑惑，他们是高傲、羞涩，抑或是轻蔑而不屑一顾？他们是怎么看我们的？但愿我能问问他们，他们是把我们视为真诚的合作者呢，还是仅仅作为最新的一批西方富豪或一张“乐透”彩票，而这些财富能让他们去帮助他们的老百姓？我们明白我们是多么想让他们来正确地看待我们，但我们始终没能问一问他们对我们的真实想法。这是个遗憾。

不管这些了，我们径直走向我们的座位，它们是这个场合中仅有的一些木头椅子——其实就是餐厅里的坐椅。在我们后面，村民们站成了四五排，其中有个男子穿了一件“超人”①的T恤衫。“瞧瞧，汉，超人住在这个村子里。谁会知道?”我打趣道，希望以此让这个十五岁的妞轻松点。我猜想她很紧张。她没搭理我。

我们坐定下来没多久，真正的贵宾——那位地区首长——到场了。作为二百七十八个村子的头领，这位奥布·希恩带着他的随从人员走了进来，真是气派十足。跟这个穷困潦倒的社

① 美国一部著名的科幻连环画和电影，同时又是其中的男主人公。超人具有特异功能，力大无穷，能够飞行。

区形成强烈对比的是，这位奥布·希恩穿着一件样式华美的阿坎人肯特布料[①]的衣服，玫瑰红、靛蓝和土绿色的图案从织物上凸显出来。他的左手神气地戴着一只太阳型金戒指，戒指的个头大到把邻近的两根手指都遮挡了一部分。他的三人侍从队包括了那位传话者，他是奥布·希恩的首席副官，有时兼作发言人，左手握有一根六英尺高的金杖，顶上装饰着一个雕刻，表现着一个孩子将另一个孩子推上一根树枝。

在全体就座准备开始仪式的时候，我瞄了一下我的表。像往常那样，延迟了大约一个小时。但这还算不上什么惊人之举，鉴于三天来我们一直在使用始终延误的西非时间，这种计量尺度留下了某种程度的弹性余地，美国航班为了保持他们准点到达的数据记录将会对此情有所钟。

汉娜和我们其余的人都坐在前排等着，朝向听众，由于我们是外国人，我们像往常那样显得很抢眼。即使在这个活动的沉闷时段中，我们发现自己有强迫自己显得专心致志，面对任何可能注视我们的人群需故作姿态。这是一种颇为别扭的感觉，老觉着处于某人的目光注视之下。有好几次，当约瑟夫公然打呵欠或心不在焉地翻动录像机上的取景板时，我就暗地里用膝盖去碰他的腿。

在演讲进行的过程中，不乏逗趣的时刻。有那儿一刻，那位本地

---

① 阿坎(一译阿肯)人是生活在加纳及其他西非地区的民族，肯特布料是他们特有的一种丝绸织物。

议员把“反饥饿计划”称作“像基督似的”，进而还恶搞了一段《新约》中的故事。而他讲的是英语，因而在座的许多人恐怕都没留意到。当他转换成用特维语讲话后，他又开始借着学校来表功了，这引起了纳恩那博士一阵恼怒的咕哝，她知道资金和赞助是从哪儿来的。

待到奥布·希恩说话时，他选择不用他的代言人来发言，改为亲自出马。他对着那只顶部为蓝色泡沫材料的话筒，用平和的语调说着。他那经过牛津训练的英语显得清脆而又庄重。“今天是我在这个社区度过的最高兴的一个日子，”他说道，“我一来到这里就将目光投向了这所学校。在奥布，有着二百七十八个城镇和社区，没有一个地方有这么一所漂亮的学校。”他以一句带来希望的话——同时也是提醒我们为何来到此地的一句话结束了演讲：“我们离开这儿以后，我要确保我们能建造起胜过这所学校的教学大楼。”诚然，这些话流于纸上谈兵，但终究能让我们寄予一些希望。

终于我们来到了大会第九项：“请 THP 投资者讲话。”这样的叫法让我们感到有点别扭。我们根本没在这所学校的项目中投资。我们也没有在阿比苏或多姆投资，在阿比苏汉娜曾为那儿的玉米加工厂剪过彩，在多姆我曾鼓励那儿的村民们继续奋斗，走向自力更生。萨尔文家的钱没有一个子儿投向过阿韦瑞亚。我们要资助的村庄将留待以后决定。

但我们是贵宾，我们在想我们还是利用这个机会向这些社区的人们展示，六千英里之外的人们还是很把他们当回事的。在阿韦瑞亚，政客们正借此套取荣誉，可是很显然这个社区受到人们的关注还时间不长。

这场仪式的主持人奥赛·邦苏用特维语对汉娜作了一个简单的介绍，于是她就从椅子上蹦出来，站到了他身边的演讲位置上。至少我们认为这是对汉娜的一种介绍，因为(一)在这项活动的安排中我们正好要在这个时刻出场，(二)他说到了她的名字。至于在提到她的名字前后他说了些什么，我们一概不知。

汉娜穿了一件紫红色上衣和奶油色的宽松裤，她的头发蓬松开来，披散在肩头。她左手拿着讲稿，手腕上还套着一条深蓝色的"有所作为"的橡皮手圈。当众演讲几乎使人人都感到头痛紧张——它通常居于恐惧症排行榜的首位——而且这场听众的规模不可能对紧张情绪有所缓解。即便是年迈的宴会祝酒人那"了解听众"的规矩也化为了乌有，因为我们以前从未见到过这些人。

然而汉娜表现得沉着镇定，她省略了出自美国和我们家庭的感谢语和问候词。"首先，我想对成年人谈谈，然后再说说孩子们，"她对听众们说道，"对成年人而言：我知道接受教育是多么重要。教育意味着机遇。而有了这所小学，你们就为孩子们创造了更多的机会。你们所取得的成就让我钦佩。我们支持你们的努力，并将始终关注你们前进的步伐。"

这时的汉娜讲得滔滔不绝，眼睛脱离讲稿、抬起头来注视的次数越来越多了，然后渐渐放慢下来。接着她旋转身子，从成年人那边转到学童们在注目观看的位置，那地方靠近新的校舍。她正面望着他们，重又开始讲话："至于对孩子们来说：首先，阅读你们能找到的每一本书；其次，听从你们老师的教导；第三，始终别忘了你们能够成功。”然后她迅速地回望了一下酋长们，用一句匆忙的“再次谢谢你们”结束了讲话。

在汉娜跑回她的座位上时，琼竖起大拇指大大地夸奖了她。一年以前，琼就已集中精力培养我们女儿的能力，这是一个旨在培养孩子们领导才能的举措。汉娜和约瑟夫正在赢得对许多重要事务发表意见的权力。

就在阿韦瑞亚，汉娜选择了用她的声音来激励他人增长才干。怀着一种合作关系的精神，她鼓励成人们对下一代在为未来奋斗时始终给予热切的关注。她还激励孩子们去努力争取更美好的生活。如今她既已意识到了自己的能力，她就要选择用它来鼓舞他人。我看得出来得意之情正洋溢在琼的脸上。

活动在继续进行，接下来是一个舞蹈，一场击鼓表演，以及一次用特维语作的基督教祷告，可我们几乎没有再去听。汉娜成功完成了她的公开演讲，总算松了一口气。约瑟夫眼看仪式就要结束也兴奋起来，这样他就可以摆脱众目睽睽的处境了。琼和我同奥布·希恩一起给学校的启用剪了彩。数十个人涌进了新校的教室，庆祝活动仍在进行中，乐队重又奏响，敲击声和吹奏声再次震耳欲聋地轰鸣起来。

十五分钟后我们朝那辆 SUV 走去，准备动身，让阿韦瑞亚的人们去为他们的成就狂欢。像往常那样，数十个孩子围拢在我们四周，摆出姿势让汉娜用她的尼康相机为他们拍照，还和约瑟夫握手，他这个高个子少年嘴里安着牙齿矫正器，穿着“盔甲”牌①的衬衫。

可是当我们待在车旁等着我们的团体集合时，一件不寻常的事发生了。几个看上去七岁模样的小孩子来到我们身边，伸出手来，手掌朝上。其中有一个人用英语要求道：“给我一个塞地吧。”

“你是问我要钱吗？”我应答道，竭力想要听明白他讲的话。

“是啊，给我一个塞地。”那男孩重复道。

我脑海中又闪现出在布福德公路的连接道上手持“饥饿，无家，请给予帮助”牌子的流浪汉。因着他手写的这一要求，他无意间触发我们家庭踏上了这次旅程。现在，远在离故乡和这个流浪汉数千英里的地方，我们又面对了这个类似的要求。这一回，没有了方向盘可以把握，也没有麦当劳的就餐券可以奉送。但我们已接受了几近两年的教育，从诸如琼·霍尔姆斯和约翰·孔洛德这样经验丰富的人那儿学了不少，懂得了饥饿和贫穷的根源，认识到了解决之途。递上一美元或一个塞地不是正确的办法。

“不。”我坚决地说道，惊讶多于恼怒。

在车子里，纳恩那博士听到这件事后大光其火。“乞讨！”她大声叫道，情绪激昂。“这太让人难堪了。乞讨！”当她往车窗外注视时，她压低声音把这个字眼咕哝了好几遍。

她的脸一直绷得紧紧的，我在寻思她的脑海里在琢磨什么。

① 美国的一家服饰公司和品牌，主要生产和销售擅于吸汗的运动服饰。

她是否在想“反饥饿计划”在教育阿韦瑞亚人自力更生方面尚有不足？她是否在想那个孩子是个无赖，尽管她一再鼓励，他却一点也不听劝告？要不她只是在想她还有一大堆工作需要去做？

关于最后这一点她也许是对的。

汉娜的见解

帮助孩子们真正获得才干

我的父母作出了一个决定：在这个“一半”的计划中我们享有平等的决策权。如马克·吐温所言：“最有趣味的信息来自孩子，因为他们知道什么就说什么，然后住嘴。”约瑟夫和我在这项计划中有着比通常情况下更多的发言权，从而在计划的实施中我们体会到一种当领导的感觉。我随即产生了一种更有责任心、更趋于成熟的感受，人们确实重视我不得不说的话了。

一旦约瑟夫和我在家庭事务中有了更多的发言权，我们在生活其他方面的品质也开始直接得到提升。它帮助约瑟夫通过创建乐队和组织排演节目成为他那个朋友圈子中的头儿。对我来说，它更多的是涉及我在学校中感受的变化。自从我们启动那项计划以来，我参与了学生管理机构的竞选并当选为我们年级的代表之一。也正因为这项计划，我能更坦然自信地表达自己的意见，并且在我所处的群体中感到更像一个领导者。

金钱与权力常常携手而行。那些获得了其中一样的人往往就会拥有另一样。可大多数孩子并不是真正理解金钱的价值，因而这是实施教育的一个好的出发点。我想，在我们家中，如同在其他许多家庭里一样，我们应该将零花钱的三分之一积攒起来用于慈善。当孩子们为慈善作奉献（在我们家里，我们用了一个希伯来文的词 tzedakah)时,他们可以作出自己的选择,而这样的选择在他们自愿献出时间的时候是不可能作出的。它还扩大了孩子们所能联系到的组织数目,因为许多团体不允许十六岁以下的人参与他们的工作。正如以前我曾提到过的,约瑟夫和我常常用我们的钱为本地的"食品库"购买各类食品。

除了零花钱的处置,它还为年轻人培养经营才能和创造精神提供了很好的机会。譬如,对于那些喜欢本地儿童剧院的孩子们来说,他们可能去不了那儿做志愿服务,但可以举行一场才艺展演来筹集钱款。他们可以"雇用"家长们作乐器监管人员,把朋友拉进来协助演出或营销,还可向当地的企业拉赞助以筹得款项。

当孩子们对钱款的去向有了发言权之后,他们就能真正地感到,正是他们的决定才使得这些捐赠得以发生。

活动

家长们在某个生日或宗教节日给你们的孩子一张支票,上面填好了钱款的数额,但"支付给"那一栏却让它空着。由孩子们去选择某个组织或事项来接受这笔赠款。在他们选择这笔款子的去向时,让他们去讨论为何那一组织对他们有吸引力。(顺便说一下,这也许是一个好主意,也就是再给你的孩子们一件别的礼物,否则的话他们会把这一过程看作是一种惩罚,对较年幼的孩子来说尤其如此。)

汉娜的见解

鼓励他人与你同心协力

这个世界上有六十亿人口，而你只是其中之一。人们很容易会思考："我在这个世上究竟能有多大的作为呢？"简短的回答就是："很多"。我喜欢出自玛丽安·赖特·埃德尔曼[①]——这位儿童权益维护者——的一段话："我们在努力思考如何能成就一番大事业的时候，不应该忽视我们平日里所能作出的点点滴滴的微小成绩，随着时间的推移，它们积少成多，就常能成就我们预想不到的重大业绩。"

克里斯汀·沃尔特[②]，或者如我们家所称呼她的"烤奶酪"克里斯汀，是一个名为"感觉美好"的出色的非营利性团体的主席。在大学校园里，学生们和"感觉美好"的人员们一起出售烤奶酪三明治，为的是给与消除饥饿有关的事业筹措款项。她和另一位共同发起人泰利斯·阿布德-马丁内斯一起开创了这项事业，开始时规模尚小，只在得克萨斯大学开设了一个分支机构，但现在这个团体已扩展至二十一所高校。克里斯汀已在构想如何鼓励其他人出资加入到"感觉美好"的事业中来，他们的口号是："每次一份烤奶

---

① 非洲裔美国人，生于1939年，维护儿童权益的社会活动家，"保护儿童基金会"的创始人和主席。

② 美国投资家、活动家，"感觉良好"集团的创始人。

酪，终结世界性饥饿。”

克里斯汀解释说，烤奶酪只是一种“慰藉食品”[①]，而饥饿则是一个沉重的话题。当三明治在烤盘上烘烤时，志愿者们就对顾客们谈论他们的哲学：通过让处境贫困的人们增长才干而终止饥饿。（你能从 www.feelgoodworld.org 了解到更多的信息。）

我们曾和克里斯汀交谈，问起她是怎么起步的，以及为什么出售一些烤奶酪三明治就感觉好像能消除世界性的饥饿似的。她说，在开创“感觉美好”之前，她经常自问是否应当再做些什么。现在她则说，她已认识到消除饥饿不只是让千千万万食不果腹的人填饱肚子，而且还要培养他们的能力，使之意识到自己具有潜在的能力去实现变革。顺便说一下，这正与我们家庭的哲学相契合：它不是让人去给饥饿的人们发放食物，而是鼓励他们自力更生，摆脱贫困。

如同克里斯汀那样，我从未感到自己在解决世界性的贫困问题上已做得足够。虽然我知道这方面尚有更多可以努力的余地，但我以一己之力所做的这些工作，我仍为之感到骄傲。想想你所做的工作，然后将它与你所具备的潜力作一下比较。你做出了你所能尽的那一份努力了吗？就像我爸常常嘱咐我的：“你所能做的就是你能够做得到的。”

---

① 起安慰作用的食品，其一是那种制作简易而又能在心理上有抚慰作用的，尤其是那种富含碳水化合物的食品；其二是那种人特别钟爱、往往在伤心时食用的食品。

第九章　观察中的转型

我们在这个地球上的生存处境是很奇怪的。我们每个人来到这个世上都只是一个匆匆的过客，不知道为什么，但有的时候似乎会猜度出一个目的。然而，从日常生活的角度来看，有一点是众所周知的——那就是，人生在世乃是为了别人的缘故。

——阿尔伯特·爱因斯坦

在我们来到非洲后的第五天，我们向约翰·孔洛德和“反饥饿计划”团队的其他成员道了别，踏上了我们自己的旅程。“你回到家以后，替我向坎耶[①]问声好。”约瑟夫与约翰握手时逗趣地说。约翰不失时机地回敬：“给你母亲捎个话。”他的脸透过白色的胡须显出一本正经的幽默神情。

我们决定在加纳再待一阵子，了解一下这个国家的情况，再花掉一些钱，因此我们雇了一个司机作一周的短途游览，去探索这里

① 说唱歌手坎耶·威斯特，见第七章注。

的民情和文化。我们颠簸着驶过卡昆国家公园中那些带篷盖的桥,感到兴奋激动却又翻肠倒胃,我们还曾栖息在离地面四十米的树顶上。我们在亚辛·曼索嗅到了奴隶制度的腐臭气息,有那么三个世纪,男人和女人们被出卖之前在那儿的河里洗最后一个澡。我们在艾尔米那城堡哀悼,奴隶们在被装船运往新大陆之前被拘押在这里。我们也去参观了阿散蒂地区以奇妙工艺著称的村庄,我们在那儿了解了肯特布和阿丁克拉印章①上图案的意义。

唉,我们还遭遇了一场车祸。在没有"反饥饿计划"监护之后的第一天,我们行驶了四十五分钟,我们的向导本正带着我们从阿克拉向北驶去。当我们经过恩萨瓦城的时候,一辆装载了棕榈树枝的卡车迎面驶来,不知怎的,它绕过一辆车子驶进了我们的车道。本敏捷地偏转了我们那辆"日产巡游"车,把原本要迎头相撞的事故变成了一次声音刺耳却无大碍的擦边碰撞,也未造成什么伤害。本迅速查看了一下我们的身体状况,他脸色铁青,想到了他那才两星期车龄的车子。

正如许多生活在热带地区的人那样,加纳人也在户外度过他们大部分的时间。家主要是用来睡觉的。因此当恩萨瓦的店主们和居民们听到撞车后,都聚集到了事故现场,争辩着,指点着,重新构建起事故的前后经过。本和我下了日产车,往回走了大约五十

① 加纳的一种图案印章,用于布料印花,用卡拉巴木等木料雕刻而成,其名取自著名的伽曼国王。

码，去看那辆破烂不堪的卡车并寻找它的司机。可他已在混乱中消失了踪影。

过了一分钟左右我回过头去看我们的SUV。在数十个加纳男子的人群中，约瑟夫正在跟人劈里啪啦地握手呢。汉娜也待在附近，跟其他的男人说着话，谈得眉飞色舞，同时又拒绝了他们索取电邮地址的要求。她在描述这次事故的时候咧开大嘴，满脸堆笑，后来她在写到这件事故时称这是她“在这次旅程中迄今最喜欢的一段”。对我们所有的人来说，这曾是一个难受的时刻，在一个我们并不想急于去尝试其医疗水准的国家，这几乎就是一场严重的灾难。

但回过来看看汉娜和约瑟夫，我感觉到他们正在长大成人，在一个原先可能会使他们惊慌失措的环境里如今却感到如鱼得水。别忘了，这个汉娜也是过去那个拒绝去看望养了狗的朋友们的汉娜。现在，就在一个贫穷国家的街道上，我们的孩子们正在和异邦人拥抱呢。

几小时后我们又重新上路了，这一回换了个新的司机，是一个叫贾斯汀的男子，他柔声细语，面带温和的微笑。同大多数加纳人一样，贾斯汀作为一个职业驾驶员却买不起一辆车；在旅游公司雇用他时，他搭乘“特罗-特罗”(公共汽车)去上班，开公司的车子，然后再乘坐“特罗-特罗”回家。

我坐在乘客席上，琼轮番地给孩子们挠背，根据车中仪表盘上的时钟，她掐准时间给每人挠十一分钟，然后休息六十秒钟，再转到下一个孩子的背上去挠十一分钟。当琼坐到前排去后，汉娜和我一起用iPod的一对耳机，一只耳塞给她，另一只归我用。我发现，汉娜几乎从未听完一整首歌，听着听着就跳到下一首歌去了。听了两段歌曲，一段合唱，"呼"的一下，她就丢开了。我脑中闪过这样一个念头："反饥饿计划"的五年规划可能对培养她的耐心非常有利。

我们沿着乡间的道路行驶时，我发现每隔几英里就冒出来的茅屋构成的村落美不胜收。我一面设法从行进的车子上把它们摄入镜头，一面对保持完好的对称泥墙和棕榈树枝覆盖的屋顶发表评论。可是汉娜和约瑟夫对我所欣赏到的如画村庄却漠然置之。相反他们看到的是贫困，是衣衫褴褛的孩子们坐在地上，注视着我们的车子从眼前驶过。

在一个星期四的晚上，在加纳的第二大城市库马西，我们终于发现了互联网的一线信号。我们好不容易能有机会在我们的MacBooks[①]上通过流式传播[②]观看《今日》栏目及CNN有关我们家庭计划的节目片断了，那已是在这些段落播出的三天之后了。

约瑟夫和汉娜一块儿躺在米克林饭店内的一张床上，身子底下是磨损了的绿色被子。琼和我坐在相邻房间内的另一张床垫子上，两个房间之间的门打开着。我们同步点击了鼠标，因此我们能

---

① 苹果公司出品的一款便携式电脑。

② 无需下载即可播放视频或音频的一种传播方式。

同时观看那些片断，重新找回我们共享过的经验。

这些新闻节目本身做得很棒。在CNN的频道上，拉斯蒂·道宁生动地报道了我们的事迹，其中穿插了每个家庭成员以及两幢房子的一些镜头。我们深表感激的是，她将桃园村房子“待售”的广告牌连同上面萨莉的电话号码都播映了出来，说不定这还有助于这宗商品的销售呢。但是我们看到编导在叙述部分却插入了一个低俗的旋转播出的“八十万美元”，把我们要奉献的数目耸人听闻地呈现出来，对此我们感到惶恐不安。

在NBC的频道上，约翰·拉森和艾米·恩内尔聚焦于汉娜身上，突出了她要求我们的家庭采取更多的行动以及她志愿服务的经历，中间还插进了她在食品库和“咖啡馆458”的临时“工作”的简短片断。令人高兴的是，节目最后提到了约瑟夫从考德威尔·班克那儿赢得了两千美元的大奖，并加上了约翰的画外音以引起人们对一个全力做好事的家庭的神秘感：“约瑟夫用这钱来干什么呢?”停顿。“喏，他买了一把吉他。”视频切回到演播室，在那儿麦特·劳尔、安·卡瑞以及梅瑞狄思·维埃拉全部坐在那长沙发上。他们各人都提供一段总结性的评论，卡瑞发表了结束语。她把拳头对着摄像机的镜头打过来，实际上她是冲着我们的女儿在说：“汉娜，好样的!”

待在库马西旅馆中的床上，约瑟夫很快就模仿起这句话来，迫不及待地要逗他的姐姐：“汉娜，好样的!”他用姑娘似的声音喊叫着，他的拳头在空气中击打，甚至比卡瑞的动作还要有力。接着我们又笑拉森如何机智地误导观众们，在披露真相前使他们以为约瑟夫把奖金捐了出去。正如麦特·劳尔坐在沙发上时所说的："我竟开始要认为他们太完美了。"

但当我们看到节目播出以来观众们张贴在网上的数百条评论时，我们"感觉美好"的光彩消退了。我们轮流地将它们朗读出来，起初大部分的写手都表示了称赞，或表扬了汉娜的爱心。可是很快我们的眼光就如被磁石吸引般投向了那些负面的反应上。我们听到的聒噪的批评声大大盖过了对我们的赞扬，它们究竟是些什么呢？

许多观众责怪我们到非洲去开展工作，起初这种责怪表现为一种微弱的批评。有人用了"dangelgregz"的网名，建议我们帮助美国人而不是非洲人，然后提供了如下的建言："美国的经济正在减速慢行，且明显处于衰退。如果你们在这样一个经济危机时期继续将钱输出自己的国家，那么总有一天你们将一无所有，无论是给他人还是给自己。"还有一些人温和地批评我们借助采访作自我吹嘘。

我原先一直以为世上最腐败之辈热衷于给电台打电话。然而网络的匿名和便捷更滋生出异乎寻常的恶毒诽谤。因为 NBC 和 CNN 的网站都已链接到了约瑟夫在 YouTube 上的视频，它似乎引来了最猛烈的攻击火力。

琼和我都静静地阅读着我们便携式电脑上的内容，我们各自都在费心琢磨为什么人们似乎都怒不可遏。与此同时，汉娜和约瑟夫继续轮番地大声播报各种评论。“啊，这可是一条好的。听着，”约瑟夫宣布说，“彩球奴隶写道：‘这个妞是个大白痴。坐在奔驰车里的那个家伙也许以前上过大学，拼命用功，有了一份好的职业，然后一个劲儿努力工作，才买了那辆这么棒的车子。而那个流浪汉却不思进取。他们该平等吗？你是个共产主义者还是别的什么？’”孩子们咯咯地笑着议论这条评论。

汉娜接下去朗读了“愤怒醉酒的矮鬼”的邮件，他的作风看起来倒是实至名归的：“这就是你们可能会从这么一个人身上看到的东西：她得到了很多，而她活到如今却从未工作过一天。你们看到了未开化的、想入非非的天真幼稚。她没有一点实实在在的钱的概念，却知道别人该如何最好地使用它们。”

每读完一条，孩子们就在留言中搜索一些更有趣的东西。也许这就是互联网在他们生活中无处不在或网上评论率性随意的特点吧，但十几岁的青少年似乎没有被网络上他人的敌意搅得心烦意乱。每一篇污秽文字都可成为娱乐之源，是可以尽情品尝的一口美味佳肴。

也许我们的孩子在一〇二室正玩得十分开心，可在一〇一室，琼却觉得这些东西毫无趣味可言。几个月之前她就曾回绝过媒体，不同意他们进行报道。现在我们的家庭正处在人们言语攻击的中心。我能感觉到她的情绪躁动起来，愤怒的砖块在层层垒砌，焦虑在累积叠加。作为一个新闻记者几十年来出没于公众场合，我已经习惯了偶尔的恶毒言词，因此我倒不怎么生气。但我也认识到这些批评更是针对具体个人的，尤其是直接冲我们来的。琼的防卫意识也不是没有道理。

接着一〇一室和一〇二室严重地冲突了起来。琼在扫视屏幕的时候，眼睛睁得大大的，随即迅速地、默不作声地用食指敲击着手提电脑的屏幕，指引我看一条我们的孩子还没读到的评论，那是一个自称为“真正的拉比希姆莱”的畜牲写的：“操你这个被娇惯坏了的婊子，你屁事不懂。这婊子应该被扔到底特律的闹市区，叫她尝尝真正的五花八门的味道。让他妈的黑鬼去强奸她，然后死去吧！”

这场游戏已经从温情脉脉转变成了触目惊心，琼的眼睛里噙满了泪水，她的脸上显现出读到这些伤人言词后产生的恐惧，一想到有人竟然提议她的女儿应遭强奸，她就惊恐不已。随着情绪的强烈波动，她甚至担心汉娜和约瑟夫面对公众如此恶毒的批评可能会对我们的计划产生不敢担当的退缩情绪。“孩子们不应该读到这些。我们现在就把互联网断开吧。”她情急地对我耳语道。琼坐在床上，不再是一个慈善家，或者是一个被非洲历史吸引过来的访客。她是一位母亲，一个原初的、本真的、情怀炽烈的母亲。

我一直没有机会来回应她的要求。在另一个房间，汉娜以惊讶不已的语流在不间断地嚎叫：“噢我的天瞧瞧这个简直难以相信听听。”

她只朗读出了开头的几个词——“操你这个被娇惯坏了的婊子”——琼就马上把她喝住了。“别，别，别，汉，我不想听到这个。”

“啊，别这样，妈，”汉娜抗议道，说话间带着微微的一笑，“你得夸夸这家伙才是——至少他还有点创意。让他妈的黑鬼去强奸她，然后死去吧。”

“汉娜，闭嘴。我再也不想听到这些乌七八糟的字眼。不。再听。这字眼！”琼厉声吼叫着，以咄咄逼人的气势啪的一下关上了大人房间里的那台电脑。“我要去吃饭了，你们也该去了。”

汉娜、约瑟夫和我三个人默默地相互看了看对方。显然，琼吃饭的命令既不是请求，也不是建议。我们赶快穿上鞋，跟着她前往餐厅。

场所的改变对我们全都有些好处。那天晚上的晚些时候，我们更为平静地将正面的评价与负面的批评汇总起来作了比较。结果是：二比一，支持我们计划的占了上风。我想这还差强人意，直至后来我们要返回亚特兰大老家时，我们的情绪一直是平静的。

在动身回家的前一晚上，我们又回到了阿克拉，又共享了一个“骑人大战”的夜晚。汉娜展示了她从加纳电视网络上看来的花样游泳的动作，还在泳池里做出了挺像样的手倒立，约瑟夫和琼围着她跳起了舞，拍打着胳膊和手掌，脸上挂着灿烂而凝固的类似美女大游行时的笑容。

吃饭的时候，汉娜领着我们做了一个简短的游戏：“你是宁愿……”要求我们在一对恐怖的事情中选择一样。“你是宁愿常常必须说出你心中所想还是愿意再也不能说出话来？”“你是宁愿失去你的胳膊呢，还是失去你的腿？”“你是愿意成为马戏团中有飞刀朝你掷来的演员，还是愿意做一个把头伸到狮子嘴里去的演员？”

我们玩着，我们笑着。当孩子们为他们的告别餐再要一份巧克力蛋糕时，琼爽快地答应了。我们一身轻松。我们很开心。我们分享了，付出了，也收获了。

当孩子们在食用甜点时（所用的时间大约也就是读这句句子所需的那一会儿工夫），琼亮出了她此行的最后一道节目。她从包里掏出一片上面缀有洁净粘纸的纸张，把它们一张张揭下来，分发给大家。那些手写的问题将被粘贴到我们个人日记页面的角落上。

“好了，这儿是第一个问题：在非洲的最后一个星期里你们为消除饥饿作出了什么贡献？”我们拿过那些粘纸，整整齐齐地把它们贴到日记中，停下一分钟左右思考了一下，然后开始涂写。汉娜和琼写到了跟人们的会面，让他们了解我们不远万里来到这儿是出于对他们发展的关心。她们描述了我们所给予的鼓励，既有对村民们的，也有对“反饥饿计划”的职员们的，每个团体都热切地希望得到肯定，即确认他们正在赢得为消灭世界上这个地区的贫困所作的斗争。

听着他们在朗读答案，我想到了美国的父母们对他们孩子自尊心的关注。一本又一本的书都在敦促父母们帮助他们的孩子相信自己的能力，这样他们就能获得更大的成功并能避免盲目模仿或畏缩退避的恶果。我们从来不会错失我们孩子们的表演活动或体育赛事，即使他们在努力之后仍被淘汰出局或用心演唱仍荒腔走调，我们总为他们叫好加油。学校也加入到了确认自尊必要性的活动中来，它们发布了数十种——假如说不上数百的话——奖励和奖品。其结果就是我们造就了世上最有自信或最自我专注的人民。

要是我们在加纳遇见的那些村民能具有一些这样的神力就好了。但这样一种“肯定”精神在一条泥路的尽头很难发现。汉娜和琼认识到了这一点，因而理解了我们所提供的支持能起到多么重要的作用。

过了几分钟，琼又分发了第二批粘纸。这一回问的是：“你们想要对谁有更多的了解？为什么？”这回大家思考得更多，写得也更多了。约瑟夫写满了日记本上的整整三页，用了不少多重复句描述了一打人，包括雅各·亚桑，那位多姆的衣衫不整的农民，他无意中引发了那场索要照片的混乱；汉娜列出了三十个她遇见过的人，包括她在库马西的约弗尔餐馆里向他抛过媚眼的那位“热心的侍者”。

琼用最后的一批粘纸，直接朝靶心开火了：“你们认为我们的家庭计划进行得如何？（运用你们觉得正确的和你们希望它们与众不同的具体事例）”这个问题是如此简单，以至于它可能容易到只需老一套地回答一声就行了，就像孩子们在回答父母所问的“今天学校里怎么样”时甩出的一个答复：“很好。”

汉娜，这颗关爱体贴的心灵，作出的回答是：“计划开展得很顺利。我们给了他们希望。”约瑟夫在关注我们的教育之外还特别关心村民们未来的前途。他的一句简单的话是：“我们了解到人们不是陷于饥饿，而是需要机会。”琼也提到了希望和支持，但她的日记内容很快转向了我们家庭的动态：“随着相互交往（有意义的生活）的逐渐增多和加深，凯文和我有了更多的机会支持我们的孩子们成长发展。汉娜和约瑟夫相处得很不错，他们正在创造能令他们终生难忘的记忆。他们参与并担当起了这项计划。”

我需要更多的时间。接下来还需要更多的时间。我的日记内容占了四页。我的心中充溢着来自亚特兰大餐厅、来自我们餐厅的饭桌、来自种种聚会和搬家时清理杂物的日子的种种情景。那是我们一起度过的时光，大家一起学习、辩论、投票表决、开怀大笑。正是在琼·霍尔姆斯和约翰·孔洛德的得力帮助下我们探讨了饥饿和贫穷产生的根源。我们竭尽所能地去提供帮助，然后又想方设法地去做更多的事。“那观念有点儿违背常情，”我在日记中写道，“你帮助得越多，却不一定就转化成更多体现你意愿的行动。人们必须做到自助，必须自力更生。这次旅行正是在这些方面对我们有所启示，让我们见识了生活在离主干道路一小时车程地区的民众脸上所显露出的欢乐和成就感，观看了他们在为教育自己而构思创作的小剧表演，目睹了各个社区的携手合作。”

写到最后一句时，我停下了笔。我环顾桌子的四周，感到我们这一家四口是多么的齐心合力。从决定出售我们的房子到旅行至加纳的乡间村落以及这期间我们所有的一切活动，那一半的力量始终在深化着我们家庭成员间的关系。

用一句文雅的话来表述就是，我们都已长大成人了。我们结合成一个家庭，由一个至关重大的使命联结在一起。也许宣称胜利有点为时过早，但是坐在加纳阿克拉的这张餐桌旁边，我相信我们探寻到了我们的家庭传奇。我们知道我们想要倡导什么。

回到亚特兰大我们面对着一个冷酷的现实。我们把屋子挂牌上市已过去一年半了，但至今仍未卖出去。萨莉为此花了不少力气，举行房子开放日，打出售房的广告，但买家由于全面的经济衰退而退避三舍。萨莉间或会发来一份电子邮件报告最新的情况（“在房子开放日时来了七位，但没有一位是够格的”）。这些信我简直无法读下去。

每个月我们要为暖气、水、电、垃圾清理、保险及其他种种开销支付两份账单。老房子楼上的空调压缩机停止运转了，我们只得支出两千美元去修理它。屈从于市场的不景气，我们把开出的价格又降了两次，可是这样做也促进不了房屋的成交。我们是路边抛锚的一辆车子，是在水中搁浅的一艘船。我们商量过把房子租出去，甚至想把它变成提供住宿和早餐的旅馆。一个朋友甚至建议我们卖掉沃克坊的房子，重新搬回我们的大房子里去住。但我们明白我们要卖房子的理由，因此我们全力挺住，静候时机。正如房地产经纪人常说的：“只要有一个就行了。”

我们的痛苦由于我们对“反饥饿计划”所作的担保而更趋严重

了。第一笔八万美元到了该兑现的时候了，我们原指望这笔钱从房子的出售所得中出，早在我们需要开具捐赠支票之前就这样打算了。突然，我们不得不琢磨应对的办法。

在以往的日子里，在我们赋予孩子们作为这个计划的平等合作伙伴的决策权之前，琼和我往往会分列出各种选项，然后作出决定。可这是从前的事了。过去一年里，我们大家都以同等的资格在讨论、表决。我们曾通过各种有趣的手段贯彻民主，决定谁将获得我们的钱财。现在我们正面临着艰难的抉择，琼和我都意识到汉娜和约瑟夫都应参与到决策中去。

于是在我们从加纳回来几天之后的一个夜晚，我们聚集在沃克坊房子的客厅中，汉娜和琼坐在沙发上，约瑟夫和我则在扶手椅中就座。琼呷了一口水就开了腔。

"你们都知道我们对'反饥饿计划'有过一个承诺，我们该捐赠给他们八万块钱。你们也知道我们原先的房子还没卖出去。"

"是啊，告诉我是怎么回事。"约瑟夫说道。

琼没去注意他的反应，只顾一路说下去。"这样一来，我们就需要作出一些决定。依我的看法，事实上只有三种选择。第一，我们可以对'反饥饿计划'说我们还没卖掉那房子，他们必须等到我们把房子卖掉。换句话说，就是要推迟我们计划的启动日期。第二，我们可以先给他们支付一部分，也许是几千元，然后告诉他们余下的以后再付。但愿这不会拖得太久。要不就是第三，我们可以动用我们积蓄中的其他款项。现在，汉娜，你该知道，那可是给你上大学的钱。”

一年之前，我可能会立马迸出我的答复。我会告知每一个人，动用孩子高等教育的储备基金在财政上是多么的不负责任。我会向汉娜阐明这将对她选择学校有所限制。我会确定一些原则。可是在我们这个计划的权力平衡架构下，我决定先让其他人提出他们的想法后再说。

现在想起来，其实我都不能保证在任何情况下我都可以率先发表意见。汉娜的速度是如此之快。“这是没有头脑的看法。在非洲什么都没有改变。一样也没有，”她宣称道，她的思绪回到了玉米加工厂和学校这类建筑物的需求上。“那儿的人们仍旧像以前那样需要我们。我们完全应当动用我们的储蓄，至于上大学的基金我们可以设法补上。要不我会去想别的办法上大学。我们应该说话算数。”

她在长沙发上俯身向前，急切地想听听赞同或反对的意见。在房间的另一头，坐在有棕色图案扶手椅上的约瑟夫，这位原先的怀疑论者，感到他的思绪又回到了雅各·亚桑那位农民的身上。于是他投下了他的一票：“我完全同意。我们是承诺了这件事的。”

我望着琼，她微笑着并对孩子们说着话：“我就知道你们会说这些话。可是你们两个小家伙真的意识到了这事会有多么严重吗？我们不知道我们最终能从这房子里获得多少回报。”

“好了，我们明白了，妈，”汉娜回嘴道，更多地是出于不耐烦而非气恼，“可我不明白我们干吗还要谈论它。我们作出过担保。我们要保证实行。”

那天晚上再晚些时候，我回过头来查看我们的各种公共款项，明确了我们的银行账户和投资账目的状况。自从我们决定实施这个计划以来，游戏规则似乎有了很大的变更。原先的设想是，房子的一半为我们所用，另一半则用于慈善，资金一进来就派上用场。如今随着房价的下挫，我们眼看连一半都到不了手。时机的安排是件严重本末倒置的事情。

虽然如此，我们的账户上还有一些未派作具体用途的基金。另外我们新近降了格的生活方式对吃喝之类的要求也会降低一些（一旦另一所房子售出后）。最重要的是，我们的孩子具备了领导能力。琼阐明了支付将会产生的潜在后果，汉娜和约瑟夫作出了明智的选择。无论如何，我们感到，这些决定应当获得尊重。

除此之外，孩子们是正确的：我们已经作出了承诺。我们的孩子从小小年纪起就学着要信守诺言。无论事情大小，我们都恪守承诺，哪怕这样做会使人不适或者处境发生了变化。信守誓约在我们的生命中占据了核心的地位，因而背信弃义就将成为我们教育子女过程中的巨大过失。

两天之后我将钱款汇到了“反饥饿计划”。

在过去，当我们全家从滑雪旅行或别的什么假期归来后，假日的状态会顿时烟消云散，快得难以置信。轻松自在消融掉了，现实生活悄然回归，紧张压力在不断上升。在人际关系方面，家庭成员之间的温情友善淡化成一种彼此疏远、只顾各自的作风。旅行过后我不止一次地问过琼:“我们去过什么地方吗?”

但是我们前往加纳的旅行大大超过了一次单纯的度假,当新学年在八月末开始时,我注意到在我们家里出现了一些反映持久性变化的微妙迹象。毕竟变革的过程充满了婴儿的蹒跚学步,而不是大踏步的跨越。

一方面,汉娜的领导能力提升了不少。她参加了“亚特兰大女子学校姐妹团”的竞选活动,这是一个学生社团,她连续第二年赢得了选举。后来她又被 AGS① 学生排球队的队友选为副队长,但这个结果后来被 AGS 的体育主管推翻了,因为汉娜只是个二年级的学生,而体育主管想要一个三年级的学生来担任此职。我留意观察了汉娜听到被降格消息之后的反应,她只是耸了耸肩,然后颇有信心地说:“我想明年会有一个好的机会,要不就是再下一年。”接下来她就夸奖了另一位当选的姑娘。

不久,汉娜就十六岁了,为了庆祝,我和她一起报名参加了“仁人家园”工地上的劳动。出于保险的原因,“仁人家园”不允许年龄在十六岁以下的工人干活,因此汉娜仅为他们分送过食物,参观过工地,却从没有实实在在地拿起过一把涂料刷子或锤子。现在她既已成年,我们就在一个星期六起了个大早(尤其对一个十几岁的人来说更是如此),一整天汉娜都跟我在一块儿切割墙板,还跟那个生气勃勃的未来的房主弗瑞达·帕克一起给板壁填塞缝隙。在

① 亚特兰大女子学校的缩写。

不干活的时候，汉娜就给她的朋友们发短信，讲她在这儿是多么开心。“现在我所有的朋友都迫不及待地想要达到十六岁的年纪，这样他们也可以来盖房了。”在我们驱车回家的路上她对我说。

汉娜决意再尝试一下其他的服务机会，这一次她把我们家人都牵扯进去了。在她的推动下，我们终于同意连续禁食三十个小时，这个名为“三十小时饥饿”的禁食活动是在一个非营利组织“世界视野”的鼓励下开展起来的。当约瑟夫要打退堂鼓时，她就激励他：“加油，哥们，这将帮助我们体会饥饿是什么滋味。”（在断食头八个小时后，我们感受到的痛苦比原先预料的要轻。）另有一次，她和琼前往“美国红十字会”去献血，可是她们遭到了拒绝，因为她们曾在过去十二个月里访问过一个疟疾流行的地区。她们回到家以后，琼咯咯地笑着宣布说：“我和汉娜遭到社区服务的排斥，就因为我们参与了社区服务。”

汉娜的价值观在其他方面也愈加显现出来。有一天我和她正驾驶着那辆“烤箱”，要她的手指头不去按收音机的按钮看样子是办不到的。就像我们在加纳共享一只 iPod 时那样，汉娜总是掌控着音乐的播放，她这是在行使她的权威。经典摇滚台正在播送伊格尔的《悠着点儿》，大约这是第一千次在播这首曲子了。换台。她情有独钟的“嘻哈”频道正插进一则商业广告。换台。轻型摇滚台流淌出一首老曲子，它激起了一声“噢，我的天，多腻歪呀”。再换台。尖峰 40 台，94 之星，正在播放《吻呀吻》，一首由 R&B 歌手克里斯·布朗演唱的歌曲。汉娜就任它播放下去。

"我喜欢他——他的嗓音特棒,"在布朗唱歌的时候我说道,"他们恨着我……他们想要这,这……"

还是在那一个乘客座位上——汉娜就是坐在那儿见到了那个流浪汉和奔驰车的——她又一次让我吃了一惊。"也许他有一副好嗓子,可假如你对他了解得多了,你会恨他的,爸。他是让人讨厌的。他有着大约二十一辆车子,包括兰博基尼①和保时捷②在内的所有这些荒唐透顶的玩意儿,还有那傻呆的大房子。真讨厌!"我只是笑着。我被自己的女儿纠正态度,并不觉得有什么问题。

同时,琼和我都注意到领导能力在约瑟夫身上也初露端倪了,他已满十四岁了。早在七年级的时候,他就想组建一个乐队去参加学校的才艺表演。他以为他已觅到了鼓手、歌手、低音乐手,他们组合起来就可以跟他的吉他进行合奏。可就在试演的日子里他们的团体散伙了,当表演的日期来临时,约瑟夫发现自己只能在观众席里观看着他的一拨朋友演出。他不会让这样的事再发生了。在八年级时,他举办过几次预演,他给乐队的队友们发短信,叫他们务必在排练时出场。他将他们的乐队命名为"想入非非",乐队的演奏拉开了演出的序幕。

在万圣节前的一个星期三上午,亚特兰大的一家报纸在其生活版的首页上刊登了一篇谈论孩子们在万圣节时怎么会吃这么多

---

① 意大利出产的一种跑车品牌。

② 德国的豪华轿车和跑车品牌。

糖果的无聊文章。我站在厨房间浏览着这篇东西，报纸就摊开在黑色花岗石的操作台面上。在我的右手边，“汉米尔顿海滩”咖啡壶到了汩汩流注的阶段，眼看就要滴完了，这时约瑟夫下来准备吃早饭了。他从冰柜里拿了一些“埃果”华夫饼干出来，把它们放到烤炉里，然后从我的肩头上瞥见了那篇文章。“嗨，爸，给我读读他们的‘对付糖果节的建议’。这些傻玩意儿怪有趣的。”

我有意装出一副新闻播音员的语调，开始朗读那一连串讨厌的人尽皆知的建议。“黏糊糊的像太妃糖和橡皮糖之类的软果以及棒棒糖那样的硬糖对你的牙齿特别有害。”

“啐。”约瑟夫应答道。

“当心牙齿矫正器。”

“啐，啐！”

再来这么四五下之后，我真的装模作样地表演起来，还拿腔拿调地大抒其情，仿佛要去出演《麦克白》似的。“千万不要让你的小妖精们没用牙线或牙刷洁净了牙齿就上床睡觉。”

约瑟夫对此几乎吐不出一声回答了，他的笑声噎得他话也说不出来了。“老天爷啊，这些人都把我们当成十足的笨蛋了。你的意思是，我吃了一堆糖以后应该刷了牙才能上床啰？是这样吗？”

终于我进入到最后一道节目，依旧用表演莎士比亚戏剧的模式，庄重地宣布：“嘱咐你的孩子们如何把多余的糖果重新包装起来，譬如包装成礼包送到退休人员的家里，送到流浪者的收容所里，或者作为爱心包裹送到驻扎在海外的军事人员手中。”

约瑟夫的脸色一下子从欢笑转成了严肃。“这才算件好事。我挺喜欢这个主意的。我们完全应该做点儿类似的事儿。”(结果他只玩了十五分钟的“不招待就捣蛋”的把戏,最后以所剩无几而告终。)

最大的转变还是在汉娜和约瑟夫的关系方面。他们相互讨教的时候更多了。汉娜会请求弟弟帮她摆弄 iMovie,或者帮她为一堂世界历史课摄录一段节目。

有天在车子里,我向她抱怨约瑟夫打棒球时一开始就慢吞吞的。

“他一直在练球吗?”她问我。

“没有我所希望的那么努力,”我回答道,“可我觉得他在这方面不再听我的话了。”

“我来跟他谈谈这事。”她主动提议道。那天晚上的晚些时候,她为他的懒惰好好地训了他一顿,怪他一个星期打不了几次球,还把参加威斯敏斯特学校校队的机会丧失了。我们的女儿就在我们的眼皮底下一步步成熟了。这是我们的计划造成的结果呢,还是一个年轻女孩子自然成长的结果? 我也没把握说清楚。

在圣诞节的假期间,我们前往佛罗里达的西海岸去和琼的父母亲一起度假过节。圣诞节后一个星期六的早晨,我倒了一杯咖啡,加了少许牛奶,浏览着《华尔街日报》。在 A9 页上,插在关于调情者伯那德·麦道夫的新闻后面,有一篇登在意见页上的题为“一位保守的慈善家展望未来”的文章。

该文集中写到了皮尔·西蒙,他是由他父亲开创的一个基金会的联合主席之一,他的父亲是前财政部长。西蒙谈到了经济困难时期以及它对非营利机构逐渐产生的点点滴滴的影响。由于投资者经受着在资本组合方面的惨痛损失,"只有这么一些领域他们能在其中设法削减开支。这些领域之一就是他们的捐献。"接着西蒙说了一句我始终忘不了的话:"人们不会卖掉他们的房子来为慈善捐赠提供资金。"

我尖叫起来,那声音如此之响,以至于让琼吃了一惊,她马上停下厨房的活抬起头来看我。"什么——怎么回事?"她问道,声音里透着关切。

"听听这个,听听这个,"我咯咯笑着说。这会儿约瑟夫走过来了,扔下了他一直坐在浅褐色的客厅地毯上看着的卡通片《海绵宝宝》①。汉娜打开了卧室的门,穿着尺码过大的 T 恤衫,睡眼惺忪地问道"出什么事了?"

我简单地描述了一下西蒙是怎样一个人,大致勾画了股市跳水的大环境。然后我稍微停顿片刻,把那句话又朗读了一遍:"人们不会卖掉他们的房子来为慈善捐赠提供资金。"

汉娜还没有完全清醒过来,她微微地笑着。"我们会。"她说道。约瑟夫咕哝出一声轻微的赞同。可是琼反击了一句:"他说得对,他们不会。"

---

① 美国的一个动漫电视系列节目,主要展现海绵宝宝与其各式各样的朋友在水下城"比基尼海底"的冒险奇遇。

“可是我们会。”我抗议道，回应着汉娜。

“是的，可你瞧，凯夫，你知道卖房子从来就不是问题的关键。我们的房子只不过是个工具，这是让我们团结起来，成为一体，以便在这个世界上做出点事来的一种机制。”

我一下子刹住了车。琼是对的。我竟被西蒙运用房子这样一个例证所震惊，以至于忽视了我一直以来就知晓的：我们始终把我们的冒险称为“家庭计划”，因为首先和最主要的，它是涉及我们家庭的。这是一种明智的自利。家庭团结一致的秘诀就是参与到社区中去，为他人服务，不管这个社区是如何界定的——居住小区、城市或世界。

那些向我们询问我们的计划是为了什么，在什么地方以及如何进行等各种问题的朋友们和其他人们，他们往往专注于规模和经历：大的房子、大的捐赠或者前往非洲的行程等。他们从不赞赏这个过程所激发出的变革能量——那些作业纸，那些辩论，那些关键性的权力共享型投票表决。他们从未看到一个急切地要共同支持某种事物、要停止增值积累、要摆脱跑步机器、要围绕一个目标团结起来的家庭在内部是如何运作的。

对我们来说，所谓的“美国梦”正如约瑟夫在他的片子中所说的：“共享能够让他人有一个更美好的生活。”这并不一定要求作出巨大的牺牲，它只不过要求我们想一想能贡献点什么。我们有超出实际需要的房子，因此我们给出了它的一半。如果我们没有它，我们可能会奉献出时间或才能什么的，相当于其他某些东西的一半。

当别人误解了我们，并说一些像“噢，你们就是那些把所拥有的一切东西都捐出一半来的人"之类的话时，我们常常会被弄得畏畏缩缩。不，其实根本不是这么回事。我们付出的一半只涉及一样东西：那就是我们的房子。我们依旧全家出去度假，我们依旧拥有车子。我们只是选取了我们共同生活中的一个部分，我们可以将它奉献给别人，从而使别人有一个较为灿烂的前景。这并不意味着我不能去渴求一台电视机，或是汉娜不能去购买服装，或是琼不能向往到罗马去旅游。我们不打算把目标的界限定得超过那所房子——至少现在还没有。

虽然如此，有哪个家庭会不愿意拿某些东西来换取家人的团结一心呢？在一个我们往往拥有过多物质财富的世界里，如果我们都能选取我们生活中绰绰有余的一件东西，然后奉献出它的一半，那将会产生怎样的结果呢？奇妙无比。不妨设想一下：将每周饮用拿铁咖啡①的数量、上网的时间、体内多余血液的含量都减少一半，会怎样？

有一个诀窍我们已学到手了：坚持不懈的付出增强了凝聚的力量。这一切我们在以往都经历过了。对我们来说，每天回到一个简朴的小康之家就等于时时有一个可见之物在提醒我们要为共同的目标努力。结果就是，把柜子里的衣服拿出一半来捐献出去，感觉挺好，而每月饮用常规的柠檬汁和蒸馏咖啡②的做法将会更好。

---

① 一种意大利式的牛奶咖啡，用蒸馏咖啡加上鲜热牛奶冲泡而成。

② 用蒸汽加压煮出的浓咖啡。

除此之外，我们发现，要找到一条正确的服务途径比初看起来困难许多。我原本指望它像“只要动手去做”[①]那么简单。虽说下面这个清单远不是一份完整的明细表，但有些问题我们觉得有必要提出来询问，它们包括：

● 我们的工作是培养人具备能力还是仅仅像一块“邦迪”[②]那样起作用？后者能起到很好的缓解效果，但无疑不能促成长远的变革。

● 我们是否尊重文化？这既是就地方角度而言的，也是适用于全球范围的。换一种提问的方式就是，我们有没有足够的谦卑将我们新的合作者（也就是那些接受援助者）视为平等的同类？

● 这些合作者是否充分参与到了项目的筹划之中？这儿的关键词是**充分**。如果不是这样，我几乎可以断定它将归于失败。

● 我们开展这项工作，是否和我们的合作者，即那些我们努力要去帮助的人们，持有相同的理由？或者我们还有不同的事项安排？

● 我们是否决心致力于长期的奋斗？真正的变化绝不会在一夜之间发生。

---

① 耐克品牌的广告语，有多种译法，如“想做就做”、“放胆去做”、“做就行了”等。

② 一种止血消炎的护创胶布。

你也许会发现，其他的一些问题更多地与幼童、环境或解救动物等相关联，但我们觉得，这里提出的问题不仅有助于海外的开发，而且还对解决滥用物资、贫困、流离失所和处境危险的年轻人以及其他的种种问题有所裨益。

我环顾位于佛罗里达的这间早餐室，阳光洒落在萨拉索塔海湾上，汉娜穿着排球比赛的球衣，约瑟夫一头乱发，琼身着绿色花纹的睡衣睡裤，至于我，刚晨练跑步回来，身上有点汗津津的：我们这个家跟其他千千万万个家庭一模一样。

从头一天起，汉娜就想着要改变这个世界。过了一阵子，约瑟夫参与了进来。琼和我都想要为我们自己开创一种“新的新常态”的生活方式。要不它也许就是用小写字母表示出的常态①的生活方式。不管叫哪一种，我必须说，这是一个极其美好的生存之道。

我们一起坐下来吃早饭了。

① “常态”之英文为 normal，这里是指用小写的 n 开头的这一英文词，相对于大写开头的 Normal（意即超越常态的追求财富和享受的生活方式）而言，故小写的“常态”是指本来意义上的本真简朴的生活方式。

汉娜的见解

对付挫折

不管你实施什么计划，挫折几乎是难免的，无论是重大的还是微小的。在我看来我们中的许多人都有过自己的志愿行动不为他人所欣赏的经历。在实施我们家的家庭计划的过程中，我们遭遇过大大小小的挫折。那些小的麻烦包括为了获取加纳的签证，我们必须接受的各种疫苗注射所带来的痛苦。大的麻烦当然是我们在出售房屋时所遇到的重重困难。对我们来说，经济的衰败没有比这次来得更不是时候。我们的房子在市场上耗了两年多的时光。我们需要从卖房所得的款项中提取一部分来兑现对"反饥饿计划"所作的承诺。假如没有这笔款子，我们就必须赶紧另想办法去支付它。

但正如亨利·福特①说过的："失败只不过是为更明智地重新开始提供了机会。"由于我们最严重的挫折是在金融方面，我就去向母亲讨教如何最有效地对付那些寻常的路障。"当你在努力适应环境的时候，你务必要想一想你试图通过你的计划实现什么，"她嘱咐我说，"你必须问自己两个问题：你的这种不顺利是否值得

---

① 福特汽车的创始人(1863—1947)，1903年建立福特汽车公司，五年后生产出第一辆T型汽车。事业成功后创建了国际福特基金会。

让你放弃你的计划？或者说，这是否在实际上使它更富有意义？也就是说，你必要的努力奋斗和从中汲取的教训是否使之更多地成为你收获的成果？”在我们的事例中，我可以说房子未能出售却有助于我们更深刻地感受这个计划的意义，并促使我们反复思考我们在做些什么以及为什么要这样做。

虽然你的麻烦可能涉及钱款或其他一些不可言说的问题，但父母应该让孩子们了解这些情况。让孩子们作为圈内人了解那些出了偏差的事情将使他们感到这个计划更真实。在我们的房子滞销一年之后，我们承诺提供给“反饥饿计划”的第一笔款项正好该兑现了。我们全家坐下来商量此事，到底应该动用约瑟夫和我上大学的基金，还是告知“反饥饿计划”我们一时拿不出这笔款子。我们努力协调以适应所面临的形势，全家一致决定从上大学的基金中提出部分款项。不管有何挫折，总有解决之道。

尾　声

梦想始终跑在我的前头。

追赶上去，哪怕能有一刻活在这样一个境界中，

那也是奇迹。

——阿尼斯·宁

在预测未来方面我算不上十分在行。但我可以在这儿告诉你：在加纳，那些受“反饥饿计划”资助而获得能力的社区里的村民们将变得更加健康、受到更良好的教育、更能自给自足。婴儿的死亡率将降低，因为我知道在加纳活动中心的卫生院里没有一个婴儿或母亲去逝。没有一个。有更多的学子，尤其是女孩子们，将上中学读书。在性别平等计划的培育下，越来越多的父母以一视同仁的眼光来看待他们的孩子了，从而女孩子们开始获得了她们应得的一份权益。营利的企业也将会建立起来，如果说以往的经验能起指导作用的话。活动中心的微型金融计划正将其借贷业务以每年数十万美元的规模在扩展，大部分是由妇女对妇女。

在以后的五年间，我们将继续给两个群落的村庄提供发展和能力培养方面的资金援助。我们和加纳的联系至少将持续到汉娜和约瑟夫完成高中学业并开始上大学为止。在那之后，我们的孩子们将开始独立自主地生活，未来如何奉献将由他们自己决定。就像社会上其他父母那样，我们也将尽我们的所能；在我们这个案例中，我们希望我们培养出了公民，而不是消费者。而且在我们的案例中，是汉娜帮助琼和我找到了正确的途径。

二〇〇九年四月的一天，汉娜驾驶着我们那辆用了八年的福特牌“漫游者”，从她的朋友亚历克斯的住所驶回家来。几个星期前她刚拿到驾驶执照，可她若要借车须得到我们的允许。我们常常就那辆弃置不用了两年的货车争长论短，争辩它到底是如汉娜所说的“我的车”，还是像琼和我坚持所称的“我们的车”。为了宣告她所有的势力范围，汉娜在后视镜上挂了一个散发着香味的、系着防治乳腺癌的粉红色丝带的空气清新器。

这时她独自一人正沿着布福德公路的连接道在行驶，就是两年前我和她头一次遇见那流浪汉的那条路。这一次汉娜决定不再一直走到斯勃林街的岔路口，而是选择提早一点在蒙罗车道口拐出去。这样她可以从那儿走其他的街道。

当她挨在另外十辆车子后等红灯的时候，一个男子正沿着停在她前面的一溜车子走过来。他衣衫褴褛，肮脏邋遢。正如汉娜在那天晚上告诉我的：“那汉子在要吃的东西，车上的人都把车窗摇了起来，躲着他。我在车子里四处翻找，想找出一根

‘平衡棒’[①]什么的，可我啥也没找到。”

交通灯转为绿色了，汉娜在刹那间作出了一个决定。她改变了车道，转向右边，驶进了下匝道终端的一家出售“壳牌”汽油的加油站。在那儿的食品商店里，她一下子买了一小盒咸饼干和五条“天然谷”的格兰诺拉麦片[②]。总共花去七元钱。她又驶回了岔路口。

“对不起，先生，”她喊道，同时把那包东西举出了车窗外，“你要吃点儿东西吗？”

那男子跑向她的车子。“太谢谢你了。”他说道。在他抽身离去时，他撕开了那盒咸饼干，开始吃起来。

坐在车子上，汉娜知道她所做的一切只不过解决了他一时的燃眉之急，并未给他提供长远的解困机会。她在过去的两年里已经明白了这一切，可她仍然渴望能于人有所帮助。因此她就这么做了。“我不认为我解决了什么问题，”吃饭时她对我们说道，“我给他帮了点忙，但愿还会有人能花点时间使他获得更多的帮助。”

也许他是又一个家庭计划的救助对象。

一个星期以后，我们的地产代理商萨莉·乔治打来了电话。“我想我们就要找到这幢房子的买家了。”她告诉我说。

听到这话我真不知道心里是什么滋味。随着秋冬季节经济衰

---

① 一种营养食品的品牌。

② 参见第四章注。

退的加深，房产交易已停滞不前——也就是说，除非你想要计算那一连串的抵押品回赎权利被取消的数目，这些只能促成一美元赚几分钱的交易。“市面上真没什么买家来光顾了。”萨莉不止一次地这样对我们说过。有一天我正开着车子，那位消费者联合会的顾问克拉克·霍华德在他的广播节目中令人沮丧地宣布说，全国的房屋足以供十二年来消化吸收；他预计，除了人口的增长也鲜有什么办法能应对这样的局面了。我啪地一下把收音机关掉了。

又过了一个漫长的房子滞售的冬季，琼和我几乎不再谈起房子了。一提起这个话题，我们乐观的天性就变得纠结起来，除了降低售价，我们简直就是一筹莫展。偶尔在某个早晨我们一起遛狗的时候，琼会发泄她的烦恼：“我们到底该怎么处置这房子，凯夫？”我的那些回答几乎起不了什么安慰作用。有的时候我干脆不打算回应，她只是需要发泄而已。

我们做了所有那些急于要将多余的房子脱手的人该做的事情：我们将售价又削去了若干。现在我们已从二〇〇七年对这幢房子所估的价格上降低了总共四十万美元。一开始的时候，我们觉得将这幢豪宅换一所更适合我们实现梦想的房子似乎轻而易举，没想到它竟会如此复杂。尽管汉娜相信我们能偿还我们的银行借贷并且依旧能向“反饥饿计划”提供我们承诺的八十万美元资金，但以这样的价格做成的交易将使我们的经济状况捉襟见肘。我们还必须另找门路去获取资金。

萨莉在电话里提出了一个异乎寻常的要求。“我想这就是想要见见你和琼的那类买家。我能不能把它敲定在周六的上午，就在桃园村那边的房子里碰碰头如何？这样的话你们就能带他们在房子里四处转转，让他们里里外外瞧瞧。”

她的策略使得我们的买卖成了一大半。在买方与我（没有代理商参与其间）进行了长达一个星期的会谈之后，我们终于有了一个合同的大纲。像其他许多房产交易一样，这次买卖也有其棘手之处，也伴随着口角争执、情绪激动、使招算计之类。萨莉对我们竟然接受比原先已削减了的报价还低十二万五千美元的价格感到生气，但对此感兴趣的其他主顾还未在我们的视界中出现。总之，琼和我都感到已别无选择的余地。我们务必做成这笔交易。

但在基本的框架成形之后，我们又讨价还价起来，仿佛跟这些买家已经谈了上百次。每走一步都感到很不踏实。

然而我们有一个做成交易的有利条件，那就是我们有罗茜。

就在星期四上午十一点多，给我做清扫工作的一对伙计，海克托和罗茜，来到我们沃克坊的房子里。当他们穿过正门时，家里的几条狗都兴奋异常，海克托道了一声例行的“你好，凯文先生”，我正坐在餐室桌子的一端，开着我的便携式电脑。

我们寒暄了一会儿，接着海克托穿过厨房，步上阶梯，进入房子后面。罗茜则放下了她的包裹，站在厨房里，朝我望着。她的眼光投向了搁在我右手边的那份合同，她认得出那种格式。

“凯文先生，你那另一处房子怎么样了？”

“我也不知道，罗茜。我们很快就要敲定合同了。但我确实没把握能做成这笔交易。生意谈得非常艰难。我都几乎要断定它成不了了。”

我的悲观情绪显然引起了罗茜的注意。在以往，我和她曾讨论过经济形势、她和海克托在郊区的连栋房屋以及她在故国巴西的生活。在罗茜的印象中，我几乎一直是乐观向上的。可是听着我在描述合同的情况时，她觉察出了我的态度和平常有所不同。她朝我的方向走了三步，跨过了通往餐厅的门槛，俯视着坐在桌边的我。接下来的一句话犹如一声霹雳。

“凯文先生，你相信祷告吗?”她开口问道，她说的英语带有浓重的葡萄牙语口音。

“当然，罗茜，我当然信。”

“我问你这个，是因为上个星期，我在给你的另一处房子打扫的时候，凯文先生，我向上帝好好地祈求了一番。我请求上帝帮助你卖掉房子，因为你想用这笔钱做好事。我为你祈祷了。”

我身上的那份玩世不恭本可回敬一句话，早在两年前琼就在我们的院子里埋下了一座圣约瑟的雕像。这给我们带来了许多好运。但我知道最好不要去搅扰这一努力，罗茜是在为我们祈祷。

在我们早年的家庭生活中，如果有人为我们祷告，他们肯定不会告诉我们的。不管怎样，我只能够想象在这个静默的时刻会说些什么。“主啊，请帮助萨尔文一家在下次买车的时候作一个明智的选择。”如今我们要做的事情关系如此重大，以至有人竟用她自己生活中的宝贵时间来为我们祈求上苍的护佑。这时我坐在桌子旁边，想到这一点我的双眼噙满了泪水。罗茜在为我们祈祷。

我所能鼓起劲来做的一件事只是说一声谦恭的“谢谢你，罗茜。这对我来说确实是极其珍贵的。真的”。

这一天的晚些时候琼从学校回到家里。“我想说点儿事情。”我说道，于是我跟她讲了罗茜的故事，接着我又补充道，“你知道，琼，我原指望这桩买卖能以更高的价格成交，但我现在根本不计较了。事实上，如果你仔细想想的话，在实施这个计划的道路上，我们每走一步都会遇到好的事情。了不起的人物进入了我们的生活，我们的孩子们也都走向了成熟。好事情似乎在接踵而至。我相信它们现在也将如此。”

第二天早上，我们同意签约了。

一个多月之后，从我们开始将桃园村的房子挂牌上市以来经过了两年零五十九天，我们终于有了一个了结。曾经一度属于我们的“梦幻之家”如今归于他人了。

我们的梦想已经超越了这些墙壁的范围。

汉娜的见解

追踪记录你计划的实施过程

在实施一项家庭计划时，如实记录其经过是最为重要的步骤之一。可惜的是，在推行我家计划的过程中，我历经艰辛才对此有所领悟。

我从来没有刻意地想要坚持记日记。即便在我们热烈地交谈而这些谈话势必大大影响到我们的计划时，我也会觉得，既然这一切都鲜活地印在我的脑海中，那么我无论如何不会将它们忘怀的。我们在亚特兰大餐馆吃那顿法国吐司的晚宴时，启动了这个决策进程，此事就是一个绝好的例证。我要那些资讯干吗呢？咳，现在我很后悔没把那晚的情况写下来，因为那以后我再要回想那晚说了些什么确实相当困难。

实况记录是大有好处的，这有好几个理由。首先，它能让事情的前因后果更容易交代清楚，让每个家庭成员为了同一个目标，共同努力。我们发现，日记有助于我们铭记我们的目标、具体细节，以及最主要的是，我们为什么会达成某些共识。我的母亲利用她写的日记，在二〇〇七年的六月制作了一个 PowerPoint 的陈述。它总结了我们已经作出了决定的事项，为此我们无需再去复议那些事项，直接就可从我们中止的地方重新开始。这就使得我们的会议更有成效(也更加简短)。从我开始记日记以来，我就坚持不仅将事实记录下来，而且还写下我在这个历险过程的某些阶段中的具体感受。看到自己如何随着阅历的增长而改变着见识，确实越来越饶有兴味。

其次，实况记录还有助于使尚未全身心投入的家庭成员参与进来。当乔着手为考德威尔举办的“我的家：美国梦”的比赛制作影片后，他对这项计划就越来越热心了。他受到鼓励去做他喜欢做的事情，也就是去摄制影片。

现在有许许多多很酷的新颖手段可用来如实记录你的家庭计划进展，因而你只需找到那个看来最适合你的方式就可以了。你可以制作一部影片，就像我们那样，或者创作一篇新闻报道。苹果公司有一款很棒的、易于操作的程序，它可用以创建一本看上去挺像置于咖啡桌上的真书似的相册，只要花二十九点九九美元（你可以在苹果公司的网站上找到它，网址是：www.apple.com/ilife/iphoto/print-products.html）。

像这样大家齐心合力地为一项计划奋斗，巨大收益之一就是，你家庭中的每个成员都能以各自不同的方式获取经验与信息。因此务必做到不要仅有一个“官方的记录员”，而是每个人都将事情的始末写下来。其中一位家庭成员应该担当起事实记录的统领职责，然后分配任务，譬如像摄录影像、脚本写作、相机操作等等。

全家投入的实况记录可以帮助你们重新体验在实施计划过程中所获得的成就感。与你的家人们交流互动，重温那些美好的情景该是多么激动人心的时刻。当我们全家坐定下来，确定我们该如何进行事实记录时，我们相互间都回想起在加纳泳池中的“骑人大战”以及在非洲所见到的不同寻常的食物（丛林肉类[①]，有人想吃吗？）这些非比寻常的奇妙时刻有助于构建家庭的历史。

① 指丛林中可以充作食用的动物的肉类。

致　　谢

这本书记述了我们家庭为奉献所作出的努力，可是当我们要动笔写作时却惊讶地发现人们所给予我们的是如此之多。

我们的付出始于那些不计较花费时间来开导我们认识全球性贫困的人们。在“反饥饿计划”那里，约翰·孔洛德，我们的旅行伙伴，率先开路——他的耐心和开朗的脾气反映了他对人类所抱有的乐观态度。“反饥饿计划”的创始人琼·霍尔姆斯亲切地拥抱了我们，然后一坐数小时地与我们促膝谈心。在我们旅行至加纳后，纳恩那博士调动起由伊萨克、J. S. 詹妮特，维克多和小纳恩那为首的个人团体，从他们第一句 akwaaba[①] 就让我们感到了受欢迎，而他们的热情与他们为造福于同胞而作出的奉献和辛勤努力相比较起来，又显得相形见绌了。

另一些人则不吝赐教，他们使我们学会如何奉献：“格伦慈爱与服务研习会”的罗安娜·尼桑给我们传授青年慈善活动的经验；大亚特兰大社区基金会的罗勃·斯摩廉为我们讲授了有关捐赠的

---

① 见第七章脚注。

基本要点；柯尔比学院的前任院长比尔·科特对我们慷慨赐教，指导我们如何在非洲开展工作；还有慈善顾问契普·雷蒙德协助我们完成了活动的构想。

当我们决定写作本书后，我们的经理人艾米·休斯和戴维·麦康米克在创作过程的每个阶段都给予了我们指导和建议。对我们慷慨施教的"第一批读者"——乔治·安德斯、米歇尔·梅德里以及格雷斯·里姆——督促我们逐章修改润色。我们的作品由于他们持续不懈地提出挑战性的问题和深思熟虑的建议而大大地提高了品质。

我们要向荷顿·米夫林·哈尔考特的团队致以衷心的感谢，他们是：布里捷特·马尔米翁、罗里·格拉泽、艾里亚·汉娜·哈比卜、劳拉·布雷迪、卡尔拉·格瑞。黎兹·杜瓦尔以她文字编辑的敏锐眼光斧正了我们的作品，使之免除了许多错误，其数量之多超出了我们所愿承认的范围。还要向我们的编辑苏珊·卡那凡施以深深的一鞠躬来表达我们的感激之意，她激发出我们最佳的创造力，这部书无处不留下她动手加工的印记（偶尔还会留有一两下用脚狠踢的鞋印）。

那些对我们提供支持和友情的人士更是数不胜数，无法一一交代。但假如我们不提下列人士，那将是一种疏忽怠慢，他们是：布莱尔与洛丽·施劳斯伯格、萨莉·乔治、艾米·恩内尔、马克·阿尔比翁、安德鲁·布瑞纳、马克·波特尼克、马丁·弗拉赫蒂、布鲁斯·波埃尼克、艾米·孔里，以及奥布里安、桑德斯、汤普孙、菲力普几家。而亚特兰大“仁人家园”，亚特兰大社区食品库以及“咖啡馆 458”的各个团体都以其慈悲情怀和奉献精神激励了我们。我们还每天从亚特兰大女子学校和威斯敏斯特学校的人士那里了解到了有关社区公众的情况。

萨尔威尔斯族系中那威尔斯的一半（黛拉、杰尔、捷德森与奥勃瑞）也许刚开始会不知所措，但他们过去是，现在依然是我们最坚强的盟友。汉娜要向切尔西·佩尔森、布莱斯·沙利文、阿力克斯·哈里森以及她的其他一些亲密朋友表达她的爱意，感谢他们在她写这本书期间所提供的支持和友情。

当然，一本写我们家庭的书离开了我们家庭成员的支持是完成不了的。在前进道路上每走一步，我们都感受到来自华尔和安德里亚·萨尔文、鲍勃·金以及斯蒂夫、丹和塔米的爱。琼的父母裘恩和唐·金极其出色，可谓无以复加。对亚力克斯、凯西、丽兹以及整个金氏家族，正如这儿的南方人所说的，我们要道一声：“我们爱你们所有的人。”

就在我们开始撰写本书的时候，我们的母亲、孩子们的祖母朱迪·萨尔文在她纽约寓所的附近遭遇了车祸而不幸去世。那一天老太太离她的八十二岁生日仅差两天，她正前去赴一个约会，那是她精力充沛、热情洋溢的生命中又一个生气蓬勃的日子。几年以前，她曾对我们几个要求道：“别等我不在了再来纪念我。我希望在活着的时候受到尊敬。”妈妈，我们希望我们做到了，但我们也知道，在这段旅程中我们每走一步都有你相伴在身边。

最后，在这一奋斗历程中，没有谁比我们历险之旅中的团队伙伴给予了更多的支持和帮助。约瑟夫，你要讨教关于“图画猜词”[①]问题的话随时可以给我们打电话。至于琼，你反复地阅读每一行文字，推动着我们在前进道路上迈开每一步，越来越加深了我们的感受，在我们最需要指点的时候毫不吝惜地给我们发来邮件。你们两位是我们最严格的也是最好的批评者。我们每日都能感受到你们的爱和关切。

---

① 美国的一种电视游戏，参与者根据画面猜词或短语，以多少决胜负。